STEPHEN VIZINCZEY

LOB DER ERFAHRENEN FRAUEN

ERINNERUNGEN EINES LIEBHABERS

DEUTSCH VON HANS HERMANN

ROMAN / KLETT-COTTA

„Dieses Buch ist für junge Männer geschrieben
und älteren Frauen gewidmet –
und der Beziehung zwischen beiden rede ich
das Wort."

Alle Namen und Charaktere in diesem Buch
sind erfunden, und jede Ähnlichkeit
mit lebenden oder verstorbenen Personen
ist rein zufällig.

INHALT

Woher dein Recht, in jeglichem Kostüme,
In jeder Maske wahr zu sein? – Ich rühme.

Rilke

AN JUNGE MÄNNER OHNE GELIEBTE

> In all deinen Amouren solltest du
> alte Frauen jungen vorziehen . . .
> denn sie wissen mehr von der Welt.
> *Benjamin Franklin*

Dieses Buch ist für junge Männer geschrieben und älteren Frauen gewidmet – und der Beziehung zwischen beiden rede ich das Wort. Auch wenn ich in sexuellen Dingen kein Experte bin, so war ich doch den Frauen, die ich liebte, ein gelehriger Schüler, und ich will versuchen, mich an all die glücklichen und unglücklichen Erlebnisse zu erinnern, die, glaube ich, einen Mann aus mir gemacht haben.

Die ersten dreiundzwanzig Jahre meines Lebens verbrachte ich in Ungarn, Österreich und Italien, und die Abenteuer meiner Jugend unterschieden sich beträchtlich von den Abenteuern junger Männer in der Neuen Welt. Deren Träume und Möglichkeiten werden von anderen erotischen Konventionen beeinflußt. Ich bin Europäer, sie sind Amerikaner; und was noch schwerer wiegt: sie sind heute jung, ich war es vor langer Zeit. Alles hat sich verändert, sogar die wegweisenden Mythen. Die moderne Kultur – die amerikanische Kultur – verherrlicht die Jugend; auf dem verlorenen Kontinent des alten Europa hatte die Affäre des jungen Mannes mit seiner älteren Geliebten den Glanz des Vollkommenen. Heute halten sich junge Männer an gleichaltrige Mädchen, überzeugt, daß nur sie ihnen etwas Lohnendes zu bieten haben; wir legten eher Wert auf Stetigkeit und Tradition und strebten danach, uns an der Weisheit und der Sensibilität der Vergangenheit zu bereichern.

Und Sex war dabei nicht alles. Wir kamen aus großen Familien und waren es gewohnt, mit älteren Menschen zurechtzukommen. Als ich noch ein kleiner Junge war, gaben meine Großeltern auf ihrem Bauernhof in der Nähe des Plattensees jeden Sommer ein großes Essen für die ganze Verwandtschaft, und über zweihundert kamen. Ich erinnere mich noch, wie ich staunte, daß wir so viele waren, die da auf langen Bänken an langen Tischen im Hof saßen, zwischen dem Haus und den Pflaumenbäumen – reihenweise Tanten und Onkel, Vettern und Basen und angeheiratete Verwandte, kleine Kinder ebenso wie Leute über achtzig. Das Alter spielte in einer solchen Sippe keine Rolle. Wir lebten alle in einem Umkreis von zweihundert Kilometern und liebten dieselben Lieder.

Der Sturm des Krieges hat diesen Hof leergefegt. Die Vajdas, die sich einst so nahe waren, leben heute auf vier Kontinenten. Wir verlieren uns aus den Augen, und so geht es heute allen. Amerika wurde zwar nicht von fremden Heeren verwüstet, aber die Höfe im Grünen sind dennoch verschwunden. Sie wurden überpflastert und zu Rollbahnen gemacht. Familien zerbrechen, und jede Generation scheint einer anderen Periode der Geschichte anzugehören. An die Stelle der großen Häuser, in denen Großeltern, Tanten und Onkel Platz hatten, treten Teenager-Treffs, Seniorenheime und die ruhigen Wohnungen für Menschen mittleren Alters. Für junge Männer gibt es kaum noch Gelegenheiten zum Umgang mit älteren Frauen. Das gegenseitige Vertrauen ist gering.

Da ich noch das Glück hatte, in einer integrierten Gesellschaft aufzuwachsen, bin ich verrückt genug, mir vorzustellen, meine Erinnerungen könnten anderen die Augen dafür öffnen, daß Männer und Frauen sehr viel gemein haben, auch wenn sie Jahre auseinander sind – und damit einen breiteren Austausch zwischen den Generationen in Gang bringen.

Da es meine eigenen Erlebnisse sind, die ich gleich schildern werde, sollte ich dem Leser vielleicht versichern, daß ich nicht die Absicht habe, ihn mit meiner privaten Geschichte zu erdrücken. Ich hoffe vielmehr zu erreichen, daß er auf sich selbst neugierig wird. Das Folgende sind höchst selektive Memoiren, und darin geht es weniger um die Person des Erzählers als vielmehr um die allgemeinen Freuden und Nöte der Liebe. Bis zu einem gewissen

Grade *ist* es jedoch ein autobiographisches Buch, und daher muß ich, wie schon James Thurber, an Benvenuto Cellinis harte Maxime denken, daß ein Mann mindestens vierzig Jahre alt sein und etwas Außergewöhnliches geleistet haben sollte, ehe er die Geschichte seines Lebens zu Papier bringt. Mir fehlen beide Voraussetzungen. Aber wie sagt doch Thurber: »Heutzutage kümmert sich keiner, der eine Schreibmaschine hat, um die wunderlichen Grundsätze des alten Meisters.«

András Vajda,
Außerordentlicher Professor
Philosophisches Seminar
Universität von Michigan
Ann Arbor (Michigan)

1
VOM GLAUBEN UND VON DER FREUNDLICHKEIT

Alles kommt von anderen zu uns . . .
Sein heißt jemandem zugehören.
Jean-Paul Sartre

Ich wurde in eine fromme römisch-katholische Familie hineingeboren und verbrachte einen großen Teil meiner ersten zehn Jahre unter freundlichen Franziskanermönchen. Mein Vater war Rektor einer katholischen Schule und ein hervorragender Organist, ein tatkräftiger und begabter junger Mann, der zudem genügend Energie und Begeisterung aufbrachte, um die Bürgerwehr im Bezirk zu leiten und sich politisch zu betätigen. Als Anhänger der autoritären, proklerikalen Regierung des Admirals Horthy gehörte er zu jenen Konservativen, die auch Antifaschisten waren. Beunruhigt durch Hitlers Aufstieg zur Macht in Deutschland, nutzte er seinen Einfluß und seine Autorität dazu, die örtlichen Versammlungen der ungarischen Nazipartei verbieten zu lassen. 1935, als ich zwei Jahre alt war, wurde er von einem jungen Nazi erstochen, den man für diese Aufgabe ausgewählt hatte, weil er unter achtzehn war und für den Mord nicht hingerichtet werden konnte. Nach der Beerdigung floh meine Mutter vor der Entsetzlichkeit ihres Verlustes in die nächste große Stadt, die erste, tausend Jahre alte Stadt Ungarns, mit deren Namen ich den Leser nicht quälen will. Im Obergeschoß eines Hauses in einer der Hauptstraßen dort – einer schmalen Straße mit Barockkirchen und modischen Läden – mietete sie eine luftige Wohnung, nur ein paar Minuten von einem Franziskanerkloster entfernt, das ich häufig besuchte, noch bevor ich zur Schule kam. Die Dienste, die mein Vater der Kirche geleistet hatte, und sein vorzeitiger Tod, aber auch die Tatsache, daß es in beiden Linien unserer Familie mehrere Priester gab – das alles trug dazu bei, mir die Zuneigung der Mönche zu gewinnen, und sie nahmen mich immer freundlich auf. Sie lehrten mich lesen und schreiben, sie erzählten mir vom Leben der Heiligen und der großen Helden der ungarischen Geschichte, sie schilderten mir die fernen Städte, wo sie studiert hatten – Rom, Paris, Wien –, aber am wichtigsten war, daß sie mir zuhörten, ganz gleich, was ich sagen wollte. So kam es, daß ich nicht bei einem Vater, sondern bei einem ganzen Orden von Vätern aufgewachsen bin; sie hatten stets ein herzliches und verständnisvolles Lächeln für mich, und ich ging durch die breiten, kühlen Gänge ihres Klosters, als gehörte das Ganze mir. Die Liebe, die sie mir entgegenbrachten, ist mir so lebhaft in Erinnerung wie die Liebe meiner Mutter, obwohl ich, wie gesagt, von meinem zweiten Lebensjahr an nur noch sie um mich hatte. Sie war eine stille und sanfte Frau, die ständig Dinge auflas, die ich überall verstreute. Da ich kaum mit anderen Kindern spielte, geriet ich nie in eine Prügelei; und die Mönche und meine Mutter umgaben mich mit strahlender Liebe und einem Gefühl absoluter Freiheit. Ich glaube nicht, daß sie je versuchten, mich zu lenken oder zu erziehen; sie sahen einfach zu, wie ich heranwuchs, und die einzige Einschränkung, die ich verspürte, war das Bewußtsein, daß sie alle dafür beteten, ich möge mein Bestes tun.

Mir war auch sehr bewußt, daß ich einer großen und prächtigen Sippe angehörte, und man ließ mich in dem Glauben, der Stolz und die Freude der ganzen Verwandtschaft zu sein. Im besonderen erinnere ich mich an einen Abend, als meine Onkel mit ihren Familien anläßlich des Geburtstags ihrer verwitweten Schwester zu Besuch waren. Es ging hoch her, und ich weigerte mich, mit den anderen Kindern schlafen zu gehen, während die Erwachsenen aufblieben und weiter feierten. Darum kamen sie alle in mein Zimmer, um mir Gesellschaft zu leisten, während mich meine Mutter zu Bett brachte. Als sie mich ausgezogen hatte, gab sie mir erst einen Klaps und dann einen Kuß auf den Hintern und versprach mir, sie würden mir alle den Hintern küssen, wenn ich mich dann ohne weiteren Wirbel schlafen legte. Ich kann damals allenfalls drei oder vier gewesen sein – dies ist wohl eine meiner ersten Erinnerungen –, und ich weiß noch ganz genau, wie ich auf dem Bauch lag und über die Schulter blickte, um all die schlangestehenden Erwachsenen zu sehen, die nur darauf warteten, mir den Hintern zu küssen.

All das mag die Tatsache erklären, daß ich ein offenherziger, zärtlicher Junge und ein eingebildeter Lümmel wurde. Da ich es für selbstverständlich hielt, daß mich jeder liebte, fand ich es nur natürlich, jeden, den ich kennenlernte oder von dem ich hörte, zu lieben und zu bewundern.

Diese freundlichen Gefühle galten bei mir zuerst den Heiligen und Märtyrern der Kirche. Mit sieben oder acht hatte ich den romantischen Entschluß gefaßt, auf den Reisfeldern Chinas Missionar und, wenn irgend möglich, Märtyrer zu werden. Ich erinnere mich besonders an einen sonnigen Nachmittag, als ich zum Lernen keine Lust hatte und in meinem Zimmer am Fenster stand und die schick gekleideten Frauen beobachtete, die auf der Straße vorübergingen. Ich fragte mich, ob es mir wohl als Priester nach dem Zölibatsgelöbnis schwerfallen würde, ein Leben lang die Gesellschaft dieser flaumweichen Geschöpfe zu entbehren, die auf dem Weg zum Hutladen oder zum Frisiersalon – zu einem noch engelhafteren Aussehen also – an unserem Haus vorbeikamen. Mit meiner festen Absicht, Priester zu werden, begegnete ich also dem Problem, auf Frauen zu verzichten, noch bevor ich sie überhaupt begehren konnte. Nachdem ich mich eine Zeitlang für meine Sorgen geschämt hatte, fragte ich schließlich meinen Beichtvater, einen kindlichen, ergrauten Mann in den Sechzigern, wie schwer es *ihm* falle, ohne Frauen durchs Leben zu gehen. Er sah mich streng an und beschränkte seine Antwort auf die Bemerkung, er glaube nicht, daß aus mir jemals ein Priester werden würde. Daß er meine Entschlossenheit so herabsetzte – nur weil ich hatte wissen wollen, wie groß das Opfer sein würde –, bestürzte mich, und ich fürchtete, er würde mich nun weniger lieben. Aber seine Miene hellte sich gleich wieder auf, und er versicherte mir lächelnd (an aufmunternden Worten ließ er es nie mangeln), Gott könne man auf vielerlei Weise dienen.

Ich war häufig Altardiener bei seinen Messen: als Frühaufsteher las er gern die Sechs-Uhr-Messe, und oft war sonst niemand in der riesigen Kathedrale, so daß nur er und ich die geheimnisvolle and mächtige Gegenwart Gottes spürten. Und obwohl ich inzwischen Atheist bin, denke ich heute noch gerne an jenes Hochgefühl, an die vier Kerzen in der kühlen, marmornen Stille voller Echos. Damals lernte ich das unfaßbar Geheimnisvolle ahnen und lieben – eine Neigung, mit der Frauen geboren werden und die Männer sich aneignen können, wenn sie Glück haben.

Wenn ich bei diesen immer noch funkelnden Bruchstücken meiner Erinnerung verweile, so zum einen, weil es angenehm ist, daran zu denken, zum andern aber auch, weil ich überzeugt bin, daß viele Jungen sich die besten Jahre – und ihren Charakter – mit der irrigen Vorstellung verderben, man müsse als Junge hart und zäh sein, wenn man ein Mann werden will. Sie spielen Fußball oder Eishockey, um als erwachsen zu gelten, während ihnen in Wirklichkeit eine leere Kirche oder eine verlassene Landstraße eher helfen würden, die Welt und sich selbst zu begreifen. Die Franziskaner würden mir hoffentlich verzeihen, wenn ich sage, daß ich Frauen nie in dem Maße hätte verstehen und schätzen können, wenn mich die Kirche nicht gelehrt hätte, erhebende Gefühle und Ehrfurcht zu empfinden.

Um auf die Frage des Zölibats und die davon herrührenden Sorgen eines katholischen Jungen zurückzukommen, muß ich sagen, daß die Frauen, die ich vom Fenster unserer Wohnung aus beobachtete, für meine frühzeitige Angst nicht allein verantwortlich waren. So wie ich im Kloster am Leben einer Gruppe von Männern teilhaben konnte, wurde ich zu Hause oft von einer Frauengesellschaft begrüßt. Meine Mutter lud einmal in der Woche ihre Freundinnen – Witwen und alleinstehende Frauen ihres Alters, zwischen dreißig und vierzig – zu Tee und Gebäck ein. Ich kann mich erinnern, wie wunderbar es mir vorkam, daß die Atmosphäre bei diesen Teegesellschaften ganz ähnlich war wie im Kloster. Sowohl die Franziskaner als auch die Freundinnen meiner Mutter waren glückliche und fidele Leute, denen es offenbar nichts ausmachte, allein zu leben. Ich fühlte mich als das einzige menschliche Bindeglied zwischen diesen beiden geschlossenen Welten und war stolz, in beiden willkommen zu sein und mich dort wohlzufühlen. Ich konnte mir weder die eine, noch die andere aus meinem Leben wegdenken und glaube heute noch manchmal, am liebsten wäre ich Franziskanermönch mit einem Harem vierzigjähriger Frauen.

Es dauerte nicht lange, und ich fing an, die Nachmittage herbeizusehnen, an denen die Freundinnen meiner Mutter kamen, meinen Kopf zwischen ihre warmen, weichen Hände nahmen und mir sagten, was für dunkle Augen ich doch habe: von ihnen berührt zu werden oder sie zu berühren, bereitete mir schwindelerregende Freude. Mutig, wie ich mir die Märtyrer vorstellte, versuchte ich an ihnen hochzuspringen und sie mit einem Kuß oder einer Umarmung zu begrüßen. Die meisten von ihnen sahen dann überrascht oder verwirrt aus. »Du liebe Güte, Erzsi, was hast du nur für einen nervösen, unruhigen Jungen!« sagten sie zu meiner Mutter. Ein paar von ihnen waren mißtrauisch, vor allem wenn ich es schaffte, die Hände auf ihre Brüste fallen zu lassen – aus irgendeinem Grund war das aufregender, als sie nur an den Armen zu berühren. Doch letztlich wurde immer gelacht: ich kann mich nicht erinnern, daß sie sich jemals mit einer Sache länger beschäftigt hätten. Ich liebte sie alle, aber am begierigsten wartete ich immer auf die Schwester meines Vaters, Tante Alice, eine etwas pummelige, vollbusige Blondine mit einem ganz phantastischen Parfüm und einem runden, wunderschönen Gesicht. Sie hob mich gern hoch und sah mir mit gespieltem Zorn und ein wenig Koketterie, glaube ich, in die Augen, um mir mit einer streng-sanften Stimme vorzuhalten: »Du willst mir wieder an die Brüste, du kleiner Teufel!«

Tante Alice war die einzige, die mir als einer gewichtigen Persönlichkeit den gebührenden Respekt zollte. Nachdem ich in meiner Phantasie der erste ungarische Papst geworden und als Märtyrer gestorben war, sah ich mich schon als einen großen Heiligen, der vorübergehend das Dasein eines Kindes fristete. Und obwohl mir Tante Alice eine andere Art von Größe zuschrieb, wenn sie mich einen kleinen Teufel nannte, so spürte ich doch tief in meinem Innern, daß wir das gleiche meinten.

Um meine Mutter hin und wieder zu entlasten, nahmen mich ihre Freundinnen auf lange Spaziergänge und gelegentlich auch ins Kino mit. Meine Tante war jedoch die einzige, die mich nicht nur zum Mitkommen aufforderte, sondern mich um eine Verabredung bat. »Mein stattlicher Kavalier«, sagte sie dann voller Vorfreude, »würdest du mich ins Kino begleiten?« Ich erinnere mich sehr genau an den Tag, an dem ich meine ersten langen Hosen anzog, um mit ihr auszugehen. Es war ein sonniger Samstagnachmittag im späten Frühling oder im Frühherbst – einige Zeit vor dem Kriegseintritt der Vereinigten Staaten, denn wir wollten uns den *Wonderful Wizard of Oz* ansehen. Ich hatte meinen Erwachsenenanzug ein paar Tage vorher bekommen und war begierig darauf, ihn Tante Alice vorzuführen, der er bestimmt gefallen würde. Als sie endlich kam, inmitten ihres Parfüms und Puders, war sie so damit beschäftigt, meiner Mutter zu erklären, warum sie so spät dran war, daß sie meine neuen Hosen gar nicht bemerkte. Doch als wir gerade gehen wollten, stieß sie ein kehliges »Aaaahhh!« aus und trat einen Schritt zurück, um mich mit Blicken zu verschlingen. Ich hielt ihr den Arm hin, und als sie sich unterhakte, sagte sie: »*Ich* hab heute den schicksten Begleiter. Sieht er nicht aus wie sein Vater, Erzsi?« Arm in Arm gingen wir auf die Tür zu, ein glückliches Paar, doch da hörte ich plötzlich die Stimme meiner Mutter: »András, mußt du nicht noch Pipi machen?«

Ich ging mit Tante Alice aus der Wohnung und schwor im stillen, nie wiederzukommen. Selbst die besänftigenden Worte meiner blonden Begleiterin hatten etwas empörend Herablassendes, und noch auf der Treppe fragte ich mich, wie unsere Beziehung wieder ins Gleichgewicht zu bringen wäre. Kurz bevor wir auf die Straße traten, kniff ich sie in den Po. Sie tat so, als sei nichts, wurde aber knallrot. Da beschloß ich, Tante Alice zu heiraten, sobald ich alt genug sein würde, denn sie verstand mich.

Ich will jedoch meine Knabenzeit nicht dadurch dramatisieren, daß ich sie in die Geschichte meiner inzestuösen Leidenschaft für

diese prachtvolle Frau verkehre. Am glücklichsten war ich bei den Franziskanern und bei den wöchentlichen Zusammenkünften meiner Mutter, wo ich alle ihre Freundinnen beisammen beobachten und ihnen zuhören konnte, wie sie über Mode, den Krieg, Verwandte, Ehen und Dinge plauderten, die ich nicht verstand. Die riesige und stille Kathedrale und unser Wohnzimmer mit all diesen fröhlichen, lauten Frauen, mit dem Duft ihres Parfüms, mit dem Glanz ihrer Augen – das sind die stärksten und lebendigsten Eindrücke meiner Kindheit.
Ich frage mich manchmal, wie sich mein Leben ohne die Teegesellschaften meiner Mutter entwickelt hätte. Vielleicht liegt es an ihnen, daß ich Frauen nie als meine Feinde angesehen habe, als fremdes Land, das ich erobern müßte, sondern immer als Verbündete und Freundinnen – und das ist, glaube ich, der Grund, warum sie umgekehrt auch zu mir immer freundlich waren. Ich habe nie die Weibsteufel kennengelernt, von denen es in der modernen Literatur nur so wimmelt: die sind wohl zu sehr mit jenen Männern beschäftigt, in deren Augen Frauen Festungen sind, die sie stürmen und dem Erdboden gleichmachen müssen.
Um noch ein wenig beim Thema der Freundlichkeit gegen alle – und im besonderen gegen Frauen – zu bleiben: ich kann nicht umhin zu folgern, daß meine vollkommene Glückseligkeit bei den wöchentlichen Teegesellschaften meiner Mutter schon früh eine ausgeprägte Begeisterung für das andere Geschlecht erkennen ließ. Augenscheinlich hatte dies viel mit meinem späteren Glück bei Frauen zu tun. Und obschon ich hoffe, daß diese Memoiren lehrreich sein werden, muß ich gestehen, daß sie dem Leser nicht helfen werden, Frauen stärker an sich zu ziehen, als er sich von ihnen angezogen fühlt. Wenn er Frauen im Innersten haßt, wenn er davon träumt, sie zu erniedrigen, wenn es ihm Spaß macht, sie herumzukommandieren, dann muß er damit rechnen, daß ihm mit gleicher Münze heimgezahlt wird. Sie begehren und lieben einen Mann in dem Maße, in dem er sie begehrt und liebt – und gepriesen sei ihre Hochherzigkeit.

2
VON KRIEG UND PROSTITUTION

> Jeder Neugeborene ist ein Messias –
> ein Jammer nur, daß er zum
> gemeinen Gauner heranwächst.
> *Imre Madách*

Bis in mein zehntes Lebensjahr konnte ich außer acht lassen, daß ich im Jahr der Machtübernahme Hitlers geboren worden war. In einem vom Krieg zerrissenen Europa kam mir mein Heimatort wie eine Märchenmetropole vor: sie war winzig und spielzeugartig, dabei aber uralt und majestätisch, ganz wie einige der älteren Teile Salzburgs. Hier lebte ich als glücklicher junger Prinz in der besten aller möglichen Welten, umgeben von einer vielköpfigen, Schutz bietenden Familie: meiner Mutter, dieser stillen, nachdenklichen Frau, die mich mit ihren klaren Augen verfolgte; meinen Tanten, diesen lauten Freundinnen meiner Mutter, derb und anmutig zugleich; und den gütigen Franziskanern, meinen väterlichen Freunden. Ich durfte in einem Treibhaus der Liebe heranwachsen, und ich nahm Liebe in die Zellen meines Körpers auf. Aber es ist vielleicht ganz gut, daß ich die Welt nicht nur lieben, sondern danach auch kennen lernte. Aus dem unbekümmerten Jungen, der mit dem Gedanken spielte, als Priester und Märtyrer selig zu werden, wurde ein Zuhälter und Schwarzhändler. Bei Kriegsende – nach zwei grauenvollen Jahren und vor meinem zwölften Geburtstag – wurde ich zum Mittelsmann zwischen ungarischen Prostituierten und einem amerikanischen Militärlager bei Salzburg, jener Stadt, die in anderer Hinsicht meiner Heimatstadt so ähnlich war.

Meine Verwandlung begann im Sommer 1943, als der Krieg auch das westliche Ungarn erfaßte. Unsere ruhige Stadt bekam eine deutsche Garnison, und nachts sorgten amerikanische Bomber für neue Trümmer neben den alten Ruinen. Unsere Wohnung wurde für die Offiziere der Wehrmacht beschlagnahmt, gerade noch zur rechten Zeit: ein paar Wochen nach unserem Auszug wurde das Haus von einem Volltreffer erwischt. Auf der Flucht vor den Luftangriffen zogen wir zu meinen Großeltern, die weiter im Westen in einem abgelegenen Dorf wohnten, und im Herbst schickte mich meine Mutter auf eine Militärakademie in eine kleine Stadt nicht weit von der österreichischen Grenze. Sie sagte, dort wäre ich in Sicherheit, würde anständig zu essen bekommen und Latein lernen.

Der Oberst, der die Schule leitete, faßte den dort herrschenden Geist in seiner Begrüßungsansprache an die neuen Kadetten zusammen: »Hier werdet ihr lernen, was Disziplin wirklich heißt!« Wir wurden immer und überall angebrüllt, im Klassenzimmer, auf dem Hof, im Schlafsaal. Jeden Nachmittag mußten wir von drei bis vier im Park auf und ab gehen, der groß und dicht bewaldet und von hohen Mauern umgeben war. Bei Strafe schwerer körperlicher Züchtigung waren wir angehalten, flott zu gehen und auch nicht eine Sekunde stehenzubleiben; und an den Bäumen lehnten Feldwebel und achteten darauf, daß wir die Anweisung befolgten. Doch als junge Kadetten mußten wir auch den Befehlen der älteren Kadetten gehorchen, die uns gegenüber bestimmte militärische Befugnisse hatten. Ich kam gleich am ersten Tag in die Klemme, als ein hinter mir gehender Altkadett lauthals forderte, ich solle stehenbleiben und Haltung annehmen. Er war ein magerer, rothaariger Junge mit einem Bürstenschnitt, eine bläßliche und keineswegs eindrucksvolle Erscheinung – ja, er wirkte sogar jünger als ich. Ich hatte Angst, ihm den Gehorsam zu verweigern, aber noch mehr Angst hatte ich vor den Feldwebeln. Ich ging zügig weiter, und er konnte mich nur im Laufschritt einholen. Als er es geschafft hatte, schwitzte und keuchte er. »Salutieren!« forderte er mit schriller und zitternder Stimme. »Salutieren!« Ich salutierte und ging angeekelt weiter. Ich war überzeugt, daß ich es mit lauter Irren zu tun hatte.

Es war ein Schock, von dem ich mich nie mehr ganz erholte. Die eineinhalb Jahre Drill an der Königlich Ungarischen Schule für

Offiziersanwärter hätten mich beinahe zum Anarchisten gemacht. Ich kann Altkadetten, Generälen, Parteiführern, Millionären, leitenden Angestellten und allen ihren Unternehmungen weder Respekt noch Vertrauen entgegenbringen. Diese Haltung scheint, nebenbei gesagt, die meisten Frauen zu faszinieren – vielleicht, weil die Vollkommenheit der vom Menschen geschaffenen Weltordnung den Frauen weniger überwältigend erscheint als den meisten Männern.

Die Altkadetten interessierten sich besonders für die Art und Weise, wie wir unsere Betten machten.

»Dein Bett muß spiegelglatt und faltenlos sein!« schrie unser Stubenältester, während er meine Decken und Laken durch den ganzen Schlafsaal schleuderte. »Du brauchst mehr Übung!«

Selbst als die russischen Armeen in Ungarn einmarschiert waren und Admiral Horthy erklärte, weiterer Widerstand sei zwecklos, der größte Teil der ungarischen Streitkräfte – über eine Million Männer, mehr als zehn Prozent unserer Bevölkerung – seien gefallen und es könne nie wieder ein ungarisches Heer geben –, selbst da war der Stubenälteste von der Idee besessen, unsere Bettdekken hätten faltenlos zu sein. Wenn er mein Bett auseinandernahm, mußte ich es in drei Minuten wieder gemacht haben; sollte ich länger brauchen – und ich brauchte immer länger –, nahm er das Bett von neuem auseinander, und wiederholte das Spiel, bis es ihm langweilig wurde. Das ging so, bis die russischen Truppen die Randbezirke der Stadt erreichten. Dann flüchtete der Oberst mit seiner Familie und all seinen Habseligkeiten auf den Lastwagen, die für die Evakuierung der Kadetten gedacht waren, die meisten anderen Offiziere verschwanden ebenfalls, und wir wurden von einem Major, unserem Geschichtslehrer, auf einem Marsch in westlicher Richtung durch Österreich geführt. Ich sollte mehrere Monate kein Bett mehr zu Gesicht bekommen.

Etwa vierhundert von uns schlossen sich der chaotischen Masse von Flüchtlingen an, die auf der Flucht vor dem Krieg in dessen ständig sich verlagerndem Zentrum blieben, genau zwischen den deutschen und russischen Armeen. Auf unserem Marsch zwischen

den Fronten, durch die Ebenen und Berge Österreichs, lernten wir im Gehen zu schlafen, an verstümmelten Leibern – toten oder noch zuckenden – vorüberzugehen, und ich begriff endlich, daß das Kreuz nicht nur für Opfer und Vergebung steht, sondern auch für die Kreuzigung. Damals drängten sich mir mit meinen elfeinhalb Jahren Eindrücke fürs ganze Leben auf: von der wahnwitzigen Grausamkeit des Menschen und von der Hinfälligkeit unserer Körper. Eine religiöse Erziehung führt angeblich zur Belastung der Sexualität mit Schuldgefühlen, aber seit damals, seit jenen Wochen voller Schock und Hunger und Erschöpfung, sind die einzigen Formen von Hemmungslosigkeit, vor denen ich zurückschaudere, Haß und Gewalt. Damals muß ich auch die erotisch freie Empfindungsweise eines Lüstlings angenommen haben: Wenn man zu viele Leichen sieht, verliert man wahrscheinlich die Hemmungen im Umgang mit lebenden Körpern.
Mitten in einer Nacht, im verdunkelten Wien, verlor ich die anderen Kadetten aus den Augen und war fortan auf mich allein gestellt. Ich lebte von dem, was ich auf den Feldern neben der Straße stehlen konnte. Andere Flüchtlinge mußten das vor mir auch so gemacht haben, denn die Bauern bewachten ihre Kartoffelfelder mit Maschinengewehren, und ich mußte mich oft aus dem Staub machen, bevor ich mir eine Kartoffel backen konnte. Als mich dann Mitte Mai 1945 ein Jeep der Amerikaner allein und halb verhungert von der Straße auflas, war ich zu allem bereit.
Wenn ich sage, daß ich vor meinem zwölften Geburtstag zum Zuhälter für das amerikanische Militär wurde, will ich damit nicht den Eindruck erwecken, die Soldaten wären gefühllos mit mir umgegangen, ohne Rücksicht auf mein jugendliches Alter. Jedenfalls ging es mir bei den amerikanischen Soldaten viel besser als auf der Kadettenschule. Und wenn ich einen Job ausübte, der meinem Alter unangemessen war, dann deshalb, weil ich bestrebt war, meinen Lebensunterhalt zu verdienen – und vielleicht noch mehr erpicht darauf, alles über Sex in Erfahrung zu bringen. Die beiden Soldaten, die mich von der Straße auflasen, brachten mich ins Lager und sorgten dafür, daß ich zu essen bekam, geduscht,

ärztlich untersucht und zum Kommandanten gebracht wurde. Der ärztliche Bericht über meine schlechte körperliche Verfassung und die sichtbaren Wirkungen meiner grauenvollen Erlebnisse müssen sein Mitleid geweckt haben, und er entschied, daß ich im Lager bleiben solle. Ich erhielt ein Bett in einer der langen Backsteinkasernen (ursprünglich für die Hitlerjugend gebaut), eine zurechtgestutzte Uniform, die Zigarettenration eines GI, Kaugummi, Pfefferminzdrops und ein Eßgeschirr; und mit einem tiefempfundenen Wohlbehagen stellte ich mich in die Reihe der wartenden Soldaten, um eine aus fünf Gängen bestehende Mahlzeit abzuholen. Die nächsten Tage streifte ich durch die Kasernen und versuchte mich mit den Soldaten anzufreunden. Sie hatten kaum etwas anderes zu tun, als Bilder anzusehen, sich zu rasieren, ihre Kleider und Waffen zu reinigen und einem kleinen Streuner englische Wörter beizubringen: »Hi«, »okay«, »kid« und »fucking« (als jederzeit passendes Adjekjtiv) waren die ersten Vokabeln, die ich lernte, ungefähr in dieser Reihenfolge; aber schon nach wenigen Wochen reichte mein Wortschatz für Gespräche über den Krieg, Ungarn, die Vereinigten Staaten und unsere Familien zu Hause. Eines Abends bekam ich zufällig mit, wie ein ungarisches Mädchen und ein Soldat wegen des Preises stritten, und ich bot meine Dienste als Dolmetscher und Vermittler an. Fünf Packungen Zigaretten, eine Dose Milchpulver, vierundzwanzig Päckchen Kaugummi und eine kleine Dose Rindfleisch waren die hauptsächlichen Handelsobjekte. Wie sich herausstellte, waren die meisten Frauen, die nachts ins Lager kamen, während die Militärpolizisten geflissentlich wegschauten, Ungarinnen aus dem nahegelegenen Flüchtlingslager; und so betätigte ich mich schon bald als Übersetzer, Mittelsmann und Kuppler.
Meine erste Erkenntnis bei dieser aufregenden Beschäftigung war, daß die meisten Moralpredigten in Sachen Sex mit der Wirklichkeit nicht das geringste zu tun haben. Diese Entdeckung machten auch jene überraschten, ehrbaren, zuweilen sogar hochnäsigen Frauen aus dem Mittelstand, die ich aus dem überfüllten und trostlosen ungarischen Lager holte und zu den Kasernen be-

gleitete. Bei Kriegsende, als selbst die Österreicher fast alles entbehren mußten, konnten die Hunderttausende von Flüchtlingen kaum das zum Überleben Notwendige beschaffen – und ihre Lage war nur um so bedauernswerter, als die meisten von ihnen ein bequemes gutbürgerliches Leben gewohnt waren. Stolz und Tugendhaftigkeit, einst für diese Frauen in ihrer heimischen Umgebung so wichtig, hatten im Flüchtlingslager keine Bedeutung. Sie fragten mich – errötend, aber oft vor ihrem schweigenden Ehemann und den Kindern –, ob die Soldaten geschlechtskrank seien und was sie zu bieten hätten.

Ich erinnere mich besonders gern an eine schöne und hochgeborene Dame, die bei diesem Geschäft ungemein würdevoll blieb. Sie war groß und dunkel, mit gewaltigen bebenden Brüsten und einem grobknochigen, vor Stolz glühenden Gesicht – Anfang Vierzig, würde ich schätzen. Ihr Mann war ein Graf, Oberhaupt einer der ältesten und vornehmsten Familien in Ungarn. Sein Name und sein militärischer Rang waren, obwohl er zu Admiral Horthys geschlagener Armee gehörte, immer noch einflußreich genug, der Familie eine separate Holzhütte im Flüchtlingslager zu sichern. Sie hatten eine langhaarige Tochter von etwa achtzehn Jahren, die immer kicherte, wenn ich auf meinen nicht zu häufigen Botengängen ihren Schuppen betrat. Gräfin S. war nur bereit, mit einem Offizier zu gehen, und nur für das Zwei- bis Dreifache des üblichen Tarifs. Der Graf wandte jedesmal das Gesicht ab, wenn er mich sah. Er trug immer noch die Hosen seiner Paradeuniform, schwarz, mit breiten goldenen Streifen an der Seite; doch darüber trug er nicht mehr den Rock mit den Goldfransen an den Schulterstücken, sondern einen verschlissenen alten Pullover. Seine Gegenwart war mir irgendwie unheimlich; ich erinnerte mich an die seitenlange Darstellung seiner Familie in unseren Geschichtsbüchern in der Grundschule und an die Fotos von ihm in den Zeitungen, die wir in der Kadettenschule immer lesen mußten, Bilder vom großen General bei der Musterung seiner Truppen. Während er meinen Gruß kaum einmal erwiderte, empfing mich seine Frau immer wie eine unangenehme Überraschung

– als hätte sie mich nicht selber gebeten, zu ihr zu kommen, sobald ich Anfragen von *netten sauberen Offizieren* hätte, die *keine allzu weitgehenden Ansprüche* stellten.

»Da ist wieder dieser Junge!« pflegte sie mit einem gequälten, verzweifelten Ton zu rufen. Dann wandte sie sich mit einer dramatischen Geste ihrem Mann zu. »Gibt es denn etwas, was wir heute absolut brauchen? Kann ich diesen unmoralischen Jungen nicht zum Teufel schicken, nur ein einziges Mal? Gibt es etwas, was wir so dringend brauchen?« Normalerweise gab der General keine Antwort; ein mattes Achselzucken war alles. Aber manchmal fuhr er sie an: »Du bist die Köchin, du mußt doch wissen, was wir brauchen.«

»Wenn du mit deinen Truppen zu den Russen übergelaufen wärst, müßte ich mich nicht besudeln und eine Todsünde begehen, um uns zu ernähren!« rief sie einmal in einem Anfall von Hysterie.

Ich gebe ihre Worte zwar übersetzt wieder, aber sie verwendete tatsächlich diese wunderlichen, unwirklichen Ausdrücke wie »besudeln«, »Todsünde« und »unmoralischer Junge« (was mir eigentlich gefiel). Nicht nur ihrer Sprache, sondern auch ihrem Benehmen nach war sie eine unerhört rechtschaffene Frau, und sie tat mir fast leid, wenn ich mir vorstellte, was sie durchgemacht haben mußte, ehe sie sich dazu herabließ, »sich zu besudeln«. Aber ich fand ihren Kummer doch ein wenig übertrieben, zumal sie ihre Szenen so exakt wiederholte, daß ich den Eindruck hatte, sie spiele in einem Theaterstück. Ihre stereotype Kampfansage an ihren Mann stieß nie auf eine Reaktion, doch die Tochter der beiden war seltsam erpicht darauf, die Mutter zu entlasten und ihr Teil zum Opfer für die Familie beizutragen. »Laß *mich* gehen, Mutter – du siehst müde aus«, sagte sie. Doch die Gräfin wollte nichts davon wissen.

»Lieber leide ich Hunger!« erklärte sie wütend. »Lieber lasse ich zu, daß du stirbst, als daß du dich verkaufst!« Und manchmal fügte sie mit verzweifeltem Humor hinzu: »In meinem Alter wird man nicht mehr verdorben, da spielt es keine Rolle mehr, was man tut.«

Wir schwiegen alle und warteten, während sie sich sammelte und ihr Make-up auflegte und dann ihren Mann fixierte oder sich einfach in dem kleinen Raum umsah. »Betet für mich, solange ich weg bin«, sagte sie gewöhnlich beim Hinausgehen, und ich folgte ihr, beinahe überzeugt, daß es ihr nichts ausmachen würde zu sterben, wenn ihr dadurch die bevorstehende Tortur erspart bliebe.
Doch bis wir dann am Auto waren, brachte sie bereits wieder ein tapferes Lächeln zustande, und immer, wenn ein gewisser junger Hauptmann auf sie wartete, konnte sie auf unserem Weg ins Militärlager glücklich und ganz ungezwungen lachen. Und wenn ihre Miene plötzlich düster und nachdenklich wurde, hatte ich auf dem Platz neben ihr das Gefühl, ich würde gleich Feuer fangen. In solchen Augenblicken war zu sehen, daß sie einen überaus sinnlichen Mund hatte. Einen solchen Stimmungsumschwung beobachtete ich oft bei den Frauen, die ich zu den Kasernen begleitete; sie verließen ihre Familien als Göttinnen der Tugendhaftigkeit, die sich erniedrigen mußten, und dann machte es ihnen eindeutig Spaß, bei den Amerikanern zu sein, die oft jünger und ansehnlicher waren als ihre Ehemänner. Ich hatte den Verdacht, daß viele von ihnen ganz froh waren, sich als edle, selbstlose und aufopfernde Frauen und Mütter sehen zu können, während sie in Wirklichkeit einer willkommenen Abwechslung vom langweiligen Ehealltag entgegengingen.
Nicht daß ich je dabeigewesen wäre, wenn sie bei den Soldaten in der Kaserne waren – obwohl ich manchen vergeblichen Versuch unternahm, in der Nähe zu bleiben. Ich wurde für meine Dienste schließlich nicht bezahlt und war irgendwie der Meinung, die Soldaten und die Frauen schuldeten mir eine Gelegenheit, von ihren Aktivitäten etwas aus erster Quelle zu lernen. Aber so locker sie die schädlichen Einflüsse sahen, denen ich beim Arrangieren ihrer Zusammenkünfte ausgesetzt sein mochte, so strikt zogen sie die Grenze, bevor es richtig zur Sache ging: ich durfte nie dableiben und zusehen. Manchmal, wenn mich das einleitende Geknutsche zu sehr erregte, protestierte ich gegen die Ungerechtigkeit: »Wenn ich eine Frau besorgen soll, bin ich für euch kein kleines

Kind, nur wenn's ans Ficken geht!« Ich wollte auch davon meine Ration. Oft genug mußte ich Sätze übersetzen wie: »Frag sie mal, ob sie schön eng gebaut ist«, und das ganze Gerede und die Zärtlichkeiten erregten mich so, daß ich dauernd mit einer Erektion herumlief.

Ich ließ mir kaum eine Gelegenheit entgehen, in die Unterkunft eines Offiziers zu schlüpfen, nachdem er sie mit einer Frau verlassen hatte. In den Barracken der Soldaten waren immer irgendwelche Leute da, aber in der Privatunterkunft eines Offiziers konnte ich die Örtlichkeiten manchmal ungestört untersuchen. Aufschlüsse konnte ich aus den zerwühlten Betten gewinnen, aus den halb leeren Whiskyflaschen, den Lippenstiftspuren an den Zigarettenkippen – aber vor allem aus den Düften, die immer noch im Raum hingen. Einmal fand ich einen weißen seidenen Slip und schnupperte gierig daran. Er hatte einen eigenartigen, aber angenehmen Geruch. Niemand hatte es mir gesagt, aber ich war ganz sicher, daß dieser Geruch mit dem Sex der Frau zu tun hatte, und so drückte ich mir, während ich einige Male tief durchatmete, den Slip fest auf die Nase.

Ich kann mich nur an eine Gelegenheit erinnern, bei der ich tatsächlich dachte, es wäre vielleicht besser, noch eine Weile ein Kind zu bleiben. Ich beobachtete einen Soldaten, der sich eine Geschlechtskrankheit geholt und soeben mehrere Injektionen direkt in den Penis bekommen hatte. Während die anderen Soldaten in der Kaserne herumsaßen und sich halb totlachten, ging er im Gang zwischen den Betten auf und ab, er krümmte sich immer noch vor Schmerzen und hielt die Hände zwischen den Beinen. Er hatte die Augen voller Tränen und schrie mit dumpfer Stimme: »Ich vögle nie mehr eine andere als meine Frau! Ich will von keiner Nutte mehr was wissen, so lang ich lebe!«

Erst nach einigen Tagen fing ich wieder an zu überlegen, wie ich es schaffen konnte, mit einer der Damen, denen ich diente, ins Bett zu gehen.

Meine Gedanken kreisten um die Gräfin S. Auch wenn sie mich »diesen unmoralischen Jungen« nannte, war ich fest überzeugt, daß sie mich zumindest einem unserer Leutnants – einem fetten Südstaatler mit falschen Zähnen, den sie hin und wieder besuchte –, vorziehen mußte. Ich durfte nicht hoffen, mit dem gutaussehenden jungen Hauptmann konkurrieren zu können, aber ich dachte mir, nach einer Nacht mit dem Leutnant hätte ich bei ihr vielleicht eine Chance. Eines Morgens sah ich ihn wegfahren und strich um seine Hütte, bis die Gräfin aufstand. Als ich sie die Dusche andrehen hörte, schlich ich mich hinein. Sie hörte mich nicht, und nachdem ich behutsam die Tür zum Bad aufgemacht hatte, sah ich sie unter der Dusche stehen, atemberaubend, nackt. Ich hatte zwar ungezählte Pin-up-Fotos an den Wänden der Kaserne gesehen, aber dies war das erstemal, daß ich eine leibhaftige nackte Frau vor mir hatte. Es war nicht nur ganz anders, es war wie ein Wunder.

Sie bemerkte mich nicht, und als sie aus der Dusche trat, überrumpelte ich sie, küßte ihr die Brüste und drückte mich gegen ihren feuchten, warmen Körper. Bei diesen Berührungen übermannte mich eine glückliche Schwäche, und ich mußte, obwohl ich sie eigentlich ansehen wollte, die Augen schließen. Daß mich ihr Körper tief beeindruckte, war so offensichtlich, daß sie vielleicht deshalb ein paar Augenblicke zögerte, ehe sie mich voller Abscheu zurückstieß. »Raus hier!« zischte sie und verdeckte die Brustwarzen mit den Händen. »Dreh dich um!«

Ich drehte mich um und erklärte mich bereit, ihr zehn Dosen Milchpulver, fünf Kartons Trockenei und jede gewünschte Menge Fleisch in Dosen zu besorgen, wenn sie mich nur mit ihr schlafen ließe. Aber sie drohte, sie werde um Hilfe schreien, wenn ich sie nicht in Ruhe lasse. Bei der Vorstellung, daß sie sich hinter meinem Rücken anzog und gleich nicht mehr nackt sein würde, bekam ich schmerzhafte Krämpfe, so daß ich mich auf das Bett des Leutnants setzen mußte. Sobald sie angezogen war, setzte sie sich neben mich und drehte mit einer heftigen Geste mein Gesicht in ihre Richtung. Sie schien deprimiert.

»Wie alt bist du?«

»Ich bin erwachsen.«

Ich wollte sie schon auffordern, sich selbst davon zu überzeugen, aber das war nicht nötig. Sie blickte auf mich herab und schüttelte verzweifelt den Kopf. »Mein Gott, was für Menschen macht nur der Krieg aus uns allen!«
Diesmal hatte ich den Eindruck, daß sie wirklich meinte, was sie sagte.
»Du wirst hier verdorben und zugrunde gerichtet. Du solltest nach Hause gehen, zurück zu deiner Mutter.«
Ich glaube, es deprimierte sie, daß nicht nur ich, sondern auch sie selbst so tief gesunken war, daß ihr nun schon ein kleiner Junge Anträge machen konnte.
»Der Leutnant mußte in die Stadt, er wird noch lange weg sein. Und zur Küche habe ich sogar bessere Beziehungen als er. Die Köche mögen mich. Ich kann Ihnen dort alles besorgen.«
»Du solltest die Liebe nicht als eine Ware verstehen, die man kaufen kann. Und du solltest warten, bis du älter bist. Warte, bis du verheiratet bist. Deine Frau wird sich für die Ehe rein halten, und das solltest du auch tun.«
Wie sie da auf dem Bett des Leutnants saß und draußen die Stimmen der GI's hörte, mußte sie selbst spüren, wie belanglos ihre Aussage war. Wir saßen einfach da, und sie fragte mich nach meiner Familie und meinem Zuhause, während sie darauf wartete, daß der Offizier zurückkam und sie bezahlte.
»Du bist also die ganze Strecke bis Salzburg zu Fuß gegangen«, sagte sie, und es klang verwundert, so als versuche sie zu begreifen, was für ein Junge ich war. »Du mußtest rasch erwachsen werden«, fügte sie ziemlich zerstreut und mit einer Spur von Mitleid hinzu. Vielleicht erwog sie doch noch die Möglichkeit, daß sich zwischen uns etwas ergab. Bevor sie das Gesicht von mir abwenden konnte, sah ich dort einen Anflug von Demut und Überraschung. Selbst als Gelegenheitsdirne mußte sie es zum Verzweifeln finden, daß sie ernsthaft über den Antrag eines zwölfjährigen Jungen nachdachte. So jedenfalls deutete ich ihre Reaktion. Aber auch wenn ich sie zu verstehen glaubte, wußte ich doch nicht, was ich tun oder sagen müßte, damit sie mir entgegenkam. Ich war

darauf nicht vorbereitet. Ich fühlte mich wie einst in der Schule, als ich vor die Klasse treten mußte und die Hauptstadt Chiles nicht nennen konnte. Ich wollte nur weg, ich hatte Angst.

Aber just in dem Augenblick stieß sie mich sachte aufs Bett zurück und knöpfte mir die Hose auf. Mit ruhigen, langsamen Fingern begann sie an mir zu spielen, wobei sie immer noch aufrecht dasaß und mit einem Schimmer von Neugier mein Gesicht beobachtete; dann bewegten sich plötzlich ihre Lippen, sie beugte sich hinunter und ersetzte die Hand durch den Mund.

Ich wurde bald schwerelos, und mir war, als würde ich nie mehr den Wunsch haben, mich zu bewegen. Daß sie mich mit ihren ernsten Augen beobachtete, war mir nur halb bewußt, und später glaubte ich ihre Stimme zu hören, die mich wieder einen unmoralischen Jungen nannte. Schließlich packte sie mich an der Schulter und schüttelte mich und sagte, ich solle aufstehen: sie wollte nicht, daß mich der Leutnant sah, wenn er zurückkam. Als ich den Schuppen verließ, ermahnte sie mich, ich solle zu Gott beten, er möge mich vor dem Verderben bewahren.

Vielleicht wäre es mir mit der Zeit gelungen, sie zu zermürben, wenn ich ihr weiterhin vor den Duschkabinen der verschiedenen Offiziersunterkünfte, die sie besuchte, hartnäckig aufgelauert hätte. Doch merkwürdigerweise machte ich gar nicht erst den Versuch. Die impulsive Geste, mit der sie mich auf dem Bett des Leutnants von meinen Nöten befreite, hielt mich von weiteren Versuchen ab, Frauen zu überrumpeln. Ich kam mir vor wie ein Einbrecher, der vom Hausherrn überrascht und mit einem Geschenk wieder weggeschickt wird.

3
VOM STOLZ EINES DREIZEHNJÄHRIGEN

Nein, danke!
Edmond Rostand

Auf der Kadettenanstalt hatte ich viel von den Gefahren der Sexualität gehört. Zur Masturbierstunde, wenn im Schlafsaal die Lichter gelöscht waren, machten wir uns oft gegenseitig Angst: wir erzählten einander Geschichten von Jungen, die schwachsinnig wurden, weil sie mit sich selber spielten oder mit Mädchen Verkehr hatten. Ich kann mich an die Geschichte von einem Jungen erinnern, der eines Tages duchdrehte, nur weil er zuviel an Frauen dachte. Als ich in das amerikanische Militärlager kam, hatte ich alle meine religiösen Ängste abgelegt, aber ich glaubte immer noch, daß bei einem Jungen mit sehr starkem Geschlechtstrieb die anderen Fähigkeiten verkümmerten. Und so machte ich mir große Sorgen.

Wenn ich heute zurückschaue, kann ich sagen, daß meine Gelüste gleichmäßig überentwickelt waren. So wurde zum Beispiel das Essen für mich zu einer richtigen Sucht. Wahrscheinlich weil ich, bevor die Amerikaner mich aufnahmen, so lange Hunger gelitten hatte, war ich nun jeden Tag stundenlang nur damit beschäftigt zu essen. Es gab einen großen Kasinoraum, an dessen einer Wand die Küchengehilfen – zwischen sechs und acht bei jeder Mahlzeit – in einer Reihe standen und uns aus ihren stählernen Kesseln die Kochgeschirre füllten. Am liebsten aß ich die runden, hellen Pfannkuchen mit Butter und Sirup, Maisküchlein und Eiskrem und Apfelkuchen. Daneben entwickelte ich einen unstillbaren Hunger nach Geld. In meinen ersten drei, vier Wochen im Lager verfolgte ich mit ungläubigem Staunen, wie die Köche das Fett, in dem sie die Hamburger und die Steaks gebraten hatten, anschließend in die Abfalltonnen kippten. Sie müssen jeden Tag fünfzig bis hundert Liter Fett weggeschüttet haben – Liter um Liter flüssiges Gold im hungernden Europa. Ich liebte die Amerikaner, aber sie waren offensichtlich verrückt. Am Tag nach meinem fehlgeschlagenen Versuch, die Gräfin zu verführen, beschloß ich, Geschäftsmann zu werden, und kam auf die Idee, den Küchenchef zu bitten, das Fett nicht wegzuwerfen, sondern lieber mir zu geben. Zuerst wollte er nichts davon wissen, aber als ich ihm sagte, ich wolle das Zeug *verkaufen*, war er einverstanden. Von dem Tag an beförderten die Soldaten, wenn sie mich nach Salzburg fuhren, damit ich ihnen Mädchen aus dem Flüchtlingslager besorgte, auch meine 20-Liter-Trockenmilchbüchsen, die nun mit Fett gefüllt waren. Ich verkaufte sie an verschiedene Salzburger Gastwirte und bestand darauf, daß sie in amerikanischer Währung bezahlten. Wenn ich einmal mehr Fett hatte, als ich verkaufen konnte, schenkte ich es den Flüchtlingen und nahm Ovationen entgegen, die eines ungarischen Papstes würdig gewesen wären. Nach einiger Zeit fing der Küchenchef (der nie einen Anteil von mir forderte) erst richtig Feuer und gab mir jede 20-Liter-Büchse, die aufgemacht worden war und verderben konnte, ob es sich nun um Fleisch oder Eipulver, um Obst oder Fruchtsäfte handelte. Für das Einsammeln der Reichtümer in der Küche brauchte ich täglich etwa zwanzig Minuten; für die Verteilung in Salzburg und die Fahrt hin und zurück brauchte ich weitere zwei Stunden. Mit zweieinhalb Stunden Arbeit am Tag verdiente ich etwa fünfhundert Dollar die Woche. Als Oberst Whitmore, der Kommandant des Lagers, von meinen unternehmerischen Talenten erfuhr, wurde er neugierig und lud mich oft zu einem Plausch zu sich ein. Er war einer der gebildetsten Menschen, die ich je kennengelernt habe: ein kleiner, hagerer Mann mit blassem Gesicht und einem leichten Zucken in einem Auge. Von den GI's wußte ich, daß er lange im Pazifik im Einsatz gewesen war und daß diese Aufgabe in Europa so etwas wie Urlaub für ihn sein sollte. Er trank nicht und pokerte nicht, und seine Freizeit verbrachte er vor allem mit Lesen: er schien sich in der griechischen Literatur und Mythologie so gut auszukennen wie die Franziskanermönche und sprach gern über die

Dramen von Aischylos und Sophokles. Er besaß mehrere Hotels in und um Chicago und konnte es kaum erwarten, heimzukommen und sie in Ordnung zu bringen, aber er sagte mir, er finde beides langweilig, die Geschäfte wie das Militär. Wenn ich ihm von meinen knallharten Geschäften mit den Gastwirten erzählte, schien ihn das zu amüsieren, und er ließ sich von mir genau berichten, wieviel Geld ich jeden Tag verdiente. Als er hörte, daß ich Hunderte von Dollars beim Pokern verspielte, nahm er meine Einkünfte in sichere Verwahrung. Er hatte zwei Kinder, die ihm sehr fehlten, und er hatte es offenbar gern, wenn ich zu ihm kam und über alles redete, was mir in den Sinn kam. Doch als ich ihm Geschichten über die Soldaten in der Kaserne erzählen wollte, schnitt er mir das Wort ab: »Laß das! Mach dich nicht zum Spitzel. Ich will nichts davon hören.« Er nahm mich oft auf seine Runden mit, und ich war zufällig dabei, als er ein Warenlager der deutschen Wehrmacht inspizierte, das er aufzulösen hatte. Es war randvoll mit Sommerhemden, die für Rommels Afrika-Truppen hergestellt und dann vergessen worden waren. Nach der Bestandsliste waren es eine Million Stück, und ich bat den Kommandanten, sie mir zu geben. Er schätzte meine Aussichten, eine Million Sommerhemden zu verkaufen, nicht hoch ein, versprach aber, sie mir zu überlassen und sogar für ihren Abtransport zu sorgen, wenn ich einen Käufer finden könnte. Ich stieg in einen Jeep, der nach Salzburg fuhr, und beschloß, die Wirtin eines mir bekannten Bordells aufzusuchen. Sie bot tausend Dollar für den ganzen Posten, aber achtzehnhundert holte ich schließlich heraus. Leider ließ ich mich, nachdem ich die Hemden geliefert und das Geld bar kassiert hatte, mit den GI's, die die Lastwagen gefahren hatten, auf eine Pokerrunde ein. Ich verlor vierzehnhundert Dollar, ehe ich den Entschluß faßte, das Glücksspiel ein für allemal aufzugeben.

Sehr darauf bedacht, mich zu vervollkommnen, fand ich in Salzburg einen Musiklehrer, der mir für ein halbes Pfund Butter die Stunde zweimal in der Woche Klavierunterricht gab. Ich versuchte Deutsch zu lernen und mein Englisch zu verbessern. Nachdem ich nicht mehr den Ehrgeiz hatte, Märtyrer zu werden, träumte ich nun von einer Unsterblichkeit schon zu Lebzeiten: ich machte mich daran, ein langes Versdrama über die Vergeblichkeit des Daseins zu schreiben, und hoffte, es würde zugleich ein Meisterwerk und ein kommerzieller Erfolg. Aber am meisten strengte ich mich an, Latein zu lernen. Aus irgendeinem Grund war ich überzeugt, ohne Latein würde nie etwas aus mir werden.

Diese ganze Zeit über blieb ich ein unberührter Zuhälter. Es gab wohl ein paar nett aussehende und freundliche Huren, die mich zu mögen schienen, aber ich wußte nicht, wie ich sie in eigener Sache ansprechen sollte. Ich verfolgte sie mit inständig flehenden Blicken und hoffte, eine von ihnen würde mal auf die Idee kommen, *mich* anzusprechen. Aber dazu kam es nie. Und obwohl ich mich so heftig nach einer Frau sehnte, daß ich oft schwere Krämpfe bekam, fingen die düsteren Nachwirkungen rein geschäftsmäßiger Übereinkünfte an, mich einzuschüchtern. Mir fiel auf, daß die Soldaten, die sich mit der nächstbesten Frau einließen, die sie bekommen konnten, hinterher häufig verdrossen oder ärgerlich waren. Und während sich meine teure Gräfin von dem jungen Hauptmann immer in Hochstimmung verabschiedete, blickte sie nach ihren Besuchen bei den anderen Offizieren finster drein. Neben allem anderen war Sex offensichtlich eine Frage des guten Zusammenspiels, und mir kam allmählich der Verdacht, daß das bei Fremden, die einander mehr oder weniger aufgezwungen wurden, nur selten klappte.

Die Frau, die mir dies klarmachte, war Fräulein Mozart. Sie tauchte an einem strahlenden Sonntag zu Beginn des Frühlings bei uns im Lager auf, kurz nach dem Mittagessen, als die meisten Soldaten, die sich für den Nachmittag etwas vorgenommen hatten, schon fort waren. Wir waren nur zu dritt in der Kaserne, zwei GI's und ich: der eine von ihnen lag faul auf seinem Bett und blätterte in Illustrierten, und der andere war gerade dabei, sich unter erschwerten Umständen zu rasieren. Er hatte den Spiegel auf den Fenstersims neben seinem Bett gestellt und bekam nun die Sonne direkt in die Augen. Ich saß im Schneidersitz auf meinem Bett

und lernte lateinische Verben. Plötzlich flog die Tür auf, und unser selbsternannter Komiker aus Brooklyn meldete fröhlich und lautstark: »Hier ist sie, Jungs – Fräulein Mozart!«
Unsere Barracke war lang und schmal, mit vierundzwanzig Betten auf jeder Seite, dazwischen ein Gang, der keine zwei Meter breit war. Mein Bett stand ziemlich weit hinten im Raum, und so konnte ich mich, als die beiden hereinkamen, unbemerkt zurückziehen. Hinter dem letzten Bett setzte ich mich auf den Boden, so daß nur noch mein Kopf zu sehen war, und hoffte, die anderen würden mich vergessen, damit ich zusehen konnte. Fräulein Mozart war eine kräftige blonde Österreicherin, milchweiß, massig, dickfellig. Sie trug einen Dirndlrock mit Blumenmuster und eine ärmellose schwarze Bluse. Sie kam herein, als sei niemand im Raum; und tatsächlich machten die zwei Soldaten in der Nähe der Tür keine Anstalten, sie zu grüßen, ja, sie schienen sie nicht einmal zu bemerken, obwohl ihr Begleiter einen ganz schönen Wirbel machte. Er war ein kleiner Mann mit dichten, dunklen Augenbrauen und kurzgeschorenem Haar, und er wiegte sich in den Hüften und klatschte in die Hände und wiederholte dabei seinen Siegesschrei: »Was sagt ihr *dazu*, Jungs – Fräulein Mozart!« Er ging dicht hinter ihr und machte mit den Händen ausladende, kreisrunde Bewegungen, um ihre Kurven anzupreisen. Doch seine Kameraden schenkten ihm keine Beachtung: der GI hinter seinem *Life* hob nicht mal den Blick, und der andere drehte sein schaumbedecktes Kinn nur einen Augenblick vom Spiegel weg und blinzelte dann gleich wieder in die Sonne.
»Die schärfste Mieze weit und breit!« beharrte Brooklyn und öffnete mit schwungvoller Gebärde den Reißverschluß seiner Hose. Fräulein Mozart ging langsamer, zögerte. Ich dachte, die Gegenwart der anderen und das Benehmen ihres Begleiters seien ihr peinlich. Dann redete sie, und an ihrem Ton merkte ich, daß ich mich geirrt hatte.
»Wo steht dein Bett?« fragte sie schroff.
Brooklyn zeigte es ihr: es war etwa in der Mitte des Raumes, vielleicht zehn Betten von mir entfernt. So zwanglos, als wäre sie

allein, fing Fräulein Mozart an sich auszuziehen, sie warf Bluse und BH auf das nächste Bett, und Brooklyn hörte auf, sich zu wiegen und in die Hände zu klatschen, und glotzte sie nur noch an. Dann zog sie den Rock aus, löste ihre langen blonden Haare und kämmte sie mit den Fingern. Da stand sie nun, nackt bis auf die Unterhose, und ich sah nur ihren breiten, weißen Rücken und den kräftigen Hintern. Verzweifelt versuchte ich mir vorzustellen, was Brooklyn, der nun still auf der Kante des benachbarten Bettes saß und mit dem Fuß leise auf den Boden trommelte, von vorne sah. Die anderen Soldaten beachteten sie immer noch nicht. Für mich war dies vollkommen unbegreiflich.
»Falls noch jemand Interesse haben sollte«, sagte sie auf englisch, »ich verlange zwei Pfund, zehn Dollar oder vierhundert Zigaretten.«
Offenbar besuchte sie öfter das nahegelegene britische Lager und brauchte mich nicht als Dolmetscher. Die Soldaten machten sich nicht die Mühe zu antworten. Als sie dem Partner ihren Slip ins Gesicht warf, blickte der *Life*-Leser auf und fragte: »Wo ist der Junge?«
Ich duckte mich hinter das Bett und hielt die Luft an, aber dann hörte ich Fräulein Mozarts ausdruckslose, ruhige Stimme: »Da hinten in der Ecke ist ein Junge.«
Und sie hatte mir die ganze Zeit den Rücken zugekehrt.
Als ich zur Tür hinausging, lachten die Männer immer noch. Ich wartete vor der Kaserne auf sie, kickte Steine umher und haßte die ganze Welt. Jetzt oder nie, sagte ich mir; ich hatte die Nase voll. Fräulein Mozart kam nach etwa zwanzig Minuten heraus. Als ich auf sie zuging, wurde mir klar, daß ich ihr nur bis zu den Brüsten reichte, und so trat ich rasch einen Schritt zurück. Ich bot ihr tausend Zigaretten. Sie sah mich unbewegt an, und ich dachte, sie hätte mich nicht verstanden.
»Ich gebe Ihnen tausend Zigaretten.«
»Wofür?« fragte sie, leicht verwundert.
Ich beschloß, sie in ihrer Muttersprache anzugehen. *»Fräulein, ich möchte mit Ihnen schlafen, wenn ich bitten darf.«*

»Sicher«, antwortete sie ohne sichtbare Reaktion. »Aber es kostet nur vierhundert.«
Es gefiel mir, daß sie von mir nicht mehr verlangen wollte, obwohl ich ihr freiwillig fünf Stangen angeboten hatte. Es ließ mich hoffen, daß wir gut miteinander zurechtkommen würden. Ganz sicher war ich mir dann, als sie selbst einen Platz vorschlug: im Wald zwischen dem Lager und dem nächsten Dorf. Brooklyn war offenbar nicht bereit gewesen, sie nach Salzburg zurückzufahren, und nun mußte sie ins Dorf, um von dort mit dem Bus in die Stadt zu kommen. Ich ging zurück in die Kaserne, um die Zigaretten und eine Decke zu holen, und bewegte mich dabei langsam und lässig, da ich nicht wollte, daß mir die Soldaten irgendwelche Fragen stellten. Brooklyn lag nackt auf seinem Bett; er rauchte und sah sich die Comics in der Zeitung an. Es dauerte etwa drei Minuten, bis ich meine Sachen beisammen hatte. Ich kam ins Schwitzen, wenn ich mir vorstellte, ein anderer GI könnte sie inzwischen abgeschleppt haben oder sie könnte es sich einfach anders überlegt haben und weggegangen sein. Schließlich hatte sie mich nicht einmal angelächelt. Aber ich hatte Glück: sie wartete auf mich.
Durch eine Lücke im Zaun gingen wir aus dem Lager. Da Ruhe und Frieden wiederhergestellt werden sollten, war Frauen der Zutritt zu den Kasernen verboten; nun kamen zwar ebenso viele Frauen wie vorher, aber sie betraten das Lager nicht mehr durch das Tor.
Es war einer der ersten klaren, warmen Tage des Jahres: die Sonne strahlte, und die Erde – dunkel und feucht vom geschmolzenen Schnee – verströmte Frühlingsdüfte. Das Dorf Niederalm war gut zwei Kilometer entfernt, und wir hatten es nicht weit bis zum Wald. Wir gingen auf einer schmalen, mit Kies bedeckten Nebenstraße. Fräulein Mozart trug Schuhe mit flachen Absätzen und machte lange, lockere Schritte, so daß ich traben mußte, um neben ihr zu bleiben. Sie sagte kein Wort und blickte nicht einmal zu mir her – gerade so, als wäre sie allein, ging schließlich aber doch etwas langsamer. Ich hätte ihr gern die Hand auf den nackten weißen Arm gelegt; da ich dazu aber mehr oder weniger nach oben

hätte greifen müssen, gab ich die Absicht auf. Ich blickte zu ihr hinüber, um zu sehen, ob beim Gehen ihre Brüste wackelten, aber sie waren fest eingepackt und so regungslos wie ihr Gesicht. Immerhin waren sie groß und rund. Ich wollte ihr zu verstehen geben, wieviel mir das alles bedeutete.

»Du bist die erste Frau in meinem Leben.«

»Ach so«, antwortete sie.

Nach diesen Worten marschierten wir schweigend weiter. Die Decke wurde langsam schwer, und ich konnte es kaum erwarten, sie auf dem Boden auszubreiten. Bestimmt war sie freundlicher, wenn sie erst mal auf der weichen Decke neben mir lag.

Als wir den Wald erreichten – eines jener Wäldchen um Salzburg, die so gepflegt aussehen wie ein Park inmitten einer Großstadt –, lief ich voraus und fand eine kleine geschlossene Lichtung hinter einem Felsen. Stolz, ein so romantisches abgeschiedenes Plätzchen gefunden zu haben, breitete ich die Decke aus und bot sie ihr mit einer übertrieben lebhaften Geste an. Sie setzte sich auf die Decke, machte ihren Rock auf (er hatte einen seitlichen Verschluß) und legte sich zurück. Es war wohl unbequem, denn sie verlagerte ächzend ihr Gewicht. Ich setzte mich neben sie und versuchte durch die zugeknöpfte Bluse und den engen BH zu sehen und starrte dann auf ihren nackten Bauch und den Schatten auf ihrem Slip, wo die Haare sich unter der dünnen weißen Seide abzeichneten. Ich legte ihr eine Hand auf den kalten, festen Oberschenkel und betastete ihn voll Erstaunen. Um mich war der Duft des Kiefernwaldes und der feuchten Erde, und während ich tief durchatmete, glaubte ich fest, daß sie – mochte sie noch so unempfänglich sein und noch so viele Männer gehabt haben – meine Erregung spüren und teilen mußte. Überwältigt barg ich meinen Kopf in ihrem Schoß, und ich muß wohl einige Zeit regungslos so verharrt haben, denn sie sagte, ich solle mich *beeilen*. Endlich war so etwas wie Gefühl in ihrer Stimme – ein Gefühl der Ungeduld: bringen wir's hinter uns!

»Mach schnell!«

Ich war furchtbar gekränkt.

Wortlos stand ich auf und zog meine Decke unter ihr hervor. Ich hätte sie für alle Freuden des Paradieses nicht mehr anfassen können.
»*Was willst du?*« fragte sie, vielleicht mit einem Anflug von Verdruß in der Stimme.
Ich sagte ihr, ich hätte es mir anders überlegt.
»Okay«, sagte sie nur.
Wir gingen zusammen bis zum Waldrand, wo ich ihr die Stange Zigaretten gab. Sie schlug den Weg zum Dorf ein, und ich ging, meine Decke unterm Arm, ins Lager zurück.

4
VON JUNGEN MÄDCHEN

Deine Knabenzeit – erinnerst du dich?
Möchtest du je wieder zurück?
Möchtest du je wieder zurück?
Ich nicht – ich nicht.

Sándor Weöres

Saurer Regen läßt die Wälder und die Seen sterben, wir leben mit der ständigen Gefahr eines Atomkrieges, und die Auslöschung des Menschengeschlechts ist eine reale Möglichkeit, aber nicht mit allem geht es bergab. Junge Mädchen scheinen es sich nicht mehr zur Gewohnheit zu machen, die jungen Männer zu quälen.
Ich habe vor Jahren zum letzten Mal etwas miterlebt, was mich an die Schrecken meiner Jugend erinnerte. Der Zwischenfall ereignete sich im Foyer eines Theaters, wo ich hingegangen war, um *Hamlet* zu sehen, gespielt von einem Filmstar, der beweisen wollte, daß er auch auf der Bühne bestehen konnte. Nach der Vorstellung ging ich in dem Gedränge, das im Foyer herrschte, neben einem jungen Paar her. Er muß etwa siebzehn gewesen sein, seine Freundin wirkte noch ein wenig jünger. Aus der Art, wie sie sich bei ihm unterhakte und sich beim Gehen dicht an ihn drängte, schloß ich, daß sie fest »miteinander gingen«. Mit ihrem hellen Kichern erregte sie, was ihre Absicht gewesen sein mag, die Aufmerksamkeit der Leute um sie herum.
»Ich hab seine Augen beobachtet, ich glaube, er hat mich angesehen!« hauchte sie laut, machte dabei die Augen zu und klammerte sich verzückt an den Arm ihres Begleiters. »Ist er nicht absolut phantastisch? Er könnte *mich* jederzeit haben!«
Diese öffentliche Proklamation der Tatsache, daß ihr der junge Mann, an den sie sich mit solch gefühlloser Vertrautheit schmiegte, nichts bedeutete, daß er lediglich ein minderwertiger Ersatz für ihr wahres Idol war, stürzte den jungen Mann in Ver-

legenheit. Er wurde erst blaß, dann rot. Ich bemerkte, daß er von den Leuten, die ihre Bemerkungen gehört hatten, wegstrebte, aber es ist schwierig, in einem Gedränge voranzukommen, wenn man ein ziemlich pummeliges Mädchen am Arm hat. Er war in unserer Mitte gefangen. Seine Begleiterin hatte keine Ahnung, wie unpassend sie sich benahm, und schien unsere neugierigen Blicke zu genießen. Vielleicht glaubte sie, wir malten uns aus, wie absolut phantastisch sie am Arm des berühmten Schauspielers aussehen würde.

Aller Wahrscheinlichkeit nach hatte der junge Mann beträchtliche Mühen und Kosten auf sich genommen, um seine kleine Freundin ins Theater auszuführen. Er erwartete nicht unbedingt Dankbarkeit, aber er muß gehofft haben, wenn er ihr die Gelegenheit bot, in Gesellschaft eines eleganten Theaterpublikums einen großen Star zu sehen, dann würde ihn das in ihren Augen aufwerten. Nun versuchte er, da er nicht verschwinden konnte, den Vorfall mit einem hilflosen Grinsen und einem nervösen Schulterzucken zu überspielen, und die Miene, mit der er sich nach uns umsah, drückte aus: »Gewiß, sie ist albern, aber ist sie nicht goldig?« Für eine Sekunde konnte ich ihm jedoch in die Augen sehen – es waren die Augen eines geprügelten Hundes. Als ich ihn so vor mir sah, an der Seite des Mädchens in der Menge eingekeilt, verlegen und erniedrigt, da mußte ich die plötzliche Regung unterdrücken, ihn beiseite zu nehmen und ihn, von Mann zu Mann, meines Mitgefühls und meiner Solidarität zu versichern.

Meine eigenen Begegnungen mit jungen Mädchen waren ausgesprochen gräßlich. Bevor ich jedoch auf sie zu sprechen komme, sollte ich kurz berichten, wie es mit mir weiterging, nachdem ich das Lager der Amerikaner in Österreich im Sommer 1946 verlassen hatte.

Oberst Whitmore, der Lagerkommandant, wollte mich adoptieren und zu seinen Kindern nach Chicago mitnehmen, aber ich schlug sein freundliches Angebot aus. Er hörte traurig zu, als ich ihm erzählte, mit meinem Versdrama würde ich eine Million verdienen und in Budapest bald reicher sein als er mit seinen Hotels in Amerika. Er ließ die siebentausendfünfhundert Dollar, die er für mich aufbewahrt hatte, in das Futter meiner Windjacke einnähen und nahm mir das Versprechen ab, bei den russischen Wachposten damit nicht zu prahlen, wenn ich die westliche Besatzungszone verließ.

Ich fuhr mit einem Zug des Roten Kreuzes nach Ungarn, zu meiner Mutter zurück, die inzwischen nach Budapest gezogen war, um dort eine bessere Arbeitsstelle zu finden. Mit Hilfe des amerikanischen Geldes, das ich mitgebracht hatte, mietete und möblierte sie für uns eine Wohnung in einem majestätischen alten Haus auf dem Rosenhügel in Buda. Ohne Freunde oder Verwandte in der Hauptstadt, führten wir zunächst ein recht einsames Leben. Während meine Mutter im Büro war, war ich in der Schule, und abends gingen wir gern zum Essen aus und sahen uns eine Vorstellung im Theater oder einen Film an. Obwohl sie unser Geld verwaltete, ließ sie mich bei solchen Gelegenheiten die Geldbörse tragen und überall bezahlen. Ich war inzwischen ein hochgewachsener Junge und sah älter aus, als ich wirklich war, und es befriedigte mich ungeheuer, mit einer so eindrucksvollen Frau wie meiner Mutter gesehen zu werden. Mit vierzig war sie immer noch schön und muß ein eigenes, mir verborgenes Leben geführt haben – so wie ja auch ich meine persönlichen Träume und Schmerzen hatte –, aber zwischen uns gab es eine Art von Freundschaft, wie sie vielleicht nur zwischen einer Witwe und ihrem Sohn möglich ist. Sie verbot mir strengstens, irgend jemandem mein Versdrama zu zeigen, da wir, wie sie sagte, das Geld im Moment noch nicht brauchten. Dennoch las sie alles, was ich schrieb, mit Interesse und stärkte oft mein Selbstbewußtsein, indem sie mich fragte, welche Bücher sie lesen solle. Aber ich war zum einen nicht mehr jung genug und zum anderen noch nicht so alt, daß sie mir alles hätte anvertrauen können, was ihr Herz bewegte. Und ich hatte umgekehrt auch nicht das Gefühl, ich könnte mit ihr meine dringenden Probleme in bezug auf die Frauen erörtern.

In dieser Hinsicht war die Rückkehr zum friedlichen Leben eines Schuljungen ein ebenso großer Schock für mich wie zwei Jahre

vorher das Verlassen der Schule. Ich konnte keine freundlichen Damen mehr beiläufig berühren, wenn sie meine Mutter besuchten, ich konnte keine Prostituierten mehr ins Auge fassen. Ich mußte mich mit den jungen Mädchen auseinandersetzen.
Natürlich nutze ich dazu jede Gelegenheit, die sich mir bot. Die schmerzlichste und verwirrendste, an die ich mich erinnern kann, war ein Schultanz – die Art von Veranstaltung, die ich in Chicago besucht hätte, wäre ich mit Oberst Whitmore gegangen. In Ungarn gab es zwar getrennte Schulen für Jungen und Mädchen, aber auch wir hatten unsere gemeinsamen Feste in der Turnhalle. Der optisch recht auffällige Unterschied hatte mit der Tatsache zu tun, daß unsere Zusammenkünfte nicht vom Elternbeirat, sondern von der kommunistischen Jugendorganisation betreut wurden. Unsere moderne Turnhalle war für den Tanz nicht nur mit Kreppapier und Luftballons geschmückt, sondern auch mit riesigen Bildern von Marx, Lenin und Stalin, die von den Kletterseilen finster auf uns herabblickten. Seltsamerweise war die Musik, zu der wir tanzten, amerikanisch, zum Teil die gleiche, die sich die GI's im Lager angehört hatten. Sie wurde vom Turnlehrer ausgewählt, der mit dem Plattenspieler der Schule in einer Ecke saß und unsere kleinen Ungehörigkeiten konsequent ignorierte.
An diesem späten Freitagnachmittag tat ich mich mit einem schlanken, brünetten Mädchen namens Bernice zusammen. Ich forderte sie wegen ihrer flinken, geheimnisvollen Blicke zum Tanzen auf, die mich hoffen ließen, daß sich zwischen uns etwas abspielen würde. Sonst hatte sie nichts Anziehendes. Ihr Gesicht war hager und unterernährt, der Körper nur Haut und Knochen. Ihre winzigen Brüste konnte ich nur spüren, wenn wir so eng tanzten, daß ich gleichzeitg die kantigen Knöpfe an ihrer Bluse spürte. Während sie sich im Rhythmus der Musik vor und zurück bewegte, kicherte sie mit erregter Befriedigung, als ich sie seitlich auf den Hals küßte. Ich bat sie um eine Verabredung am nächsten Nachmittag, und wir machten aus, zum Kuchenessen ins Stefania Cukrászda zu gehen. Als wir weiter tanzten, wich ich mit dem Kopf etwas zurück und drückte mich mit dem Unterleib an sie.

Bernice hörte auf zu kichern, drängte sich an mich und fing nun auch an, sich seitlich hin- und herzubewegen. Nach einer Weile geschah das Unvermeidliche: mein Ding, an ihren Bauch gepreßt, wuchs und wurde steif. Erst wurde sie rot und verzog das Gesicht, dann wich sie ein wenig zurück. Später, als sie mich trotz des kleinen Abstands zwischen uns immer noch spürte, stieß sie mich weg und fing an hysterisch zu kichern. Mitten in der Turnhalle ließ sie mich einfach stehen.

Als ich sie wiederfand, saß sie auf dem lederbezogenen Sprungpferd an der Wand, umgeben von einigen Freundinnen, und alle plapperten und kicherten sie. Eben als ich die Gruppe erreichte, stieß eines der Mädchen einen Schreckensruf aus. »Oh nein, nein!« kreischte sie und hielt sich die Hände vor den Mund. Als sie mich bemerkten, fuhren sie entsetzt und wild kichernd auseinander, als seien sie alle verrückt geworden. Ich forderte Bernice auf, zur Tanzfläche zurückzukehren, aber sie weigerte sich. Immer noch erregt und aufgewühlt, wandte ich mich trotzig an eines der anderen Mädchen. Sie wies mich verächtlich ab: »Ich werd doch mit *dir* nicht tanzen!«

Zu den Grausamkeiten des Jungseins gehört, daß man nicht weiß, wann man geschlagen ist. Ich forderte nacheinander jedes einzelne der auf dem Sprungpferd sitzenden Mädchen zum Tanzen auf und holte mir jedesmal eine entschiedene Abfuhr. Eines der Mädchen glitt von dem Pferd und sprintete über den Tanzboden, um die Neuigkeit von meiner Erektion zu verbreiten. Als eine neue Platte aufgelegt wurde, ging ich auf mehrere Mädchen zu, die sich gerade von ihren Partnern getrennt hatten, aber als sie mich kommen sahen, brachen sie in Gelächter aus und wurden rot. Ich verstand einfach nicht, was so lächerlich oder schlimm daran war, daß ich diese blöde knochige Bernice haben wollte. Es ist doch ganz normal, sagte ich mir immer wieder, und doch kam ich mir pervers vor. Ich stahl mich aus der Turnhalle und ging in einer sehr trüben Stimmung nach Hause.

Es gab eine weitere Episode, an die ich mich nicht erinnern kann, ohne noch einmal die Erniedrigung von damals zu spüren. Aus der gefährlichen und idiotischen Überlegung heraus, daß reizlose Mädchen notgedrungen freundlicher und bescheidener sein müßten als Schönheiten, lud ich einmal ein wahrhaft häßliches Mädchen ins Kino ein. Tadellos gekleidet und mit frisch geschnittenen Haaren stand ich also zur vereinbarten Zeit vor dem Kino und wartete. Sie kam eine Viertelstunde zu spät und in Begleitung zweier Freundinnen. Als sie mich sahen, fingen sie an zu kichern und gingen dann einfach an mir vorbei, ohne auch nur meinen Gruß zu erwidern. Tatsächlich hätten sie kein Wort sagen können, selbst wenn sie gewollt hätten. Sie bogen sich vor Lachen und konnten nicht einmal gerade gehen – es sah aus, als ob sie in der Mitte durchbrechen würden. Als ich ihnen völlig verwirrt und schamrot nachschaute, hörte ich mein häßliches Mädchen noch sagen: »Da seht ihr's, ich hab nicht gelogen, ich *war* verabredet.« Ich ging allein ins Kino und weinte im Dunkeln. Warum hatten sie gelacht? War ich so abstoßend? Was war nur so komisch?

Es gab natürlich auch glücklichere Tage, wenn die Mädchen zu den Verabredungen kamen und sich sogar darauf einließen, mit mir zu knutschen. Es war, als säße ich in einem Flugzeug, das auf der Rollbahn hin- und herbraust und nie abhebt. So langsam fühlte ich mich unattraktiv, unerwünscht und hilflos. Wie sollst du dich denn sonst fühlen, wenn ein Mädchen erst ihre Zunge in deinem Mund badet und sie dann energisch zurückzieht, als wäre ein Mundvoll von dir mehr als genug? Meine Klassenkameraden müssen ähnlich zermürbende Erfahrungen gemacht haben, denn wir alle schienen uns über die Mädchen zu ärgern, obwohl wir ganz versessen auf sie waren. Und es brauchte nicht viel, unsere Leidenschaft in Feindseligkeit zu verwandeln.

Eines Morgens kam ich in die Schule und fand meine Klasse in Aufruhr. Vom Lehrer war noch nichts zu sehen, und einer der Jungen stand mit einem Stück roter Kreide vor der Wandtafel. Mit riesigen, einen halben Meter hohen Buchstaben füllte er die schwarze Fläche mit dem obszönsten Wort der ungarischen Sprache. Es war ein Synonym für Vagina. Die anderen saßen alle in ihren Schulbänken und versuchten, das rote Wort im Chor zu sprechen, anfangs unsicher und halb im Scherz. *Pi-na! Pi-na!* Um dem Wort mehr Gewicht zu verleihen, fingen sie an, mit den Füßen aufzustampfen und mit den Fäusten auf die Tische zu schlagen. Die Gesichter rot vor Erregung und körperlicher Anstrengung, brüllten sie immer wilder, aber mit einem feinen Gefühl für den Rhythmus des Wortes. Durch das Stampfen der Füße wurde Staub aufgewirbelt, und so bekam dieser plötzliche Ausbruch vollends den Charakter eines Sturmes. *Pi-na! Pi-na!* Die Jungen rächten sich für all die Fragen wie: »He, was hast du eigentlich vor?«, oder: »Was willst du denn *noch*?« Als sie nun mit den Füßen stampften, auf ihre Tische trommelten und das verbotene Wort hinausbrüllten, stand außer Frage, was sie alle im Sinn hatten und wollten. Oder vielmehr, was *wir* alle im Sinn hatten und wollten, denn ich war gleich an meinen Platz geeilt, um mitzumachen. Ich spürte, wie die Fußbodendielen sich lockerten und die Wände bebten, während unser Schlachtruf im ganzen Gebäude widerhallte: *Pi-na! Pi-na! Pi-na!* Eines der klapprigen Fenster sprang auf, und das rote Wort flog hinaus auf die Straße. In diesem ruhigen Teil des alten Buda, wo die Häuser niedrig waren und tagsüber fast kein Verkehr herrschte, müssen unsere Stimmen tatsächlich noch weit draußen zu hören gewesen sein und alte Damen, Hausfrauen und Briefträger auf ihrer Runde zum Stehen gebracht haben. Diese schöne Vorstellung, daß die Welt dort draußen erstaunt und besorgt mithörte, beflügelte uns zu noch größeren Anstrengungen. Als das Fenster aufflog, brüllten wir alle nur noch lauter. Dabei wurde die Bedeutung nicht von der Lautstärke zugedeckt, es war mehr als ein dumpfes, unverständliches Gebrüll, es war Das Wort, unverkennbar klar und real, und wir schrien es hinaus, als wollten wir die Schule, ja die ganze Stadt in den Boden stampfen und Freund und Feind gleichermaßen einen Herzinfarkt bescheren. Unser Klassenzimmer lag im Obergeschoß, und ich dachte schon, der Boden würde nachgeben und uns alle auf die achte Klasse hinabstürzen lassen. Aber ich stampfte unentwegt weiter und trommelte so heftig mit den Fäusten, daß sie noch Tage danach schmerzten.

Schließlich kam der Rektor hereingestürmt. Er blieb plötzlich stehen, wie gelähmt vor Entsetzen, als er uns sah. Er schrie uns an, aber wir sahen nur, daß sich seine Lippen bewegten, zu verstehen war kein Wort. Das *Pi-na!* übertönte ihn. Erst als zwei Polizisten in der Tür erschienen, gelang es ihm, uns zur Ruhe zu bringen. Nach einer kurzen, spannungsgeladenen Pause, in der der Staub auf dem Boden und in unseren Kehlen zur Ruhe kam, fragte er mit schwacher Stimme: »Habt ihr alle den Verstand verloren?«
Die beiden Polizisten blieben in der Tür stehen und hörten die kleine Ansprache des Rektors mit an, nickten zustimmend oder schüttelten in gespielter Bestürzung den Kopf. Der Rektor war ein schmächtiger, blonder, kläglich kahl werdender Mann, dem wir den Spitznamen »Tunte« gegeben hatten, obwohl wir wußten, daß er verheiratet war, fünf Kinder hatte und zudem ein Verhältnis mit seiner Sekretärin unterhielt. Als progressiver Erzieher wollte er uns klarmachen, wie kindisch wir uns benommen hatten. Er hielt uns keine Predigt über das Sündige und Unanständige, sondern dozierte über die gesellschaftlichen Folgen des groben und rücksichtslosen Benehmens gegen andere und über die Notwendigkeit, an der Vernunft festzuhalten. Dabei war er selbst so durcheinander, daß er das immer noch offenstehende Fenster zumachte, als könne er mit diesem sinnlosen Schritt DAS WORT im Raum einsperren, nachdem es längst hinausgeflogen war. Ja, er war so verwirrt, daß er einmal vergaß, uns in einer angemessen indirekten Form zu zitieren: er sprach das Wort tatsächlich selber aus. Es rief in der Klasse nur noch ein kurzes kleines Beben hervor; wir waren erschöpft und selbstzufrieden, hatten wir doch unser Ziel erreicht.
Später erfuhren wir, daß unserem Mathematiklehrer, dessen Nichterscheinen im Klassenzimmer, dem Rektor auf so dramatische Weise zu Ohren gekommen war, das Gehalt für eine Woche abgezogen wurde. Aber wie kam der Rektor dazu, den Mathematiklehrer zu bestrafen? Ich fand, er hätte lieber diese nervös kichernden Ungeheuer bestrafen sollen, diese schüchternen kleinen Engel, die sich so leicht schockieren ließen.

Meine Mutter bestärkte mich nicht in meiner Meinung von den Mädchen. Wenn ich ihr meine harmloseren Probleme anvertraute – etwa die Sache mit dem Mädchen, das zu unserer Verabredung ihre Freundinnen mitbrachte und dann einfach an mir vorbeiging –, sagte sie jedesmal, ich solle mir keine Gedanken machen. »Das geht vorüber, das gehört in deinem Alter einfach dazu«, sagte sie immer. Aber ich wollte nicht darauf warten, daß meine Probleme vorübergingen – ich wollte sie loswerden.

Die Sensation war damals in Budapest Claude Autant-Laras Film *Teufel im Leib*, den ich mir gut und gern ein dutzendmal ansah. Es ging darin um die Liebesaffäre eines Schülers mit einer feinen und leidenschaftlichen älteren Dame, und je öfter ich Micheline Presle zusah, wie sie Gérard Philipe regelrecht verführte, desto klarer wurde mir mein Problem: die Mädchen, mit denen ich ausging, waren *zu jung*. Wir hatten mit der Last unserer doppelten Unwissenheit zu kämpfen. Unser Englischlehrer sagte uns, in *Romeo und Julia* gehe es um die Macht jugendlicher Liebe, die über den Tod triumphiere. Als ich das Stück las, kam ich zu der Überzeugung, daß es darin um die Macht jugendlicher Unwissenheit ging, die über die Liebe und das Leben triumphierte. Denn wer anders als zwei dumme Kinder würde sich just in dem Moment umbringen, wo sie nach so vielen Schwierigkeiten und Intrigen endlich zusammengebracht wurden?

Und ich bin immer noch der Meinung, daß Jungen und Mädchen einander in Ruhe lassen sollten, wenn sie die Wahl haben. Heutzutage sind die Mädchen gefälliger – oft gefälliger, als ihnen selber bekommt –, und häufiger sind es die Mädchen und nicht die Jungen, die verletzt werden. Aber für beide kann das Heranwachsen die Hölle auf Erden sein. Wozu dann diese Hölle miteinander teilen?

Mit jemandem schlafen zu wollen, der so unerfahren ist wie man selbst, erscheint mir ungefähr so vernünftig, wie als Nichtschwimmer mit einem Menschen ins tiefe Wasser zu gehen, der auch nicht schwimmen kann. Auch wenn man vielleicht nicht ertrinkt, wird doch ein Schock zurückbleiben.

Warum riskieren, daß man verletzt wird? Immer wenn ich sehe, wie sich ein Mann in quälender Unsicherheit um eine Frau bemüht – als müsse er sich für etwas entschuldigen, als erwarte er, daß sie sein Verlangen duldet, anstatt es zu teilen –, frage ich mich, ob er früher mal von Mädchen derb zurückgewiesen wurde.
Und wie kommt es, daß so viele Männer allem Anschein nach in Frauen ihre Feinde sehen? Wenn ich Männer lachen höre, weil jemand etwas Boshaftes oder Vulgäres über Frauen gesagt hat, fühle ich mich wieder in den Tumult von damals zurückversetzt, als wir im Klassenzimmer versuchten, mit der größten Obszönität, die wir uns denken konnten, die Mauern Budas zum Einsturz zu bringen. Doch dieser Tumult hatte nichts mit irgendwelchen realen Fehlern von Frauen zu tun – er wurde vielmehr von der Tatsache ausgelöst, daß junge Mädchen von dem sonderbaren Anblick eines Jungen, der Feuer und Flamme war, aus der Fassung gebracht wurden.
Eine kannte ich allerdings, die nicht so schnell die Fassung verlor. Wir waren damals beide fünfzehn, aber Julika war größer und weniger durcheinander als ich. »András, du darfst über andere keine voreiligen Schlüsse ziehen«, ermahnte sie mich oft. »Du hast es bei allem, was du tust, viel zu eilig.« Eine ehrliche, vernünftige Brünette mit Zöpfen. Wir lernten uns im Herbst kennen, und ich erinnere mich, daß ich sie an einem heiteren Winternachmittag besuchen ging, als die Schneeflocken in der sonnigen Luft zu schweben schienen, statt auf die Erde zu fallen. Es muß kurz nach Weihnachten gewesen sein, denn im Wohnzimmer stand noch der geschmückte Baum. Ihre Eltern waren nicht zu Hause, und Julika brachte mir Tee und Nußkuchen und zeigte mir ihre Geschenke, darunter ein seidenes Nachthemd, das sie von ihrer Mutter bekommen hatte. Nach einigen hitzigen Umarmungen und Küssen auf der Couch überredete ich sie, es mir vorzuführen. Ich wartete im Wohnzimmer, während sie sich draußen umzog, was mir sehr lange zu dauern schien. Endlich kam sie wieder, tatsächlich in ihrem rosafarbenen seidenen Nachthemd. Sie stand in dem durchsichtigen Stoff praktisch nackt vor mir, aber das Hemd bedeckte

ihren Körper vom Hals bis zu den Füßen, und das muß sie beruhigt haben. Völlig gelassen ging sie auf und ab und drehte sich immer wieder, damit ich den Faltenwurf bewundern konnte. Endlich sah ich ihre langen, langen schlanken Beine bis oben hin. Anfangs hingen ihre schweren braunen Zöpfe nach vorn, doch dann warf sie sie mit einer Kopfbewegung nach hinten, und ich konnte ihre hübschen birnenförmigen Brüste ausmachen. Sie wurden nach unten voll und rundlich, und die Brustwarzen drückten zwei dunkle Punkte in die Seide. Sie hatte einen großen, üppigen Mund und eine komische Nase, mit der sie nach Belieben wackeln konnte – es war ein Zeichen, daß ich sie küssen sollte. Wir fingen wieder an zu schmusen und fanden uns bald im elterlichen Schlafzimmer auf dem breiten Bett wieder. Ich zog ihr das seidene Nachthemd aus und ließ es auf den Boden fallen. Julika wollte ebensosehr wie ich, war aber vielleicht nervöser und ängstlicher. Sie lag, die langen kühlen Beine einladend gespreizt, auf der Tagesdecke und rührte sich nicht. Sie machte nervös die Augen auf und zu, überwand sich zu einem heroischen Lächeln und fing an zu zittern.

»Julika, du hast Angst vor mir«, sagte ich, selber verwirrt und nervös und vielleicht auf der Suche nach einem ehrenhaften Ausweg. »Wenn du nicht möchtest, tu ich's nicht. Ich will dich nicht vergewaltigen.«

»Nein, nein, sei nicht albern, ich bin nur ein bißchen nervös«, beteuerte sie. Als sie mit den Fingern versehentlich an meinen erigierten Penis kam, schob sie die Hände unter ihren kleinen Hintern und flüsterte mit abgewandtem Kopf fast unhörbar: »Nur zu, kümmre dich nicht um mich.«

Ich versuchte, in sie einzudringen, aber sie war so angespannt, daß es nicht ging. Also küßten wir uns wieder, aber behutsam und mit langen Pausen dazwischen – ganz und gar nicht wie vorher im Wohnzimmer oder sonst immer auf den nächtlichen Straßen. Von Zeit zu Zeit versuchte ich es noch einmal, aber da ich nicht wußte, wie man es anstellt, eine Frau aufzuschließen, und da sie mir, abgesehen von ihrer zappeligen Bereitschaft, in keiner Weise half, scheiterte ich immer wieder. Das Schlimmste dabei war, daß Julika nach einiger Zeit vollkommen ruhig wurde. Sie sah mich mit etwas größeren Augen an als sonst, aber sie hatte keine Angst mehr, das Zittern hatte aufgehört: sie lag regungslos und entspannt auf der grünen Tagesdecke – leicht gelangweilt, fand ich. Nach einer halben Stunde oder so machten mir meine vergeblichen Bemühungen und meine Scham so sehr zu schaffen, daß ich zu schwitzen begann.

»Es ist kalt«, sagte Julika und setzte sich auf. »Ich zieh am besten mein Nachthemd wieder an.« Als ich mich entschuldigen wollte, schnitt sie mir mit einem schwesterlichen Kuß das Wort ab. »Ich glaube, für dich war's auch zu kalt. Laß es uns im Frühjahr wieder versuchen.« Wir lagen noch eine Weile da und streichelten einander an den Armen, und als sie schließlich aufstand, um sich in ihrem eigenen Zimmer anzuziehen – nachdem sie mich gebeten hatte, in der Zwischenzeit das Bett wieder herzurichten –, drehte sie in der Tür eine kleine Pirouette: »Aber es ist ein hübsches Nachthemd, nicht wahr?«

Ich stimmte ihr dankbar zu und kam zu dem Schluß, daß sie nicht bös auf mich war. Aber wie kam sie sich jetzt selber wohl vor, nach dieser Erfahrung mit mir? Ich sollte sie tags darauf anrufen, aber ich tat es nicht, ich rief sie nie wieder an. Ich hätte mich vor ihr geschämt.

Mit anderen Worten: junge Mädchen sollten ihre Nachthemden lieber älteren Männern vorführen.

5
VOM MUT UND VOM RATSUCHEN

Mein Führer führt mich von innen.
Attila József

Es wurde so schlimm, daß ich fast den Verstand verlor, wenn in einem überfüllten Bus eine Frau an mich gedrängt wurde. Ich versuchte, mich auf meine Arbeit in der Schule zu konzentrieren, und legte mir die ernste Miene all der beflissenen Schüler zu, die nur an den Sinn des Lebens und an Vergewaltigung denken. Ich hatte einen Freund, kleingewachsen und mit Brille, aber ein musikalisches Genie: er war fünfzehn wie ich, aber als angehender Dirigent war er bereits in seinem letzten Jahr auf der Musikhochschule. Vor einigen Wochen las ich in der Zeitung, daß er mit einem Konzert in Mailand Triumphe feierte. Damals in den alten Tagen masturbierten wir oft zusammen, ohne daß es uns viel Freude gemacht hätte. Ich werde nie vergessen, wie er eines Abends in meinem Zimmer plötzlich aufhörte, seinen Taktstock zu schwingen, und verzweifelt ausrief: »Verdammt, man braucht einfach eine Frau dazu!«

Und in dieser ganzen Zeit kannte ich schon die Frau, die meine erste Geliebte werden sollte – ja, ich kannte sie schon seit meiner Rückkehr aus Österreich. In unserem geräumigen neo-barocken Mietshaus wohnten auch die Horvaths, ein Ehepaar mittleren Alters, das ich kurz nach unserem Einzug im Lift kennenlernte. Sie freuten sich über mein Interesse an der Literatur und ermunterten mich, Bücher bei ihnen auszuleihen; da aber Herr Horvath einen großen Teil seiner Zeit außer Hauses verbrachte, bekam ich die Bücher immer von seiner Frau Maya. Sie war gelernte Volkswirtin, übte ihren Beruf aber nicht aus und war nachmittags gewöhnlich zu Hause. Sie forderte mich nie auf, Platz zu nehmen, aber wenn ich mich dann entschieden hatte, gab sie mir die Bücher mit irgendeiner freundlichen Bemerkung. Die beiläufige Art, mit der sie sich auf Jahrhunderte bezog, als wären es Menschen, beeindruckte mich zutiefst.

»Dieses Jahrhundert taugt nichts«, sagte sie einmal zu mir. »Du solltest diese modernen Autoren gar nicht erst lesen – ihre Romane sind frei erfunden. Stendhal, Balzac, Tolstoi – die können dir eine Menge über die Gefühle und Gedanken von Menschen erzählen.«

Dank ihrer Anleitung wurde ich ein begeisterter Leser der französischen und russischen Romanschreiber des neunzehnten Jahrhunderts, und von ihnen lernte ich sehr viel über die Frauen, denen ich in meinem weiteren Leben begegnen sollte. Von ihnen lernte ich auch, daß sich Frauen oft von der Verlegenheit und Unerfahrenheit eines jungen Mannes angezogen fühlten. Nun konnte ich mich endlich dazu durchringen, Frau Horvath meine Unwissenheit einzugestehen. Ich nahm mir fest vor, sie um Rat zu fragen, wie das mit Mädchen sei und mit welchen Mitteln und Wegen sie sich verführen ließen.

Ich begegnete ihr an einem Samstagmorgen in dem hohen, ornamentreichen Gewölbe unseres Hausflurs. Sonnenstrahlen drangen durch das hohe, offene Portal und machten den Staub auf den Steinen und in der Luft sichtbar. Sie holte Briefe aus dem Kasten.

»Du wächst schnell, András!« sagte sie, als sie mich sah. »Du wirst bald größer sein als ich!«

Sie forderte mich auf, neben sie zu treten, und wir waren tatsächlich gleich groß. Mir fiel auf, daß Frau Horvath kleiner war als viele junge Mädchen, mit denen ich ausging. Das veranlaßte mich, sie einmal näher anzuschauen. Viel sah ich allerdings nicht von ihr, denn ich hatte einen dieser von Magenkrämpfen begleiteten Schwindelanfälle, die mich immer übermannten, wenn ich dicht bei einer Frau stand, selbst wenn es eine unattraktive Fremde in einem Bus war. Ich erinnere mich aber genau, daß ich ihr zierliches, knochiges Handgelenk und die Farbe ihres Kleides – es war gelb – wahrnahm. Heute sehe ich Maya deutlich vor mir, so wie sie immer aussah: eine kleine, dunkelhaarige Frau, Anfang

Vierzig, mit einer auf ganz eigentümliche Art schönen Figur. Sie war schlank und zierlich gebaut, hatte aber große, für ihren Körperbau geradezu gewaltige Brüste und Hüften, die dennoch mit dem Übrigen aufs Angenehmste harmonierten. Sie sah aus wie der personifizierte Zwiespalt von Leib und Seele: das sanfte Gesicht, die feinen Lippen und schmalen Schultern ließen sie wie ein unnahbares höheres Wesen erscheinen (vielleicht hatte ich deshalb so lange gebraucht, die Frau in ihr zu bemerken), während die prallen Brüste und der Hintern alles andere als unirdisch waren.

Auf ihrem Weg zurück zum Lift – einem alten, romantischen Lift aus geschnitztem Holz und Glas, in dem wir später oft standen und uns ineinander verbissen – bemerkte sie, eine Spur besorgt: »Du wächst zu schnell. Paß auf, daß du keine Schwindsucht bekommst.«

Ich war auf dem Weg zu einer frühen und, wie ich genau wußte, sinnlosen Verabredung. Ich beobachtete sie, bis die Lifttüren zugingen, und zum erstenmal versuchte ich, sie mir nackt vorzustellen. Ich frage mich nun auch, ob sie wohl ihren Mann liebte. Sie hatten keine Kinder, sie waren seit über zehn Jahren verheiratet – und wußte ich nicht aus meinen Romanen, was zehn Jahre Ehe einem Menschen zufügen konnten?

Nach dem Abendbrot brachte ich die Bücher zurück, die ich nicht zu Ende gelesen hatte. Obwohl es ein Samstagabend war, war sie allein.

»Ich trinke grade einen Espresso, willst du nicht auch einen?« fragte sie. »Erst heute nachmittag hab ich mir gedacht, es war ganz schön unhöflich von uns, daß wir dir nie einen Stuhl angeboten haben.«

»Aber das macht doch nichts!« protestierte ich glücklich.

Es war auch das erstemal, daß sie etwas zur Abwesenheit ihres Mannes sagte. »Béla mußte noch einmal ins Büro – sie verlangen dort zuviel von ihm.«

Sie führte mich in ihr großes Wohnzimmer, das mir schon immer gefallen hatte: an zwei Wänden standen Bücher bis zur Decke, es gab Lampen mit getönten Schirmen, kleine goldfarbene Sessel und mehrere kleine Tische. Es war ein Raum mit modernen Möbeln, doch in gedämpften Farben und von unauffälliger, ein wenig altmodischer Eleganz. Als wir an den gegenüberliegenden Enden eines langen, niedrigen Tisches auf diesen denkbar kleinen Sesseln zum Kaffeetrinken Platz nahmen, fragte sie mich, wie es in der Schule gehe. Ich sagte ihr, in der Schule sei alles in Ordnung, aber das Mädchen, mit dem ich öfter ausgehe, mache mich mit ihrem ewigen Gekicher ganz verrückt. Ich erwartete eigentlich nicht, daß sie darauf einging, und musterte sie nun verstohlen, während sie den Kaffee einschenkte: die zwei oberen Knöpfe ihres gelben samtenen Morgenrocks standen offen, aber der Stoff hielt über ihren Brüsten zusammen.

»Vielleicht kichert sie, weil du sie nervös machst«, sagte sie. »Ich war als junges Mädchen genauso.«

»Dafür sind Sie viel zu gescheit«, beharrte ich. »Sie können unmöglich die ganze Zeit gekichert haben.«

»Na ja, beim Küssen wahrscheinlich nicht.«

Die Tatsache, daß sie mit einem fremden Jungen, der sich nur ein paar Bücher ausleihen wollte, über eine so intime Sache wie das Küssen sprach, hätte mich vielleicht gar nicht verblüfft, wenn ich nicht *Anna Karenina* gelesen hätte. So aber hatte ich das Gefühl, diese kleine Vertraulichkeit müsse etwas zu bedeuten haben. Ich schöpfte Hoffnung.

»Meine Mädchen kichern sogar beim Küssen«, log ich, um ihr klarzumachen, daß ich bei Frauen wenigstens bis zu dem Punkt gekommen war.

Doch Maya war anscheinend mehr an dem allgemeinen Problem interessiert. »Ich glaube, einen Jungen nimmt das alles mehr mit als ein Mädchen«, räumte sie ein. »Es sind schließlich die Jungen, die sich lächerlich machen müssen.«

»Genau das ist mein Problem. Ich mache mich nicht gern lächerlich.«

Sie sah mich in ihrer distanzierten, aber freundlichen Art an. Ganz anders als eine Mutter, eher vielleicht wie eine intelligente und mitfühlende Sozialarbeiterin.

Ich atmete tief durch und riskierte nun alles. »Ich kann sie nicht dazu bewegen, mit mir zu schlafen.« Das sollte eine beiläufige Feststellung sein, aber mitten in dem kurzen Satz fing meine Stimme an zu zittern.

»Das passiert auch erwachsenen Männern. Es sollte dich also nicht zu sehr beunruhigen.« Irgend etwas schien sie zu amüsieren.

»Aber ich hab noch nie mit einer Frau geschlafen, deshalb ist es für mich schlimmer«, konterte ich verwegen. »Mein Problem ist, daß ich Frauen nicht gut genug kenne. Im richtigen Moment weiß ich nicht, was sagen. Wahrscheinlich sollte ich Sie fragen. Sie sind eine Frau, Sie müssen es wissen.«

»Du solltest mit meinem Mann reden. Er müßte dir einen Rat geben können.«

Ich kam zu dem Schluß, daß ihr Mann eine Geliebte hatte und daß sie es wußte.

»Warum, hat er eine Freundin?«

Nicht mehr so amüsiert, aber mit mehr Interesse an mir (zumindest glaubte ich das) sah sie mich mit einem nachdenklichen Lächeln an. Von diesem Gespräch ist mir ihr Gesicht besonders lebhaft in Erinnerung geblieben: ich staunte, wie ausdrucksvoll es war. Zu den Dingen, die mich damals stark irritierten, gehörte die Leere in den Gesichtern meiner jungen Freundinnen. Sobald sie nervös wurden, verwandelten sich ihre Gesichter in starre, glatte Masken: nirgends eine Falte, die mir hätte die Richtung weisen und einen Hinweis darauf geben können, was sie dachten. Doch in Mayas Gesicht drückten die feinen Fältchen ihrer über vierzig Jahre alle Nuancen ihrer Gedanken und Empfindungen aus. Und obschon ihr ironischer Ausdruck nicht meinen Hoffnungen entsprach, half er mir doch, auf der Kante des kleinen Sessels das Gleichgewicht zu halten.

»Laß mich überlegen«, sagte sie nachdenklich, »was könnte ich dir über Mädchen erzählen? Etwas Hilfreiches.«

»Sagen Sie mir einfach, was Sie denken – wieso kann ein Mädchen nicht mit mir ins Bett gehen wollen?«

»Vermutlich bist du zu nervös.«

Danach war ich eine Zeitlang still und horchte nur auf das geräuschvolle Pochen meines Herzens.
»Aber ich glaube nicht, daß du große Probleme haben wirst. Du siehst gut aus.«
Diese wohltuende Bemerkung gab mir die Kraft, aufzustehen. Ich ging ans andere Ende des niedrigen Tisches, um mir Kaffee nachzugießen, und kauerte mich dann zu ihren Füßen nieder. Ihr Gesicht, das auf mich herabblickte, war nun neugierig: es war eine Art entspannter Neugier, aber mit einem warmen Schimmer in den Augen. Ich hatte das Gefühl, sie wartete darauf, daß ich etwas tat. Ich wollte ihr Bein berühren, aber mein Arm schien nicht in der Lage, sich zu bewegen. Es war, als sei zwischen den Muskeln und dem Nervenzentrum plötzlich die Leitung unterbrochen – ich hatte den Eindruck, daß ich meine Gliedmaßen nur wie Kleider trug, daß sie in Wirklichkeit nicht zu meinem Körper gehörten. Um meine idiotische Angst zu überwinden, versuchte ich, an all die verblutenden und toten Menschen zu denken, die ich auf der Straße nach Salzburg gesehen hatte. Ich versuchte, an Hiroshima, an den Dritten Weltkrieg zu denken und mir klarzumachen, daß ich es hier, gemessen an all den Katastrophen der Welt, mit einem winzigen Problem zu tun hatte. Schlimmstenfalls würde sie sagen: »Laß mich in Ruhe«, oder etwas in der Art. Es wäre gewiß nur eine Lappalie. Aber es gelang mir nur, sie wie zufällig am Knöchel zu streifen und mich dann rasch aufzurichten.
Ich bat sie noch um zwei andere Bücher und ging nach Hause. Es wird ein nächstes Mal geben, sagte ich mir. Sie fühlt sich offenbar zu mir hingezogen, sonst hätte sie mich rausgeworfen.
Erschöpft und deprimiert legte ich mich schlafen.
Am nächsten Tag war ich mit Agi verabredet, mit der ich damals oft ausging, um irgendwo in Dunkeln zu knutschen. Diesmal ging ich mit ihr ins Kino und sagte ihr, ich hätte mich in eine andere verliebt und hielte es für besser, wenn wir nicht mehr miteinander ausgingen. Ich wartete mit dieser Neuigkeit, bis der Hauptfilm lief, weil ich hoffte, daß Agi dann nicht streiten und unsere Nachbarn stören würde, und sie blieb tatsächlich ruhig. Später lachte

sie sogar über die Leinwandspäße. Ich sah darin den Beweis, daß ihr nichts an mir lag, und schämte mich für die Art und Weise, wie ich hinter ihr hergelaufen war, ohne zu bekommen, was ich wollte. Aber kaum daß der Film aus war, fing sie noch im Foyer des Kinos an, nervös zu kichern.

»Ich dachte, du bist in *mich* verliebt.«

»Schon, aber du hast gesagt, du möchtest Jungfrau bleiben.«

»Ich hab gesagt, ich will Jungfrau bleiben, bis ich siebzehn bin.«

»Das ist gelogen!« protestierte ich. »Das hast du nie gesagt!»

»Ach nein?«

Wir standen im Foyer neben einigen Standfotos aus dem Film, der *demnächst in diesem Theater* lief. Agi legte den Arm um mich – das hatte sie noch nie getan, es war immer andersherum gewesen –, und als sie zu reden begann, klang ihre Stimme tief und verführerisch.

»Nur, bis ich siebzehn bin. Und ich hab bald Geburtstag, schon *nächsten Monat.*«

Damals stellte ich fest – und habe es dann noch oft beobachtet –, daß ein Mädchen in dem Moment, wo man mit ihr Schluß machen will, plötzlich zärtlich wird, selbst wenn sie überhaupt nichts für einen übrig hat.

»Soll das heißen, daß du im nächsten Monat mit mir schlafen wirst?« fragte ich gereizt.

»Nein, das hab ich nicht gesagt. Solche Dinge kann man doch nicht planen.« Mit roten Pausbacken kicherte sie wieder fröhlich vor sich hin.

»Wieso dann das ganze Theater mit deinem Geburtstag? Was versprichst du dir eigentlich von diesen blöden Spielchen?«

Ich ließ sie einfach stehen, und obwohl das Kino in der Stadtmitte lag, etwa fünf Kilometer von unserem Mietshaus entfernt, fühlte ich mich so frisch und aufgekratzt, daß ich den ganzen Weg zu Fuß zurücklegte. Es geht nichts über die Trennung von einem Mädchen, das sich mal heiß und mal kalt gegeben hat, nur damit du zähneknirschend hinter ihr herläufst, hingerissen und verzweifelt. Es geht nichts über das herrliche Gefühl, wenn du die Kette deiner Enttäuschungen durchschlägst und endgültig deiner Wege gehst, frei und unabhängig. Es mag seltsam erscheinen, aber die Trennung von diesem übergewichtigen und unterentwickelten Mädchen war eines meiner tiefsten Gefühlserlebnisse. Ich verspürte körperlich, daß ich frei war, stark und unbesiegbar. Möglicherweise weil ich mir Hoffnungen auf eine schöne, ernstzunehmende und intelligente Frau machte – auch wenn sie zu dem Zeitpunkt wirklich nur ein Tagtraum war –, hatte ich nun das Gefühl, daß ich mich nicht nur von Agi lossagte, sondern auch von all den sinnlosen und freudlosen Spielereien, ohne die ich bis dahin geglaubt hatte, nicht auskommen zu können. Auf dem Heimweg vom Kino an diesem späten Sonntagnachmittag – es war wieder Frühling, und ich wurde bald sechzehn – fühlte ich mich als Herr über mein Schicksal.

Als ich zwei Tage danach die ausgeliehenen Bücher zurückbrachte, war Herr Horvath zu Hause: sie saßen im Wohnzimmer, lasen und hörten Musik. Ich tauschte die Bücher gegen andere, bedankte mich und ging wieder, wütend über mich selbst. Was immer ich mir erhoffte, ich hatte mir offenbar alles nur eingebildet.

Und doch ging ich immer häufiger in ihre Wohnung, um Bücher auszuleihen: schon bald war es die Regel, daß ich jeden zweiten Tag hinging. Ich glaubte mittlerweile zwar nicht mehr an Gott, aber ich betete immer verzweifelt darum, daß ihr Mann nicht zu Hause sein möge. Offensichtlich wurden meine Gebete erhört, denn in den darauffolgenden zwei Wochen traf ich Maya bis auf einmal immer allein an. In Rock und Bluse gefiel sie mir besser als in ihrem gelben Morgenmantel: ein zweiteiliges Kostüm brachte ihre zierliche und doch volle Figur besser zur Geltung. Für mich war sie die sinnlichste Frau der Welt. Sie war immer freundlich, ohne aber ihre Distanz aufzugeben, und mit dieser Haltung (die ich seither bei vielen gebildeten Frauen beobachtet habe) trieb sie mich auf ein stürmisches Meer der Hoffnung und Verzweiflung hinaus. Sie hatte immer ein warmes und zugleich ironisches Lächeln für mich – später sagte sie mir, sie habe sich gefragt, wie lange es wohl dauern würde, bis ich ihr einen Antrag machte –, und dieses Lächeln trug nicht dazu bei, meine Zweifel an ihren Gefühlen zu beseitigen. Aber der Schimmer in ihren Augen war mein Leuchtfeuer. Auch wenn es nie näherzukommen schien, blieb ich mit seiner Hilfe doch stets in Ufernähe. Wenn ich ihren nackten Arm erblickte oder im offenen Kragen einer Bluse ihre Haut sah (goldbraun, als sei sie das ganze Jahr in der Sonne), dachte ich mir: jetzt geh ich hin und küsse sie auf die Schulter. Ich tat aber leider nie etwas Kühneres, als sie weiterhin um Rat zu fragen, wie denn ein junges Mädchen am besten zu verführen sei, und ich tat so, als handle es sich immer noch um jenen übergewichtigen Teenager. Natürlich kamen mir nun, im Vergleich zu Maya, alle Frauen wie Teenager vor. Mir war, als würde ich von ihrer sanften, wohlklingenden Stimme wie mit warmen Fingern gestreichelt, selbst wenn sie etwas sagte, was mich in tiefe Verlegenheit stürzte.

»Du brauchst nicht so zu tun, als ob du die Bücher so schnell liest«, sagte sie eines Abends. »Du kannst jederzeit vorbeikommen, wenn du ein bißchen reden möchtest.«

Schließlich legte ich mir einen raffinierten Plan zurecht, der mich weiterbringen mußte. Ich wollte ihr mitteilen, daß mir an hübschen Teenagern nichts mehr lag, und dann fortfahren: »Aber sagen Sie, wie stelle ich es am besten an, daß *Sie* mit mir schlafen?« Ich nahm mir vor, sie bei diesem Satz nicht anzusehen und aus dem Fenster zu blicken, wenn es zu schlimm werden sollte. Ganz gleich, wie sie reagierte, ich würde dann wenigstens wissen, woran ich war. Ich las damals gerade *Rot und Schwarz,* schon zum zweitenmal, und ich war überzeugt, daß auch einem Julien Sorel nicht ohne weiteres ein so entwaffnendes Manöver eingefallen wäre. Auf dem Weg in ihre Wohnung blieb ich, wenn ich nicht mit dem Aufzug fuhr, auf dem Treppenabsatz stehen, wo in die Wand ein Spiegel eingelassen war, und sagte es laut zu meinem Spiegelbild: »Aber sagen Sie, wie stelle ich es am besten an, daß *Sie* mit mir schlafen?« Dazu übte ich ein etwas selbstironisches Lächeln, das mir angemessen schien. Ich zweifelte nicht, daß ich Erfolg haben würde, aber ich brachte den Satz einfach nicht heraus, mochte ich ihn auch noch so oft üben. Meine Zuversicht verflog, sobald sie die Tür aufmachte und mich anlächelte.

Nach zwei Wochen dieser trübseligen Offenbarung von Feigheit und Schwäche, derentwegen ich mich verachtete, beschloß ich, sie am frühen Nachmittag gleich nach der Schule zu besuchen, wenn Herr Horvath unmöglich zu Hause sein konnte. Fest entschlossen, diesmal den Mund aufzumachen, ging ich die Treppe hinauf (die Horvaths wohnten zwei Stockwerke über uns) und blieb nach jeder Stufe stehen, um den Augenblick der Wahrheit hinauszuzögern. Ich sah mich schon wieder die Treppe herabkommen, zerknirscht und bitter, weil ich nicht den Mumm gehabt hatte, irgend etwas zu sagen. »Und dieses lächerliche Theater«, dachte ich, »wird ewig so weitergehen – bis sie mich unerträglich langweilig findet. Und dann werde ich sie nicht einmal mehr besuchen können.« Als ich in den Spiegel blickte, sah ich mich zittern und kam zu dem Schluß, daß ich nicht fähig war, meinen Satz zu sagen, sowenig wie bei meinem letzten Besuch oder dem Besuch davor. Ich machte kehrt und ging zurück in unsere Wohnung.

Es gibt in *Rot und Schwarz* eine Passage, die mir in der Zeit sehr viel durch den Kopf ging. Es geht darin um die Angst des jungen Julien Sorel, sich Madame de Rênal zu nähern, in deren Haus er als Lehrer für ihre Kinder angestellt ist. Julien kommt zu der Überzeugung, daß er Madame de Rênals Gefühle dadurch in Erfahrung bringen kann, daß er nach ihrer Hand greift, wenn sie nebeneinander im Garten sitzen – am Abend, nach Einbruch der Dunkelheit, wenn niemand sie sehen kann. Als ich an diesem Nachmittag in unsere leere Wohnung zurückkehrte (meine Mutter war noch im Büro), holte ich das Buch heraus, um diese Passage noch einmal zu lesen.

> Gerade hatte es an der Schloßuhr dreiviertel zehn geschlagen, und noch hatte er es nicht übers Herz gebracht. Da sagte sich Julien voll Unmut über seine Feigheit: Pünktlich, wenn es zehn Uhr schlägt, werde ich tun, was ich mir den

ganzen Tag für heute abend vorgenommen habe. Oder ich gehe auf mein Zimmer und schieße mir eine Kugel durch den Kopf.

Nach einem letzten Augenblick voll höchster Erwartung und Angst, während ihn das Übermaß der Erregung fast um den Verstand brachte, schlug es von der Uhr hoch über ihm zehn Uhr. Jeder einzelne Schlag dieser verhängnisvollen Glocke dröhnte in seiner Brust wider und wirkte wie eine körperliche Erschütterung.

Endlich, während der letzte Schlag noch nachhallte, streckte er die Hand aus und griff nach Frau de Rênals Hand. Sie zog sie alsbald zurück. Julien wußte nicht recht, was er tat, aber er nahm sie von neuem. Trotz seiner Aufregung war er betroffen von der eisigen Kälte der Hand, die er ergriffen hatte. Er drückte sie krampfhaft. Die Frau machte einen letzten Versuch, sie ihm zu entziehen, aber endlich blieb die Hand in der seinen.

Immer und immer wieder las ich diese Worte, warf dann das Buch auf das Bett, stürmte aus der Wohnung und nahm den Lift nach oben. »Wenn ich diesmal den Mut nicht aufbringe«, entschied ich, »geh ich zur Donau runter und ertränke mich.« Ich beschloß, meinen Selbstmord auf den Abend zu verschieben, da mich am Tage Passanten entdecken und herausfischen konnten. Als ich bei den Horvaths klingelte, war ich nicht ganz sicher, ob ich Maya meine Frage würde stellen können, aber es stand fest, daß ich mich andernfalls noch am selben Abend umbringen würde.

6

VON DEN ERSTEN SCHRITTEN EINES LIEBHABERS

. . . verzaubert wie vom Frühling!
Und glaube niemand, ich
rede von etwas anderem als
von der rein körperlichen Liebe.
Doch auch sie ist die Domäne
einiger weniger Auserwählter.
Alexander Kuprin

Endlich brachte ich das Ehrenamt
in meinen Besitz.
John Cleland

Die Wohnungstüren in unserem Haus waren etwa drei Meter hoch, aus dickem, mit brüchiger weißer Farbe überzogenem Holz, und jede hatte vier gewaltige konzentrische Kreise, in deren Mittelpunkt ein verglastes Guckloch angebracht war. Das Glas und die gelbe Blechscheibe dahinter funkelten sogar im Halbdunkel des Treppenhauses. Als außer dem Echo der Klingel kein Geräusch von innen kam, fing ich an, auf das blitzende Glas zu starren und dann mit den Augen den sich vorwölbenden Kreisen zu folgen. Windung um Windung, bis sich in meinem Kopf alles drehte. Nach dieser ganzen Aufregung und der gedanklichen – ich könnte sogar sagen: geistigen – Vorbereitung hatte ich für meinen Besuch einen Zeitpunkt erwischt, wo Maya nicht zu Hause war. Ich legte die Handfläche auf den Klingelknopf und lehnte mich taumelig dagegen. Der Klingelton war laut, ungleichmäßig und unharmonisch, der perfekte musikalische Ausdruck meines Gemütszustandes; ich erinnere mich, daß mir dieser Mißton gefiel. Wenn Maya ausgegangen war, war das bestimmt nicht meine Schuld. Nun würde ich doch nicht zur Donau hinuntergehen müssen.

So behauptete ich mich, während ich unentwegt auf den Klingelknopf drückte, mit dem beglückenden Mut, der uns überkommt, wenn wir einer Gefahr ins Gesicht sehen, die gar nicht existiert. Ich kann unmöglich beschreiben, wie die langsamen, leisen Schritte auf mich wirkten, die plötzlich hinter der Tür zu hören waren – ich weiß nur, daß ich in meinem ganzen Leben nie mehr länger als ein paar Sekunden auf eine Türklingel drückte.
Maya sah sonst nie durch das Guckloch, aber nun hörte ich das klickende Geräusch, mit dem die kleine Blechscheibe zur Seite geschoben wurde, und ich neigte den Kopf, um ihrem Blick zu entgehen. Sie öffnete die Tür, bat mich aber nicht, wie sonst immer, herein. Sie stand in der Tür, hielt ihren aufgeknöpften gelben Morgenrock zusammen und sah mich ärgerlich und verschlafen an.
»Es tut mir leid«, murmelte ich. »Ich wollte Sie nicht aufwecken. Ich dachte, Sie wären ausgegangen.«
Sie unterdrückte ein Gähnen. »Warum hast du dann geklingelt?«
Mir fiel keine Antwort ein, und so hielt ich den Blick nach unten auf ihre nackten Füße gerichtet.
»Na gut, komm rein. Ich schlafe sowieso zuviel.«
Maya drehte sich um, und ich folgte ihr in die Wohnung, den schmalen Gang entlang, der bis auf einige japanische Bilder an der Wand leer war. Ihr samtener Morgenrock war zerknittert, und von hinten wirkte sie schlampig und reizlos. Aber ich ließ mich von meinen Sinnen nicht täuschen. Ich finde sie reizlos, weil ich Angst habe, sagte ich mir. Am Ende des Ganges gab es zwei Türen: die zur Linken führte ins Wohnzimmer, die zur Rechten ins Schlafzimmer. Sie machte die Schlafzimmertür zu, um den Blick auf ein ungemachtes Bett zu versperren, und ging ins Wohnzimmer. Sie setzte sich, offenbar unbehaglich, auf einen der kleinen Sessel, während ich stehen blieb und übermächtig spürte, daß ich ihr zur Last fiel. Doch meine peinliche Situation erleichterte es mir sogar zu sagen, was ich mir vorgenommen hatte: ich hatte zwar nach wie vor Angst, sie zu fragen, ob sie mit mir schlafen wolle, aber noch unmöglicher fand ich es, eine schläfrige Frau in eine

belanglose Plauderei zu verwickeln. Ich holte tief Luft und sah ihr in die halb geschlossenen Augen.

»Ich habe den Entschluß gefaßt, mich in die Donau zu stürzen, wenn ich Sie bis heute abend nicht gefragt habe, ob Sie mit mir schlafen wollen.«

Ich überlegte kurz, ob ich nicht meinen einstudierten Eröffnungssatz hinzufügen sollte, aber das schien nun überflüssig. Ich war so erleichtert darüber, endlich den Mund aufgemacht zu haben, daß es mir im Augenblick völlig gleichgültig war, ob sie ja oder nein sagte.

»Dann ist das also geklärt. Du hast mich gefragt, und jetzt brauchst du dich nicht umzubringen.«

»Sie haben mir einmal gesagt, ich solle mich nicht daran stören, auch mal als Narr dazustehen – Sie sagten, das sei nicht wichtig.«

»Es ist nicht fair, meine eigenen Worte gegen mich zu verwenden.«

Zimperlich zu sein, war so sehr gegen ihre sonstige Art, daß ich mich in scharfem Ton sagen hörte: »Möchten Sie, daß ich gehe? Möchten Sie sich wieder schlafen legen?«

»Du bist zu frech . . . aber das ist gut«, sagte sie und hatte wieder den warmen Schimmer – mein Leuchtfeuer – in den Augen. Sie stand auf, um mich für meine Frechheit mit einem Kuß zu belohnen. Nie zuvor war ich so geküßt worden, und ich konnte mich kaum noch auf den Beinen halten. Ich griff unter den nun offenen Morgenrock, um mich an ihrem warmen Leib festzuhalten. Ich war endlich an Land. Ohne den Kuß zu unterbrechen, ging sie mit mir rückwärts auf Zehenspitzen hinüber in das Zimmer mit dem ungemachten Doppelbett – und wich dann plötzlich zurück.

»Ich muß mein Diaphragma einsetzen. Und ich muß duschen. Eine heiße Dusche macht empfindlicher.«

Mit einem sanften, kurzen Abschiedskuß auf meine Nase verschwand sie im Bad. Ich wußte nicht, was ein Diaphragma war, aber die Tatsache, daß sie sich erst »empfindlicher machen« mußte, verletzte mich in meinem Stolz. Ich bedeute ihr wohl nicht viel, dachte ich, plötzlich niedergeschlagen. Als ich dann die

Geräusche der Brause hörte, ging ich im Schlafzimmer auf und ab und staunte darüber, wie einfach alles gewesen war. Ich war ganz schön stolz auf mich.
Ich zog mich aus und schlüpfte unter die Decke, und sie kam aus dem Bad und legte sich zu mir. Während sie meinen Kopf an ihre festen und doch kissenweichen Brüste drückte und mich auf die geschlossenen Augenlider küßte, streckte ich die Hand aus, um den warmen Quell ihres Leibes zu berühren. Man sagt, daß ein Mensch unmittelbar vor dem Tod in einem Augenblick sein ganzes Leben vorüberziehen sieht. Auf den gewundenen Straßen der österreichischen Alpen zwischen den russischen und deutschen Truppen hatte ich das selber erlebt: in einer Situation, wo ich fest davon überzeugt war, einen der kreischenden Granatsplitter in den Schädel zu bekommen, hatte ich in einem einzigen Moment wie auf einer gewaltigen Breitwand all die Ereignisse aus meinen elfeinhalb Jahren gesehen. Und als ich nun neben Maya lag und mich an sie drängte, hatte ich eine ähnliche Halluzination – diesmal nicht vor dem Tod, sondern vor dem Leben. Ich sah das kleine Nachbarsmädchen, mit dem ich als Fünfjähriger Doktorspiele gemacht hatte. Ich hatte dieses Mädchen völlig vergessen, aber nun war ich wieder mit ihr zusammen und verglich ihre kaum sichtbare Furche mit meinem kleinen Stengel. Der Unterschied war kaum der Rede wert, aber als ihre Mutter uns entdeckte, hatte es heftige Ohrfeigen gesetzt. Ich sah wieder die flaumweichen Freundinnen meiner Mutter und spürte wieder, wie die Gräfin steif wurde, als ich ihr nach dem Duschen auflauerte. Ich sah den geheimnisvollen Schatten, der sich unter Fräulein Mozarts weißem Seidenhöschen abzeichnete, und spürte den kühlen und passiven Körper der fünfzehnjährigen Julika, der sich mir nicht öffnen wollte. Die Erinnerungen an all die Stationen meines weiten Weges lähmten mich und kosteten mich lange, bange Minuten der Hilflosigkeit. Maya schien zu ahnen, was in mir vorging, und sie hörte nicht auf, mir mit ihren warmen Fingern über den Nacken und das Rückgrat zu streichen, bis ich wieder eine Erektion hatte.
Sie lenkte mich behutsam und nahm mich in sich auf, und ich

fühlte mich schon so zufrieden, daß ich es nicht wagte, mich zu bewegen – aus Angst, alles zu verderben. Nach einer Weile küßte sie mich aufs Ohr und flüsterte: »Ich muß mich jetzt, glaub ich, ein bißchen rühren.«

Bei ihrer ersten Bewegung ergoß ich mich augenblicklich. Maya drückte mich leidenschaftlich an sich, als hätte sie noch nie etwas so Großartiges erlebt. Dadurch ermutigt, fragte ich sie, weshalb ihr eigentlich der Altersunterschied zwischen uns nichts ausmache.

»Ich bin ein egoistisches Luder«, gestand sie, »mich interessiert nur meine eigene Befriedigung.«

Dann liebten wir uns, vom sonnigen Nachmittag bis in den dunklen Abend hinein. Seit jenen zeitlosen Stunden habe ich nicht mehr viel dazugelernt: Maya hat mich alles gelehrt, was es zu wissen gab. Doch »gelehrt« ist das falsche Wort: sie befriedigte einfach sich selbst und mich, und mir war gar nicht bewußt, daß ich meine Unwissenheit hinter mir ließ, während sie mich auf Entdeckungsreise in ihre fremden Territorien mitnahm. An jeder Bewegung fand sie Vergnügen – oder auch nur daran, meine Knochen und mein Fleisch zu betasten. Maya gehörte nicht zu den Frauen, die einzig im Orgasmus den Lohn für eine ermüdende Tätigkeit finden: mit ihr war die Liebe eine Vereinigung und nicht nur die Selbstbefriedigung zweier Fremder im selben Bett.

»Behalt mich jetzt im Auge«, sagte sie rechtzeitig, bevor es ihr kam, »du wirst deine Freude dran haben.«

In einer unserer kurzen Ruhepausen frage ich sie, wann sie sich entschlossen habe, mir nachzugeben. Vielleicht in dem Augenblick, wo ich schon aufgeben wollte und sie fragte, ob sie sich wieder schlafenlegen wolle?

»Nein. Ich habe mich schon damals entschieden, als ich dir sagte, daß du zu schnell wächst, und dich vor dem Briefkasten aufgefordert habe, neben mich zu treten.«

Ich war sprachlos. Das ließ alle meine Konflikte und listigen Überlegungen sinnlos und lächerlich erscheinen; und es bedeutete auch, daß wir kostbare, lange Wochen vergeudet hatten. Warum hatte sie mich in keiner Weise ermutigt?

»Ich wollte, daß du mich fragst. Es ist besser, wenn du es bist, der die Frau verführt, besonders beim erstenmal. Béla ist nie darüber hinweggekommen, daß er seine ersten Erfahrungen mit einer bezahlten Hure gemacht hat. Solche Probleme wirst du nie haben. Du kannst stolz auf dich sein.«

»Woher weißt du, daß ich stolz bin?«

»Du solltest es jedenfalls sein«, sagte sie.

Nach diesem Kompliment für uns beide umschlang mich Maya mit Armen und Beinen – und wälzte sich dann herum, ohne mich loszulassen, so daß sie nun über mir war. »Du solltest dich jetzt mal ausruhen«, sagte sie, »und mich die ganze Arbeit tun lassen.«

Wir hörten erst auf, als Maya Hunger bekam, und während sie uns etwas zu essen machte, schlug sie vor, ich solle mich anziehen und hinuntergehen, um mich mal bei meiner Mutter sehen zu lassen. Sie sagte, ich könne wiederkommen, da ihr Mann eine Geliebte habe (genau, wie ich vermutet hatte) und bei ihr die Nacht verbringe. Ich sagte ihr, es sei mir unbegreiflich, daß er sie alleinlassen und zu einer anderen Frau gehen könne. »Ach, ich weiß nicht – sie ist ein sehr hübsches Mädchen«, bemerkte Maya beiläufig, ohne jede Spur von Groll.

Jedenfalls konnten wir – dank diesem hübschen Mädchen – die Nacht zusammen verbringen, und ich ging hinunter, um mit meiner Mutter zu reden. Dazu ging ich nicht einmal in unsere Wohnung. An der Tür sagte ich ihr, ich sei im Haus, sie solle nicht auf mich warten und sich keine Sorgen machen.

»Ach, ihr Poeten!« Sie schüttelte mit einem traurigen Lächeln den Kopf; eine andere Rechtfertigung für mein sündiges Verhalten konnte sie sich nicht vorstellen. Während ich in großen Sätzen die Treppen hinaufstürmte, nahm ich mir vor, ihr am nächsten Tag etwas Hübsches zu schenken.

Nach dem Abendessen kehrten wir ins Bett zurück – einfach um einander zu spüren und zu reden. Ich sagte Maya natürlich, daß ich sie liebe – damals ebenso wahr wie heute –, und fragte sie, ob sie auch mich liebe.

»Ja«, sagte sie ernst. »Aber du wirst noch erfahren, daß Liebe selten anhält und daß es möglich ist, zur gleichen Zeit mehr als einen zu lieben.«
»Du willst sagen, du hast noch einen anderen Freund?« fragte ich erschrocken.
»Nun ja, meinen Mann«, antwortete sie, und ihre Augen weiteten sich ein wenig. »Aber mach dir darüber keine Gedanken. Diese Vorstellung, daß man nur einen Menschen lieben kann, ist schuld daran, daß die meisten Leute so durcheinander sind.«
Sie erzählte mir, daß sie sehr gerne Kinder gehabt hätte und daß sie daran denke, sich eine Stelle als Lehrerin zu suchen.
»Wann?«
»Nicht sofort. Erst wenn du mich verläßt.«
Wir liebten uns wieder, und dann noch einmal, bevor es Zeit für mich wurde, aufzustehen und zur Schule zu gehen.
Wir konnten nie gemeinsam ausgehen: Béla würde das nicht wollen, sagte sie und nährte in mir den Verdacht, daß er über uns Bescheid wußte. Wenn ich ihm begegnete, war er sehr höflich, und er tat uns den Gefallen, die meiste Zeit außer Hauses zu sein. Aber in diesen vier Wänden hatten wir alles, was wir brauchten – Essen, Musik, Bücher und das große Bett. So lebhaft wie an den Liebesakt erinnere ich mich daran, daß wir uns aneinander rieben und uns beschnupperten wie die Hunde – und besonders an unsere Gewohnheit, uns zusammen die Zehennägel zu schneiden und dabei unsere Arme und Beine zu einem wirrten Knäuel zu verknoten; ein Wunder, daß wir uns nicht öfter schnitten.
Das alles muß sich auf mein Äußeres ausgewirkt haben, oder zumindest auf mein Auftreten: ich bemerkte immer wieder, daß Frauen mich bemerkten. Vielleicht lag es daran, daß die Verzweiflung aus meinem Gesicht verschwunden war. Und während ich immer noch meine Freude daran hatte, unbekannte Frauen anzusehen, bekam ich davon keine Magenkrämpfe mehr.
Die Lehrer in der Schule waren von meiner neugewonnenen Selbstsicherheit so beeindruckt, daß sie mir nun »Führungsqualitäten« zusprachen.

7

VON PROMISKUITÄT UND EINSAMKEIT

Rache ist süß – besonders den Frauen.
Byron

Als Mayas Liebhaber mußte ich fast zwangsläufig in allen Frauen wunderbare Fähigkeiten vermuten. Mayas Vollkommenheit machte mich glauben, andere Frauen in ihren aufregend unterschiedlichen Formen und Farben müßten ähnlich großartig sein. Einer der Gründe, weshalb ältere Frauen bei jüngeren Männern oft skeptisch sind – und weshalb Ehemänner bei unberührten Bräuten skeptisch sein sollten –, ist vermutlich der, daß selbst die außergewöhnlichsten Qualitäten diejenigen kaltlassen, denen jede Vergleichsmöglichkeit fehlt. Wie Mayas Cousine Klári gern sagte: »Du kannst dich auf junge Leute nicht verlassen.«

Klári besuchte Maya etwa einmal in der Woche, und die Tatsache, daß ich immer da war, brachte sie offenbar aus der Fassung. Schlank und sexy, bevorzugte sie langärmelige, hochgeschlossene Kleider, um ihre Figur für sich zu behalten, und ihre schwarzen Haare waren immer gepflegt, als käme sie gerade vom Friseur. Sie war einige Jahre jünger als Maya, aber die dunklen Augenbrauen warfen einen tiefen Schatten über ihr rundes, kindliches Gesicht.

»Ich hoffe, du nimmst mir meine Worte nicht übel«, hörte ich Klári einmal zu Maya sagen, als sie glaubten, ich läge schlafend im Bett, »aber du mußt völlig übergeschnappt sein, daß du deine Zeit mit diesem Jungen vergeudest. Du solltest lieber zusehen, daß du dich scheiden läßt und einen neuen Mann findest. Wenn du hin und wieder mit einem Jungen wie András schläfst, nun gut, das versteh ich – es gibt schließlich so was wie Neugier. Aber ein längeres Verhältnis mit ihm – das ist doch Wahnsinn. So viel Zeit bleibt dir ja nicht mehr.«

Als ich ins Wohnzimmer kam und ihr Gespräch unterbrach, sah

mich Klári mit einem ungeduldigen Lächeln an. Ich fand, auf ihre eigene, boshafte Art sah sie hübsch aus. Als sie weg war, hatte ich ihretwegen eine meiner seltenen Auseinandersetzungen mit Maya.
»Hör schon auf damit«, sagte sie schließlich. »Klári meint es gut.«
»Sie haßt mich wie die Pest.«
»Sei nicht albern. Klári ist schließlich meine Cousine, und sie will mich nur beschützen. Sie warnt mich und sagt, ich soll mich nicht auf dich verlassen. Aber das weiß ich auch so – was sie sagt, braucht dich also nicht zu beunruhigen.«
Und dann beendete sie unseren Streit wie immer damit, daß sie mir einen Kuß auf die Nase drückte.
Doch auch Maya konnte Kláris Mißbilligung nicht einfach ignorieren. Um ihre Zuneigung zu mir zu rechtfertigen, erzählte sie Klári, was für ein großartiger Liebhaber ich sei. Sie erfand Geschichten, die selbst eine frigide Nonne neugierig gemacht hätten. Bei einem der Gespräche, die ich belauschte, hörte ich Maya sagen, ich könne bei der Liebe zwei Stunden ohne Unterbrechung meinen Mann stehen.
Diese wilden Geschichten müssen bei Klári Wirkung erzielt haben, denn auch sie hatte nun, wenn sie mich anschaute, jenen Schimmer in den Augen, dessen Bedeutung ich mittlerweile kannte. Und sie machte – ohne auf das augenblickliche Gesprächsthema Rücksicht zu nehmen – immer öfter Bemerkungen über ihre eigene Weiblichkeit. Beim Essen erklärte sie einmal betont lässig (aber zugleich errötend), ihr Mann liebe sie oft im Schlaf und sei dann am Morgen nicht davon zu überzeugen, daß es geschehen war. Ob das stimmte, kann ich nicht sagen. Aber mich faszinierte die Art und Weise, wie sie plötzlich die Farbe wechselte und wie ihre Gesichtszüge sanft wurden und durcheinandergerieten, wie beim Liebesakt – während sie in Wirklichkeit aufrecht am Tisch saß und mit höchster Eleganz ein Stück Fleisch abschnitt. Ich sah es ihrem Gesicht an, daß sie feuchte Höschen hatte.
Beim Werben um Kláris Freundschaft genoß ich vielleicht am meisten die Tatsache, daß ich nun auf eine Frau zugehen konnte,

ohne Angst zu haben. Manchmal legte ich ihr in einer Geste, die freundlich und zerstreut wirken sollte, den Arm um die Taille. Es war ja überhaupt nichts dabei. Sie fühlte sich anders an als Maya, aber nicht weniger aufregend. Immer schob sie mich mit einem nervösen Auflachen weg. Eines Tages sagte sie zu mir, als ihre Cousine gerade im Bad war: »Ich muß sagen, so langsam fange ich an, Maya zu verstehen«, wechselte dann aber rasch das Thema.

Es gab keine weiteren Verstöße gegen die Schicklichkeit, bis unsere Gastgeberin an einem Samstagnachmittag einkaufen ging und uns allein ließ. Klári ging noch nicht, weil sie bei uns zum Abendessen eingeladen war, aber ich fragte mich, warum sie sich »zu müde« fühlte, Maya zu begleiten, und lieber mit mir in der Wohnung blieb, bis Maya zurückkam – frühestens in einer Stunde, nahmen wir an.

»So, jetzt sind Sie in meiner Obhut«, sagte sie, und ihr Lachen klang recht unsicher, »was fang ich bloß mit Ihnen an?«

Es war nicht nur das Lachen, das sie am ganzen Körper zittern ließ: ich sah, daß ihre Gesichtszüge wieder sanft wurden und durcheinandergerieten. Dieser nackte Ausdruck im Gesicht einer Frau, die völlig angezogen ist, übt einen unwiderstehlichen Reiz auf mich aus. Und Klári fragte, was sie mit mir anfangen sollte.

»Verführen Sie mich.«

Sie wurde ernst. »Ich muß mich über Sie wundern, András.«

»Wieso denn, Sie haben mich doch gefragt, was Sie mit mir anfangen sollen.«

»Ich wollte nur freundlich sein und Konversation machen.«

»Gibt es etwas Freundlicheres als die Aufforderung, mich zu verführen?«

»Daß Sie keine Gefühle und keine Moral kennen, liegt auf der Hand, aber Sie können doch nicht von sich auf alle anderen schließen. Ich liebe meinen Mann, und ich liebe meine Cousine. Ich würde sie nie hintergehen, selbst wenn ich etwas für Sie übrig hätte. Ehrlich gesagt, ich verstehe nicht, wie sie mit Ihnen ein Verhältnis haben kann. Es ist idiotisch, und ich hab ihr das auch gesagt. Sie sollte sich einen netten Mann zum Heiraten suchen und ihren fiesen Ehemann verlassen.«

»Vielleicht tut sie's ja.«

»Davon ist aber nichts zu merken! Sie hat Ihnen schon ein ganzes Jahr ihres Lebens geschenkt, und so danken Sie's ihr! Es ist widerlich.«

Ich sah ihr an, daß sie es Wort für Wort so meinte, und sie hatte ja auch recht. Doch während wir noch einige Minuten in diesem Ton weiterredeten, wechselten wir beide immer häufiger die Farbe. Klári stand schließlich von dem Sessel auf und ging an den Bücherschrank, wo sie sich in die Titel vertiefte. Als sie so dastand, konnte ich mich des Eindrucks nicht erwehren, daß sie auf einen Annäherungsversuch von mir wartete – auch wenn sie es vielleicht gar nicht wollte. Erst wenn ich ein sehr alter Mann bin, werde ich einer solchen Gelegenheit widerstehen können. Ich ging hin und küßte sie auf die Schulter, aber sie entzog sich mir.

»Du bist schrecklich. Außerdem könnten wir gar nichts tun, selbst wenn ich wollte. Ich habe meine Tage.«

Es war eine offene Lüge. Wenn ich sie akzeptiert hätte, wäre sie höchstwahrscheinlich erleichtert gewesen, da ich es aber nicht tat (oder besser gesagt, mich gar nicht damit auseinandersetzte), leistete sie keinen Widerstand mehr. Als wir uns liebten, brauchten wir uns nicht zu bewegen. Ihr Körper wurde vom Anfang bis zum Ende von einer Entladung nach der anderen geschüttelt. Vielleicht weil wir uns im Grunde nicht wiedersehen wollten (sie fand mich unmoralisch, ich fand sie dumm), hatten diese wenigen Minuten den starken Beigeschmack des Einmal-und-nie-wieder.

Maya kam früher als erwartet vom Einkaufen zurück und fand uns im Bett. Als sie, mit Lebensmitteln schwer beladen, die Tür aufmachte und uns sah, sagte sie lächelnd: »Oh, da mache ich am besten gleich mit – ihr scheint euch gut zu amüsieren.«

»Ja, bitte«, murmelte ich wie ein Idiot.

Aber sie trat zurück und machte die Tür zu. Klári stand auf, zog sich hastig an und ging.

Nach einiger Zeit wagte ich mich heraus und fand meine teure

Geliebte im Wohnzimmer, wo sie eine Schallplatte hörte, las und, wie sie es gelegentlich tat, eine Zigarette rauchte. Da sie auf dem kleinen Sessel saß, beugte ich mich zu ihr herunter, aber sie ließ mich gar nicht erst zu Wort kommen.

»Mach keine Tragödie draus. Es ist meine Schuld – ich bin früher zurückgekommen, als ihr erwartet habt.«

»Ich liebe dich.«

»Jetzt siehst du verwirrt aus. Du glaubst immer noch nicht, daß man viele Leute gleichzeitig lieben kann, nicht wahr?«

Um zu beweisen, daß sie mir nicht böse war, küßte sie mich auf die Nase und stand dann auf, um die Lebensmittel auszupacken. Sie hatte allerlei Wurst, frisches Gemüse und Obst mitgebracht: Paprikawurst, kalten Braten, Schalotten, Gurken, dicke rote Tomaten, Pfirsiche und Weintrauben, und wir aßen alles auf, nicht ohne immer wieder zu beteuern, wie köstlich es schmeckte. Wir schienen beide einen außergewöhnlichen Appetit zu haben.

Von dem Tag an veränderte sich unsere Beziehung auf eine kaum wahrnehmbare Art. Maya machte mir nie einen Vorwurf, und sie schien mich auch nicht weniger zu mögen – ja, im Bett ging es zwischen uns noch hitziger zu –, aber sie fing an, weniger Zeit für mich zu haben. Es gab immer mehr Konzerte, Theateraufführungen und Parties, die sie nicht versäumen wollte. Und es war ausgerechnet Klári, mit der sie oft ausging. Sie hatten sich versöhnt, aber ich sah Klári nie wieder in der Wohnung.

Etwa zwei Monate danach traf ich eines Abends, als Maya mich erwartete, einen fremden Mann an, der mit ihr im Wohnzimmer Kaffee trank. Ich wurde als ein junger Dichter vorgestellt, der im Haus wohnte und sich hin und wieder Bücher auslieh, und er wurde mir als ein alter Freund vorgestellt. Ich schlüpfte wieder in meine ursprüngliche Rolle, bat um zwei Bücher und ging.

Sie brachte mich zur Tür und flüsterte mir zu: »Jetzt mach kein Gesicht. Ich liebe dich wie eh und je.« Als ich in der Wohnungstür stehenblieb, entließ sie mich mit einem zärtlichen Kuß auf die Nase. Diese Geste, in die ich immer vernarrt gewesen war, kam mir nun wie eine Ohrfeige vor.

Ich ging hinunter und zog mich, sobald ich von meiner Mutter wegkommen konnte, auf mein Zimmer zurück und weinte. Ich bedauerte und haßte mich dafür, daß ich sie verloren hatte, ich fluchte und knirschte mit den Zähnen. Diesem einsamen Vergnügen habe ich mich seither oft hingeben können – weil ich die Gesellschaft der Frauen allzusehr liebe.

8

VON DER EITELKEIT UND VOM HOFFNUNGSLOSEN VERLIEBTSEIN

> Diese Liebe ist von der schlimmsten Sorte –
> sie raubt dir den Appetit.
>
> *Balzac*

Maya schickte mich im Frühjahr weg. Den Sommer über lernte ich eifrig, um die letzten beiden Schuljahre überspringen und im Herbst an die Universität gehen zu können. Als ich das Abitur geschafft und die Aufnahmeprüfungen bestanden hatte, fing ich wieder an, nach einer Frau Ausschau zu halten, und nach Monaten voll erfolgloser Annäherungsversuche passierte es dann, daß ich mich, ohne im geringsten dazu herausgefordert zu sein, hoffnungslos und unabänderlich verliebte. Es ging mir wie der Sekretärin, die wegen des Typs, der sie im Büro manchmal anspricht und mit ihr einmal essen war, an die Briefkastentante der Zeitung schreibt: »Er ist nett und freundlich, aber er sieht in mir nur die Kollegin, nicht die Frau. Er hat mich nie mehr eingeladen, obwohl wir von neun bis fünf an gegenüberstehenden Schreibtischen sitzen. Liebe Ann, ich bin sehr verliebt, was kann ich tun, um sein Interesse zu wecken?« Solche verzweifelten Leidenschaften erkennt man am leichtesten an der unausgesprochenen und doch offenkundigen Überzeugung, daß es einen Weg *gibt,* daß unser Idol uns nur ignoriert, weil es uns nicht gelungen ist, unseren tatsächlichen Wert deutlich zu machen. Wenn wir uns unser wahres Selbst, die Tiefe unserer Gefühle zeigen könnten – also wirklich, wer könnte uns dann noch widerstehen? Diese Art von Optimismus kennt keine Grenzen.

An einem Nachmittag im frühen Winter sah ich, wie mir Ilona aus dem Schwimmbecken im Lukácsbad zuwinkte. Es ist ein ganz außergewöhnlicher Bau, ein renoviertes Relikt des Osmanischen

Reiches: ein zum öffentlichen Hallenbad umgewandelter türkischer Badepalast. Etwa hundert Einzelkabinen mit Dampfbad umgeben das Schwimmbecken, das sich in einem mächtigen, moschee-ähnlichen Raum befindet, über dem sich eine gläserne Kuppel wölbt. Das »Lukács« war an Wochenenden und Feiertagen gesteckt voll, doch an Werktagen bestimmten die Leute das Bild, die in kein Schema passen: Fußballstars, Künstler, Schauspielerinnen, Schwimmer der Olympiamannschaft, einige Professoren und Studenten und teure Prostituierte. Diesem bunten Gemisch von Individuen war eines gemeinsam: eine trotzig-ausgelassene Lebensfreude. In den schlimmsten Jahren des stalinistischen Terrors und des fanatischen Puritanismus trugen die Frauen dort Bikinis nach der neuesten italienischen Mode. Das hätte damals selbst in den meisten Ländern des Westens einigen Mut erfordert; im Budapest des Jahres 1950 war es ein Akt des zivilen Ungehorsams. Wenn man an einem gewöhnlichen Werktag nachmittags ins Lukács ging, dann war das, als gehe man außer Landes. Stalins freudloses Ungarn blieb draußen, wenn wir uns hinter die uralten und reichverzierten türkischen Mauern zurückzogen, diese prachtvollen Mahnzeichen der Vergänglichkeit von Besatzungsmächten.

Nach dem Schwimmen setzte ich mich immer an den Beckenrand, um in der feuchten Luft, die aus den Dampfbad-Kabinen drang, die fast nackten Frauen zu begaffen. Als einsamer Veteran einer glorreichen, aber abgeschlossenen Liebesaffäre beobachtete ich die Leiber, die an mir vorbei promenierten, ihre nasse Haut, funkelnd wie ein undurchdringlicher Panzer. An diesem besagten Januartag hatte ich, verlassen und ungeduldig, bereits seit Stunden gleichgültige Frauen angeschaut. Und dann war da plötzlich Ilona, die aus dem Wasser zu mir herüberrief. Als sie den Arm hob und mir freundlich zuwinkte, war das, als schwinge sie einen Zauberstab: mich erfüllte eine unbändige Hoffnung. Ich kannte sie kaum und wußte nicht einmal mehr, wie sie aussah, aber als sie auf mich zugeschwommen kam, eine weiße Bademütze und zwei lange Arme, faßte ich den Entschluß, mit ihr zu schlafen.

»Wie nett, ein bekanntes Gesicht zu sehen«, sagte sie arglos, während sie sich vor mir aus dem Becken hievte. »Ich wette, Sie können sich nicht an mich erinnern!«
Daß *sie* sich an *mich* erinnerte, obwohl wir uns nur ganz kurz auf einer Party unterhalten hatten, ließ für mich nur den Schluß zu, daß ich sie tief beeindruckt haben mußte. Ihr Gefühl erwidernd, riß ich sie mit den Augen an mich und bekam plötzlich eine Erektion.
Sie nahm die Bademütze ab, beugte den Oberkörper seitwärts, um das Wasser erst aus dem einen, dann aus dem anderen Ohr zu schütteln, und ließ sich auf den Marmorboden plumpsen, um zu Atem zu kommen. Dann drehte sie sich auf den Rücken und blickte nach oben. Fasziniert verfolgte sie die wechselnden weißen Muster, die der Wind über unseren Köpfen schuf, wenn er den Schnee auf der Glaskuppel mal hierhin, mal dorthin wehte. Wir sprachen über strenge und milde Winter, und tauschten allerlei Klatsch aus, der mit der Universität zu tun hatte. Sie war Bibliothekarin und hatte gerade Urlaub; und sie war die Verlobte eines meiner Professoren.
Ilona war Ende Zwanzig, sah aber wie ein Teenager aus. Sie hatte einen schmächtigen, festen Körper mit federnden kleinen Tennisball-Brüsten, einen reinen, aber sommersprossigen Teint und rote Haare, die zu einem Pferdeschwanz zusammengefaßt waren. Aber ich hatte noch nie eine aufregendere Frau gesehen. Für ihr zierliches ovales Gesicht hatte sie einen zu großen Mund mit einer stark aufgeworfenen Oberlippe, die von der Unterlippe nicht ganz erreicht wurde; und diese Lippen, die immer leicht geöffnet waren, schienen ihren ganzen Leib anzubieten. Da sie dicht am Beckenrand lag, wo sie nicht genügend Platz hatte, sich auszustrecken, mußte sie die Beine anziehen. Dabei wölbte sich ihr Bauch nach innen, und die sanfte Mulde hob den ohnehin schon auffallenden Venusberg noch stärker hervor. Er drückte das schwarze seidenglatte Bikinihöschen nach oben, und darunter drängten ein paar widerspenstige Härchen wie feuchte rote Ranken ins Freie.

»Ich wollte, ich könnte Sie vergewaltigen«, gestand ich, mitten hinein in mein belangloses Geplauder.
»Die ganze Zeit denk ich schon, Sie sehn mich zu scharf an«, antwortete sie, als habe sie ein verwirrendes Problem gelöst. Es war allerdings kein sehr wichtiges Problem: ihre Stimme blieb gelassen.
Ich kann ja nicht erwarten, daß sie mir gleich in die Arme sinkt, versuchte ich mich selber zu überzeugen. Woher soll sie schließlich wissen, daß ich nicht an der Uni über sie reden werde? Das Gerede könnte ja ihrem Verlobten zu Ohren kommen. Ich fand ihre Vorsicht vernünftig. Noch hatte ich nicht vor, sie zu heiraten, und ich wollte ihr auf keinen Fall bei Professor Hargitay ihre Chancen verderben.
»Ich fühle mich geschmeichelt«, sagte sie – etwas später – sarkastisch, als ich ihr ein anzügliches Kompliment aufdrängte.
Sie fühlt sich geschmeichelt, dachte ich, etwas unsicher geworden.
Immer wenn ich eine Frau sah, die mich anzog, blickte ich ihr als erstes in die Augen und suchte hoffnungsfroh nach dem einladenden Schimmer. Doch diesmal war alles anders. Wenn ich Ilona ins Gesicht schaute, blickte ich auf ihren Mund oder auf ihre sommersprossige Nase oder auf eine Stelle in der Nähe der Augen – aber nie direkt *in* die Augen. Während ich fast eine Stunde neben ihr am Beckenrand kauerte, bildete ich mir lieber ein, die gelegentlichen Bewegungen ihrer Glieder drückten ihr immer noch unterdrücktes oder unbewußtes Verlangen nach mir aus.
Wie sie da mit angezogenen Beinen auf dem ausgebleichten Marmorboden lag, drückte sie gelegentlich die Knie zusammen und klappte sie dann wieder auseinander. Abwechselnd verdeckte sie so ihre Schenkel und ließ sie dann wieder sehen, und dabei bewegten sich die Muskeln unter der Haut wie beim Liebesakt. Ich beobachtete die Wellen, die durch ihren Körper liefen, und dachte tatsächlich daran, sie zu vergewaltigen. Der Lärm der anderen Leute um das Becken, das Echo ihres Gelächters und ihrer Rufe in dem geschlossenen Raum, wirkten auf mich wie ein Ansporn, hart ranzugehen, nicht viel Federlesens zu machen. Ich stellte mir

vor, wie ich sie einfach packte und zustieß, durch den schwarzen Satin. Doch da ich sie nicht vergewaltigen konnte, verliebte ich mich in sie. Ich streckte die Hand nach ihrem schlanken Arm aus, der regungslos zwischen uns lag, und ließ meine Finger über ihn wandern, sacht und leicht. Als ich ihre unbewegte Hand und die langen, schlanken Finger anfaßte, war das ein Gefühl, als streichelten sie mich. Ich entspannte mich mehr und mehr, wurde ganz locker (der Kurzschluß des mit Gewalt überladenen Körpers), und plötzlich erfüllte mich ein demütigendes, melancholisches Glücksgefühl.

»Wann sehe ich Sie wieder?« fragte ich Ilona, als sie aufstand, um zu gehen. Nachdem ich bei glücklicheren Gelegenheiten gelernt hatte, daß es am besten war, die Karten auf den Tisch zu legen, hatte ich ihr Komplimente gemacht, die an meiner Entschlossenheit keinen Zweifel ließen. Aber bis jetzt hatten sie mir noch nicht einmal eine Verabredung eingebracht.

»Ich komme öfter hierher. Da werden wir uns schon mal wieder begegnen.«

»Was können wir in einem öffentlichem Schwimmbad schon anfangen? Ich will mit Ihnen allein sein.«

»Jetzt werden Sie aber wirklich albern«, sagte sie und hielt sich die Bademütze vor die Tennisbälle, die drauf und dran waren, aus dem Bikinioberteil zu kullern. Sie war jetzt doch nervös geworden. Es sei schon spät, sie müsse gehen, sie habe eine Verabredung mit ihrem Verlobten.

»Dann treffen wir uns eben anschließend«, konterte ich schnell.

»So weit plane ich nicht voraus.«

»Sie nehmen mich nicht ernst!« protestierte ich.

»Schön, Sie haben mir mit diesem Spruch, daß Sie mich vergewaltigen möchten, ein nettes Kompliment gemacht. Verderben Sie's nicht wieder. Lassen Sie uns einfach Freunde sein, ja?«

Ilona sagte das mit einem Anflug von Verachtung und Bosheit, und das Ganze schien ihr auch noch Spaß zu machen. Vorläufig, dachte ich, werde ich mich damit zufriedengeben müssen, sie hier im Bad zu treffen.

»Sagen Sie mir doch wenigstens«, beharrte ich, »wann Sie wieder schwimmen kommen.«
Sie stieß ungehalten die Luft aus. »Wenn Ihnen so viel dran liegt, mich wiederzusehen, kann ich Sie ja zu unserer Hochzeit einladen.«
Nun hatte ich zwar schon gelernt, bei Frauen den Mund aufzumachen, doch nicht, ihnen zuzuhören. Ich kannte Professor Hargitay gut, zum einen als Student, zum anderen aus einer Forschungsgruppe, der wir beide angehörten, und ich machte mich daran, seine Freundschaft zu gewinnen. Ich besuchte ihn nun oft in seiner tristen Einzimmerwohnung, die so auffallend schlecht zu Ilona paßte, daß ich aus dieser Tatsache in meinen düstersten Augenblicken Mut schöpfte. Die Wohnung bestand aus einer kleinen, fensterlosen Nische, einer winzigen und schmuddeligen Küche und einem Schlaf- und Wohnzimmer voller Möbel, die aussahen, als hätte er sie von einer uralten, in bescheidenem Wohlstand verstorbenen Tante geerbt. Es standen zu viele Stühle und Tische im Weg, alle mit wackligen Beinen, und viele kleine Lampen mit übergroßen, quastengeschmückten Schirmen. Das einzige, was auf den gelehrten Bewohner hinwies, waren die Bücher und die losen Blätter, die sich von seinem Schreibtisch beim Fenster über die ganze Wohnung ergossen. Der Verlobte des rothaarigen Mädchens mit den Sommersprossen und den einladend sich öffnenden und wieder schließenden Beinen besaß nicht mal ein Bett. Er hatte ein altes Sofa, das er zum Schlafen wohl auszog. Ich konnte mir die muntere Göttin meiner Träume in diesem verstaubten und ungepflegten Loch einfach nicht vorstellen.
Als es mir endlich gelang, Ilona in dieser Wohnung anzutreffen, versuchte sie gerade, dort sauberzumachen. Ich setzte mich zu Professor Hargitay auf das Sofa, und wir schauten beide zu (ein alter europäischer Brauch), wie sie sich abmühte, etwas Ordnung in das Zimmer zu bringen. In dem dämmrigen Licht, das durch das staubige Fenster drang, sah sie geheimnisvoll und erregend aus, ein Engel im Kampf mit den Mächten der Finsternis. Sie trug nichts unter ihrer weißen Bluse, und immer wenn sie sich bückte

und wieder aufrichtete, um Dinge an ihren Platz zu stellen, machten ihre kleinen Brüste die aufreizendsten Kullerbewegungen.
»Sie hat eine hübsche Figur«, gratulierte ich meinem Gastgeber, um Ilona daran zu erinnern, was ich für sie empfand.
»Sie ist schon attraktiv«, nickte der Professor, allerdings nicht mit der gleichen Begeisterung wie ich. Er war ein gutaussehender Mann Anfang Dreißig, blond und mit blauen Augen. Sein geringes Übergewicht gab ihm genau das richtige Maß an Korpulenz, das ihn noch kompakter und eindrucksvoller aussehen ließ.
»Was habt ihr da über mich gesagt?« fragte sie, als sie sich schließlich keuchend auf einen Stuhl setzte. Im Rückblick fällt mir auf, daß unsere Beziehung überwiegend darin bestand, daß ich ihr zuschaute, wenn sie außer Atem war.
Wir fingen an, über ihre Figur zu diskutieren, ein Thema, zu dem sich Ilona selbst ziemlich wortreich äußerte. »Ich möchte bloß wissen, worüber sich flachbrüstige Frauen beklagen«, höre ich sie noch sagen. »Kleine Brüste sind genau so effektvoll wie große, solange man keinen BH trägt. Meine, zum Beispiel – die sind so klein, daß man meinen könnte, sie würden völlig verschwinden. Aber ich seh das nicht als Nachteil – Männer schauen mich um so gründlicher an, weil sie's genau wissen wollen.« Sie machte diese Bemerkungen wahrscheinlich nicht in einem Zug, wie hier zitiert, sondern an verschiedenen Stellen im Gespräch. Wie auch immer, zuletzt deutete sie jedenfalls auf mich und sagte: »Man braucht ja nur András anzusehen – der beste Beweis dafür. Er strengt seine Augen so sehr an, daß er mir Löcher in die Bluse brennt. Der schlaue Junge mit den hungrigen Augen.«
»Bitte, Ilona«, seufzte ihr Verlobter, »bring András nicht in Verlegenheit!«
Von dem Tag an, als ich Ilona im Lukácsbad getroffen hatte, hörte ich auf, anderen Frauen nachzustellen, und dachte mit wachsender Inbrunst immer nur an sie. Wenn ich sie mal für kurze Zeit vergaß, kam ihr Bild urplötzlich wieder und überfiel mich mit der Wucht eines nahenden Herzanfalls. Ich machte nun ab und zu den Dritten in ihrem Bund, bei einem Theaterbesuch oder beim Essen

in seiner Wohnung; aber immer war es Professor Hargitay, der mich einlud. Ilona tolerierte mich wohl, doch ihre herablassende Art grenzte an Feindseligkeit.

»Ich glaube, dein Student und Freund ist schamlos verliebt in mich«, beschwerte sie sich eines Abends, während sie uns Wiener Schnitzel servierte. »Er vergewaltigt mich mit den Augen – es ist absolut widerlich. Ich finde, du solltest ein bißchen Eifersucht zeigen und ihn rauswerfen.«

»Sie macht nur Spaß«, beruhigte mich der Gastgeber und sah mich mit seinen freundlichen blauen Augen an. » Sie dürfen sie nicht ernst nehmen.«

Danach hielt ich mich einen Monat oder so von ihnen fern. War ich aber entmutigt? Ganz im Gegenteil: daß Ilonas Verlobter auf meine Gefühle mehr Rücksicht nahm als sie, veranlaßte mich zu glauben, wenn schon sie nicht bereit wäre, ihm meinetwegen den Laufpaß zu geben, würde er sie vielleicht wegen eines anderen Mädchens verlassen. Ich hielt es für mein gutes Recht, mir voller Vorfreude die Tage auszumalen, da wir Mann und Frau sein würden. Solche Tagträume vom häuslichen Glück halfen mir, der leibhaftigen Ilona eine Zeitlang fernzubleiben. Ich zog es vor, sie während der demütigenden Übergangszeit ihrer Verlobung mit Professor Hargitay nicht zu sehen.

Als ich es nicht länger aushielt, ging ich zu seiner Wohnung und kam dort im zweitschlimmsten Augenblick an, den man sich denken kann. Das Sofa war ausgezogen, die Bettücher waren zerknüllt und feucht, eines der Kopfkissen lag auf dem Bücherschrank und das andere auf dem Teppich. Ilona machte mir die Tür auf. Sie war bereits wieder angezogen, aber noch ungeschminkt, und sie hatte – wie alle Frauen nach dem Liebesakt – einen leicht fiebrigen, verschwommenen Blick. Nie war sie mir so quälend begehrenswert erschienen. Professor Hargitay saß an seinem Schreibtisch, barfuß in Hose und Hemd, und trank ein Glas Milch.

»Na endlich, endlich«, rief Ilona aus, »wo haben Sie nur die ganze Zeit gesteckt? Laci hat Sie vermißt. Er braucht jemanden, der ihn

daran erinnert, wie anbetungswürdig ich bin. Oder denken Sie gar nicht mehr an mich?«
Unter den Umständen – überall im Raum hing noch dieser unverwechselbare Geruch in der Luft – fand ich ihre Bemerkungen vulgär. »Ich werde Sie immer hoffnungslos lieben«, stammelte ich kühn und versuchte mit einer Geste anzudeuten, daß ich nur Spaß machte.
»Wieso hoffnungslos?« verspottete sie mich und ließ dazu ihren aufreizenden Hintern kreisen. »Wenn uns Laci nur allein ließe, könnten wir augenblicklich ins Bett. Oder möchten Sie nicht?«
Ich zwang mich, ihren sanften, Milch trinkenden Besitzer anzusprechen. »Wann soll denn die Hochzeit sein?« fragte ich. Mir lag viel daran, harmlos zu erscheinen.
Ich verbrachte meine Abende fast immer zu Hause und konzentrierte mich mit all meiner Willenskraft auf Ilona; ich glaubte immer mehr, daß an der außersinnlichen Wahrnehmung doch etwas dran war: wenn ich an Ilona dachte, mußte sie das einfach spüren. Daß ich ihr treu blieb, obwohl ich mir keine Hoffnungen machen konnte, würde doch bestimmt ihre Gefühle für mich verändern. Doch meine einzige Belohnung war die Zufriedenheit meiner Mutter.
»Du bist viel ernsthafter als früher«, stellte sie fest, als ich fast jeden Abend zu Hause war. »Du wirst tatsächlich erwachsen.«
»Mutter, ich bin verliebt, und es ist hoffnungslos.«
»Gut«, sagte sie. »Genau, was dir fehlt. Ich hatte langsam Angst, du würdest dich verschleißen, noch eh du zwanzig wirst.«
Tatsache war, daß ich abnahm. Das einzige, was mich auf den Beinen hielt, war mein fester Glaube, daß sich Ilona und ihr Professor unmöglich in alle Ewigkeit lieben konnten.
An dieser Überzeugung änderte sich auch nichts, als sie schließlich heirateten. Ich wurde zur Hochzeit eingeladen, so wie es mir Ilona im Lukácsbad versprochen hatte. Es war eine fade standesamtliche Trauung im Sitzungssaal des Bezirksrathauses, wo der Rote Stern und der unermüdliche Stalin drohend über dem Beamten hing, der das Paar traute. Dieser Mann fungierte zudem als

Eheberater, eine Tatsache, die sie lustig fanden und die ich als ein gutes Omen begrüßte. Die bedrückende Umgebung und das Wissen, daß dieser Beamte nach der Trauung in einen anderen Raum gehen und sich um Scheidungen kümmern würde, stärkten meine Überzeugung, daß die Hochzeit tatsächlich half, mir Ilona näherzubringen. Von nun an, sagte ich mir (während ich gleichzeitig versuchte, mal den Bräutigam, mal die Braut anzustrahlen), von nun an wird sie in dieser entsetzlichen Wohnung leben müssen, anstatt nur mal reinzuschauen und zum Vergnügen Kissen auf den Boden schmeißen zu können. Von nun an, dachte ich, blüht ihr die dumpfe Prosa der Ehe, dieser voraussagbare Fortsetzungsroman mit Geldsorgen und schmutziger Wäsche, nicht die kurzweilige, bunte und geistreiche Poesie einer Liebesaffäre. Langeweile und Ernüchterung werden sie einholen, und dann kommt meine Chance.

Ich gab mich diesen und ähnlichen Gedanken ziemlich häufig hin und führte mich damit ohne fremde Hilfe und mit einem untrüglichen Gefühl für die falsche Richtung selbst hinters Licht. Meinen Träumen nachhängend und mit mir selbst beschäftigt, wurde ich immer boshafter und spionierte sogar meinem liebenswürdigem Freund nach, in der Hoffnung, ihn mit einer anderen Frau zu erwischen und das dann seiner Frau sagen zu können. Oft begegnete ich Ilona »zufällig« auf der Straße, aber es gelang mir nie, sie von ihrem Weg abzubringen.

Einmal traf ich sie spät abends allein in der Wohnung an. Das Sofa war bereits für die Nacht gerichtet: es war mit frischen Leintüchern und einer neuen knallig orangefarbenen Bettdecke bezogen. Ilona hatte sich gerade die Haare gebürstet und war im Begriff, zu Bett zu gehen, aber sie forderte mich auf, Platz zu nehmen und etwas zu lesen, bis sie geduscht und ihren Pyjama angezogen hätte. Als ich auf und ab ging und auf das Rauschen der Dusche hörte, fiel mir ein, daß ich genauso auf Maya gewartet hatte, bevor wir das erstemal miteinander schliefen. Ich fing an, Don Giovannis Champagnerarie zu summen.

Als Ilona aus dem Bad kam, trug sie einen Bademantel über dem

Pyjama. »Ich weiß natürlich«, sagte sie mit ausdrucksloser Stimme, »daß das hier für einen enthemmten jugendlichen Kriminellen wie Sie eine ziemlich zweideutige Situation ist. Aber wenn Sie auch nur andeuten, daß Sie mich vergewaltigen wollen oder so was, dann schlage ich Ihnen einen dieser alten Stühle über den Schädel – und das ist mein voller Ernst.«
Also beschloß ich, auf eine passendere Gelegenheit zu warten, wo sie besser gelaunt wäre. Da ich nicht sofort gehen wollte, machte ich höflich Konversation und blickte konsequent auf den Teppich. Ich sah Ilona nie wieder in ihrem schwarzen Bikini, aber ich hielt meine leidenschaftlichen Gefühle noch fast zwei Jahre am Leben.

9
VOM GEHEIMNIS DON JUANS

> Das Genie begehrt nie, was nicht existiert.
> *Sören Kierkegaard*
>
> Gibt es ein Leben vor dem Tode?
> *Anonymus (Ungarn)*

Es war die Zeit eines launenhaften Terrorismus in Ungarn, wo nicht nur hohe Regierungsbeamte und Parteifunktionäre, sondern auch Schriftsteller, Gelehrte, Studenten, Schauspieldirektoren, ja sogar Ballettänzerinnen und Statisten vom Film bei der Sicherheitspolizei sehr gefragt waren. Als Student, der schon ein paar Gedichte veröffentlicht hatte, kannte ich sehr viele Leute, die nachts abgeholt worden waren. In der Tat war die Versuchung riesengroß, sich vom Schrecken überwältigen zu lassen, und ich bezweifle, daß ich diese ganze Zeit relativ ruhig hätte durchstehen können, wäre ich nicht von Ilona wie besessen gewesen.

Wie der Leser sich erinnern wird, lebte ich im selben Mietshaus wie Maya, meine erste Geliebte. Nachdem wir uns vielleicht ein Jahr lang immer nur verlegen gegrüßt hatten, wenn wir uns in dem Lift aus geschnitztem Holz und Glas begegneten, fing ich doch wieder an, die Horvaths gelegentlich zu besuchen. Béla hatte sich offensichtlich von seiner jungen Geliebten getrennt und verbrachte die Abende nun zu Hause bei seiner Frau. Sie lebten wie zwei alte Freunde zusammen, dadurch verbunden, daß sie beide von außerehelichen Affären genug hatten. Maya war so schön wie eh und je, aber irgendwie nicht mehr so vital, und auch ihr warmes, ironisches Lächeln war nicht mehr zu sehen. Béla dagegen, ein kräftiger kleiner Mann mit ausladenden Gesten, schien voller Energie. Er begegnete mir nun nicht mehr mit der gewollten Höflichkeit von früher, und so kam es, daß wir uns schließlich – ungeachtet der besonderen Vorgeschichte unserer Beziehung – recht gut verstanden. Als geborener, wenn auch nicht professioneller, Schauspieler genoß er es, Geschichten zu erzählen und Menschen nachzuahmen. Er hatte während des Krieges im sozialdemokratischen Untergrund mitgemacht, und wir unterhielten uns meistens über Politik und die jüngste Verhaftungswelle.

Als wir eines Abends mal wieder inmitten der vielen Bücher in ihrem Wohnzimmer saßen, das für mich mit so unterschiedlichen Erinnerungen verbunden war, schilderte Béla, wie er mit einem früheren Kontaktmann aus dem Untergrund, dem Stellvertretenden Minister György Maros, kurz vor dessen Verschwinden noch zusammengewesen war. Maros bat Béla, eingedenk alter Zeiten bei ihm im Büro zu bleiben, während er mit dem Leiter der Sicherheitspolizei telefonierte, um dagegen zu protestieren, daß er beschattet wurde. Der Sicherheitschef beteuerte, sein lieber Freund Maros, einer seiner getreuesten Genossen, müsse sich da etwas einbilden, aber wenn er tatsächlich beschattet werde, dann müsse das die Folge irgendeines dummen Fehlers sein. Er sagte, er wolle der Sache sofort nachgehen und werde zurückrufen. Maros blieb kaum Zeit, Béla zu berichten, was der andere gesagt hatte, als auch schon das Telefon klingelte. Es war diesmal ein kurzes Gespräch, und der unglückselige Mann machte sich nicht einmal die Mühe, den Hörer aufzulegen.

»Was hat er gesagt?« fragte Béla.

»Er sagte nur: ›Es stimmt – Sie *werden* beschattet.‹«

Während Béla die Szene schilderte, führte er vor, wie Maros hinter seinem Schreibtisch hervorkam, wie er im Zimmer auf und ab ging und die Fäuste schüttelte. »Warum, Béla? Warum?« wollte er wissen. Dieser Mann hatte zur Liquidierung seiner Partei im Jahr 1948 beigetragen, als überall in Osteuropa die sozialistischen Parteien verschwanden, und ich konnte mir nicht helfen: ich mußte über die ausgleichende Gerechtigkeit seines Falles und über Bélas perfekte Wiedergabe seiner verbitterten Bestürzung einfach lachen.

»Warum?!« Béla wiederholte die sinnlose Frage und stimmte schließlich in mein Gelächter ein.

Maya blieb ernst. »Ich verstehe nicht, was daran so lustig sein soll«, sagte sie finster. Aber wir fanden die Forderung des Stellvertretenden Ministers nach einer Erklärung zunehmend komisch. »Warum?! Warum?!« wiederholte Béla immer wieder und ging dazu auf und ab und hob die Arme zum Himmel; es bereitete ihm offensichtlich Vergnügen, den ungerecht behandelten Mann nachzuäffen: »Warum?!«

Es war das letzte Mal, daß ich Béla sah. Einige Tage danach wurde er selber verhaftet. Maya nahm eine Stelle als Lehrerin an. Immer wenn ich sie besuchte, schimpfte sie über das Wetter oder die schlechten Kinoprogramme oder die Schwierigkeiten, Eier und Fleisch aufzutreiben. Einmal, als ich sie fragte, womit ich ihr helfen könne, bemerkte ich wieder den alten Schimmer in ihren Augen.

»Komm her und küß mich«, sagte sie.

Sie hatte ihren alten gelben Morgenrock an, und als ich nun auf sie zuging, öffnete sie die oberen Knöpfe, wie um mir zu sagen, sie erinnere sich daran, daß bei uns die Liebe immer damit begann, daß ich ihre reizenden Brüste küßte. Sie küßte mich ungestüm, als suche sie mit der Zunge nach unserer Vergangenheit. Doch sie ließ schon bald von mir ab.

»Wenn ich mich so elend fühle, geht nichts«, gestand sie in stiller Verzweiflung.

Ein paar Wochen nach der Verhaftung ihres Mannes gab Maya die Wohnung in dem Mietshaus auf und zog zu einer ihrer Kolleginnen an der Schule.

Was mich betraf, so ging ich regelmäßig zu Studentenversammlungen, wo wir uns über die Zukunft Ungarns nach dem Ende des Kommunismus stritten. Ich erfuhr, daß mich die von der Sicherheitspolizei als ein *unzuverlässiges Element* eingestuft hatten und daß sie sich bei unserem Hausmeister und bei Kommilitonen an der Universität nach mir erkundigten. Nach einer kurzen Schrekkenszeit, in der mich jedes unerwartete Geräusch erstarren ließ, machte ich mir bewußt, daß ich, selbst wenn sie mich in Stücke schlugen, nicht schlimmer dran war als jetzt, wo ich an nichts anderes mehr dachte. Ich machte weiterhin meine Besuche bei Ilona, so oft ich konnte, und fürchtete nichts so sehr wie ihre üblen Launen.

Bei Professor Hargitay waren es weniger die Reize seiner Frau, die ihn beunruhigten. Er wurde immer nervöser und wich den Blicken anderer Menschen aus. »Sie mögen Ilona sehr gern, nicht wahr?« fragte er mich einmal, als sie draußen in der Küche war. »Ich will Sie nicht in Verlegenheit bringen«, fügte er hastig hinzu, »ich will es nur wissen. Ich würde Ihnen keinen Vorwurf machen, wenn Sie sich zu ihr hingezogen fühlten – schließlich ist sie eine attraktive Frau. Aber ich bitte Sie, András, ich bitte Sie inständig: lassen Sie's mich wissen, wenn Sie nur hierherkommen, weil man Sie beauftragt hat, mir nachzuspionieren.«

»Also wirklich, Laci«, protestierte Ilona, die gerade hereingekommen war und seine Bitte mitbekommen hatte, »red doch keinen Unsinn!«

Laci ignorierte sie. »Ich bitte Sie, András«, flehte er mich allen Ernstes an und geriet sogar leicht ins Schwitzen, »sagen Sie mir, was die von mir wissen wollen!«

Ilona versuchte, das Ganze ins Lächerliche zu ziehen. »Laß meinen Hausfreund in Ruhe!«

»Ich habe den Auftrag, herauszufinden«, sagte ich, »warum Sie nie eine Freundin hatten, die in der Partei war.«

»Das ist doch lächerlich! Über *so was* führen die Buch? Das ist nicht mehr normal.«

»Sie haben mich nun mal gefragt, was die wissen wollen.«

»Aber ihre Aufzeichnungen sind unvollständig!« wehrte er sich. »Ich *hatte* nämlich eine Freundin, die in der Partei war. Fast ein Jahr lang sind wir miteinander gegangen!«

»Richtig. Und ich soll herausfinden, warum Sie sich von ihr getrennt haben.«

Er glaubte mir, und Ilona hatte einige Zeit zu tun, bis er seine alte Gelassenheit auch nur annähernd wiedergefunden hatte. »Tut mir leid«, sagte er schließlich und entschuldigte sich auf dem Umweg über eine nachdenkliche Betrachtung. »Das Schlimmste an diesem korrupten kolonialen Polizeistaat ist nicht, was sie einem antun, sondern was sie einem antun *könnten,* wenn sie erst mal auf die Idee kämen! Das macht mich ganz fertig.«

Ilonas Entschuldigung für sein Mißtrauen verschaffte mir eine viel größere Befriedigung. Sie wollte mir einen Kuß auf die Stirn drücken, aber ich war flink, und so küßte sie mich unfreiwillig auf den Mund. Die kurze Berührung trockener, nicht vorbereiteter Lippen hat etwas besonders Aufregendes.

»Was sind Sie doch für ein gerissener Agent provocateur«, bemerkte Ilona, die sofort wieder in ihre übliche spöttische Art verfiel.

Man sagt, zu jeder Frau führt ein Weg, und da ich glaubte, gut auszusehen und Charme zu besitzen, nahm ich an, mein fortgesetztes Scheitern bei Ilona müsse mit irgendeinem Fehler meines Charakters oder Verstandes zu tun haben. Ich hatte immer noch die Gewohnheit, mir in Büchern Rat zu holen, wenn ich vor Problemen stand, und so versuchte ich, dem Geheimnis der Unwiderstehlichkeit dadurch auf den Grund zu kommen, daß ich die Literatur über Don Juan studierte. Es nützte nichts. Molières Don Juan besaß zwar Stolz und Wagemut, war aber ein ziemlich grobschlächtiger Unruhestifter, und Shaws Fassung legte nahe, um bei Frauen Erfolg zu haben, müsse man eine Abneigung gegen sie haben und vor ihnen flüchten. Nach meinem Empfinden war Mozart der einzige, der Don Juan wirklich verstand. Im Libretto unterschied sich Mozarts Don gar nicht so sehr von dem Molières, aber die Musik sprach von einem großen Mann. Das Problem dabei war, daß ich Musik nicht in psychologische Einsichten übersetzen konnte – da blieb immer nur Don Giovannis Liebe zum Leben und sein breitgefächertes Empfindungsvermögen. Die psychoanalytischen Essays über Don Juan waren völlig wertlos. Sie stellten ihn als einen Homosexuellen dar, der seine Neigung verdrängt, als einen krankhaften Egozentriker mit einem Minderwertigkeitskomplex oder als einen Psychopathen, der keine Gefühle für andere aufbrachte – kurzum, als einen seelischen Krüppel, dem es schwerfallen würde, ein Mädchen auf einer verlassenen Insel zu verführen. Ich sah keine Möglichkeit, Ilona dadurch näherzukommen, daß ich seinem Beispiel nacheiferte.

Meine Genesung von hoffnungsloser Liebe und den Schlüssel zu dem Geheimnis verdanke ich einer Frau, die mich für einen Don Juan hielt.

Zsuzsa war eine ziemlich plumpe Hausfrau von vierzig Jahren. Ich sah sie oft auf Parties, wo sie anderen Gästen dadurch auf die Nerven ging, daß sie sie mit einem Ausruf der Erleichterung begrüßte: »Bin ich froh, Sie zu sehen! Es geht ja das Gerücht, Sie seien verhaftet worden!« Sie erinnerte uns auch an die Möglichkeit, daß in Ungarn bald die Chinesen ans Ruder kommen könnten, und warnte uns vor unserer unmittelbar bevorstehenden Vernichtung durch amerikanische Atombomben. »Ich frage Sie«, sagte sie einmal laut, als die Party lebhafter wurde und ihr Mann einer anderen Frau den Po tätschelte, »ich frage Sie – was hat der Kampf gegen den Kommunismus mit der Einäscherung dieses Landes zu tun? Warum werfen die Amerikaner ihre Bomben auf *uns*? Haben wir unter den Russen nicht schon genug gelitten?«

Ihr Mann war ein prominenter Bauingenieur, gutaussehend und groß, mit einer lockeren, ungezwungenen Art und vielseitig interessiert – ein gewandter Unterhalter und bei Männern und Frauen sehr beliebt. Neben ihm mußte seine unscheinbare und unbeachtete Frau fast zwangsläufig verkrampft wirken. Meine Freunde sagten, Zsuzsa sei eine Neurotikerin, aber ihr ständiges Jammern über dieses und jenes große Unglück war in meinen Augen eine geschickte Demonstration von Selbstbeherrschung. Wenn sie schon ihre ganz natürliche Niedergeschlagenheit nicht unterdrükken konnte, so gelang es ihr zumindest, ihre persönliche Verzweiflung in diskutable Gesprächsthemen zu kanalisieren. Es mußte allerdings früher oder später dahin führen, daß sie selbst nicht mehr wußte, was sie nun wirklich so aus dem Gleichgewicht brachte.

Auf einer Abendgesellschaft, die Zsuzsa ohne ihren Mann besuchte, gab sie sich alle Mühe, die Leute vor dem zunehmenden Rowdytum auf den Straßen Budapests zu warnen. Die sonst so positiv gestimmte Parteipresse, die alarmierende Meldungen auf den Auslandsteil beschränkte, hatte kurz zuvor von einem Busfahrer berichtet, der spät abends nach der Arbeit auf dem Nachhauseweg überfallen und um sämtliche Habseligkeiten, einschließlich seiner Unterhose, erleichtert worden war. Da dies die einzige Greueltat aus dem Inland war, die von den Zeitungen offiziell bestätigt wurde, und da sie in einer der ersten frostigen Oktobernächte passierte, regte die mißliche Lage des nackt zurückgelassenen Busfahrers die Phantasie der Öffentlichkeit an. Schon ein paar Tage später gab es, wenn man all den Gerüchten Glauben schenkte, in der Hauptstadt kaum noch komplett angezogene Männer oder ungeschändete Frauen. Doch Zsuzsa versuchte vergeblich, mehr als ein flüchtiges Interesse an den allenthalben auf den dunklen Straßen lauernden Gewalttätern zu wecken. Gegen elf Uhr entschloß sie sich dann, die Party vor allen anderen zu verlassen, und sie suchte jemanden, der sie nach Hause begleitete.

Sie wanderte zwischen den Gästen umher und wandte sich an alle und keinen. »Ich sollte jetzt gehen – aber ich *trau* mich einfach nicht allein aus dem Haus.« Sie war eine kleine, farblose Frau, die eine Schwäche für Süßigkeiten haben mußte: ihr Körper war schlaff und schwammig, und sie hatte keine Taille. Den Kontrast dazu bildete ihr schmales, ängstliches Mausgesicht. Irgend jemand riet ihr, ein Taxi zu rufen, aber sie ignorierte den Vorschlag. »Hat zufällig jemand den gleichen Weg wie ich?« fragte sie ständig und blickte immer wieder nachdenklich in meine Richtung.

Ich war unter den Anwesenden der einzige Mann, der ohne Begleiterin gekommen war; ich saß allein in einer Ecke und hoffte darauf, daß irgendwann Ilona noch auftauchte.

»Sie sehen aus, als ob Sie sich selbst bedauerten«, sagte Zsuzsa, während sie auf mich zuschlenderte.

»Das stimmt ja auch«, antwortete ich dunkel.

Sie setzte sich auf die nächste Sofakante. »Herrlich«, fügte sie mit einem zaghaften und zugleich herablassenden Lächeln hinzu. »Es ist herrlich, daß Sie sich noch selbst bedauern können. Das heißt

ja, daß Sie noch auf der Stufe stehen, wo Sie glauben, Sie verdienten es, glücklich zu sein.«
»Jeder Mensch verdient es, glücklich zu sein«, stellte ich mit schmallippiger Endgültigkeit fest, gewillt, ihr eins auszuwischen.
»Ach, ich weiß nicht.« Sie zog ihre Worte in die Länge. »Ich glaube zum Beispiel nicht, daß ich es verdiene.«
»Und warum?«
»Na ja, ich seh nicht besonders aus.«
»Unsinn. Sie sind sehr hübsch.«
»Lieb, daß Sie das sagen, András. Aber wenn ich wirklich hübsch wäre«, fügte sie mit einem verführerischen Lächeln hinzu, »dann hätte ich wohl nicht so große Schwierigkeiten, jemanden zu finden, der mich nach Hause bringt.«
Ich war mir nicht sicher, ob Zsuzsa Angst vor Straßenräubern hatte oder einfach mit mir flirten wollte. Ich kam zu dem Schluß, daß ich bei ihr eine Chance hätte. Aber die Vorstellung, Ilona untreu zu werden – und auch noch mit einer so unattraktiven Frau –, war einfach zu erniedrigend.
Da ich nichts sagte, fügte Zsuzsa niedergeschlagen hinzu: »Mein Mann arbeitet zu Hause. Ich wollte ihn nicht behelligen, aber es ist wohl besser, ich rufe ihn jetzt an und bitte ihn, mich abzuholen.«
Es blieb mir keine andere Möglichkeit, als ihr den Gefallen zu tun und sie dann loszuwerden.
Ich bereute meine Ritterlichkeit sofort, als wir in den eisigen Novemberwind hinaustraten. »Ich würde normalerweise nicht erlauben, daß Sie mich bei diesem Wetter nach Hause begleiten«, sagte Zsuzsa, »aber all die Geschichten, die jetzt umgehen, jagen mir eine panische Angst ein. Ich möchte nicht von irgendeinem Verbrecher überfallen werden.« Wir gingen durch die am hellsten erleuchteten Straßen der Stadt und begegneten, von einem einsamen Polizisten abgesehen, keiner Menschenseele. »Es sind nicht einmal vier Querstraßen«, merkte sie wie zu ihrer Rechtfertigung an, als ich meinen Mantelkragen hochschlug und mir Mühe gab, möglichst wenig kalte Luft einzuatmen. Doch meine Verdrossen-

heit schien sie erst recht zu beflügeln. Sie fing an, mit mir zu kokettieren.
»Ein Junge wie Sie hat bestimmt viele Freundinnen.«
»Kommt drauf an«, antwortete ich mit der arroganten Gleichgültigkeit eines Mannes, der fast zwei Jahre lang keine Frau angefaßt hatte. Es störte mich an ihr, daß sie mir schmeicheln wollte, obwohl ich so unempfänglich war.
Sie wollte einiges über mich wissen, und ich beantwortete ihre Fragen knapp, aber mit einem hänselnden Unterton. Mir war plötzlich klar, daß ich sie genau so behandelte, wie Ilona mich. Auch wenn ich versuchte, meinem Auftreten dadurch die Schärfe zu nehmen, daß ich – genau wie Ilona – einen neckenden Ton anschlug, war meine Abneigung gegen Zsuzsa echt. Selbst als ich mir Ilonas Grobheiten zu Herzen genommen hatte, hatte ich mich immer mit der absoluten Gewißheit getröstet, daß *sie ja im Grunde gar nicht meinen konnte, was sie sagte.* Nun traf mich plötzlich die Erkenntnis, daß sie das *sehr wohl* konnte, daß sie mir gegenüber empfinden mußte, was ich Zsuzsa gegenüber empfand, als ich in dem eisigen Wind neben ihr herging und sie ausgesprochen lästig fand. Ich begann, ihr mit einem verzweifelten Gefühl der Verwandtschaft zuzuhören.
Zsuzsa nahm mein wachsendes Interesse an dem, was sie sagte, offensichtlich wahr: ihre Stimme klang nun nicht mehr so dumpf und monoton, sondern hatte etwas Melodisches, indem sich gedämpfte Freude ausdrückte. Sie redete von ihren Kindern: sie hatte eine Tochter von vier und einen Sohn von acht Jahren, und die Schularbeiten des Jungen schufen Probleme. »Und ich kann ihm nicht so gut helfen, wie das sein Vater könnte, besonders im Rechnen«, sagte Zsuzsa, während sie, plötzlich außer Atem, an einer Straßenlaterne stehenblieb. »Er hat so wenig Zeit für seine Kinder – er ist ständig auf Reisen. Auch diese Woche ist er wieder unterwegs, um irgendwo einen eingestürzten Damm zu reparieren.« Zuerst dachte ich, ich hätte nicht richtig gehört (der Wind übertönte ihre Stimme), aber dann fügte sie beiläufig hinzu: »O ja, ich verbringe so manchen Abend allein.«

Unter der Straßenlaterne und vor dem Hintergrund der verlassenen Straße und der breiten und imposanten Mietshäuser wirkte Zsuzsa mitsamt ihrem Mantel schlanker, als sie auf der Party ohne Mantel ausgesehen hatte. Ich legte ihr den Arm um die Schulter.
»So hab ich mir das vorgestellt«, sagte sie mit einem Anflug von Bosheit. »Ich hab mir gesagt, sobald er hört, daß mein Mann nicht zu Hause ist, wird er sich anders benehmen.«
Ich ließ meinen Arm sinken. »Wenn Sie's genau wissen wollen, ich bin in eine Frau verliebt, und sie ist nicht einmal bereit, sich mit mir zu treffen. Sie liebt ihren Mann.«
»Das glaub ich Ihnen nicht«, gab Zsuzsa mit einem nervösen Lachen zurück. Es ärgerte sie sichtlich, daß ich meinen Arm weggenommen hatte. »Das haben Sie doch nur erfunden«, fuhr sie ärgerlich fort. »Ich hab noch nie von einer Frau gehört, die ihrem Mann untreu geworden wäre, solange die beiden sich lieben. Sie haben zuviel von einem Don Juan, als daß Sie Ihre Zeit mit einer solchen Frau vergeuden würden. Ich kenne Ihren Typ – Sie machen sich doch nur an Frauen ran, die Sie mit Sicherheit kriegen können.«
»Villeicht bin ich gar nicht der kühle Rechner, für den Sie mich halten.«
»Sie *sehen* doch eine Frau gar nicht, solange Sie sich bei ihr keine Chance ausrechnen können.«
»Habe ich Ihnen auf der Party nicht gesagt, Sie seien sehr hübsch?«
So feilschten wir noch eine ganze Weile um die Höhe der Gegenleistung, die wir dafür verlangten, daß wir unseren Stolz vergaßen. Ich gab als erster nach.
»Sind Sie mir jetzt böse?« fragte ich wehmütig und trat dichter an Zsuzsa heran. Sie nahm meinen Kopf zwischen ihre behandschuhten Hände und stellte sich auf die Zehenspitzen, um mich zu küssen. Dann nahm sie, ohne von mir abzulassen, die Hände auf den Rücken und zog die Handschuhe aus. Durch unsere Mäntel hindurch spürte ich, wie ihr Herz klopfte. Im Licht der Straßenlaterne sah sie plötzlich hübsch aus: ihre Fieberhaftigkeit machte

ihr schmales Gesicht voller. Nachdem sie nun keine Handschuhe mehr anhatte, knöpfte sie mir den Mantel und die Hosen auf und griff nach meinem Penis. Bei der Berührung fing sie an zu zittern. Daß ich so anziehend auf sie wirkte, machte mich demütig.

»Einfach lächerlich, was Männer mit mir machen können!« seufzte sie, um ihr eigenes Benehmen zu mißbilligen; es klang, als habe sie Schmerzen.

Etwas später wich sie stirnrunzelnd zurück. »Du solltest mich hier nicht küssen. Die meisten, die hier vorbeikommen, kennen mich.« Es stellte sich heraus, daß wir vor dem Haus standen, in dem sie wohnte, direkt unter der Straßenlaterne, und ich konnte nicht anders: ich mußte ihre Zerstreutheit bewundern. Doch selbst nachdem sie ihre Absichten so freimütig angemeldet hatte, sprach sie eine herkömmlich zwanglose Einladung aus: »Es ist ja so kalt – komm doch noch auf einen Drink mit rein.«

Als wir ihre Wohnung betraten, führte sie mich in die Küche, wo sie verschiedene Flaschen aus einem Schrank nahm. »Ich trinke nichts«, bekannte ich. »Als Kind war ich einmal sehr betrunken, und seither rühre ich das Zeug nicht mehr an.«

»Das ist schon wieder frei erfunden. Du bist nicht der enthaltsame Typ.«

In der blitzend weißen Küche fühlte ich mich verwirrt wie ein Patient in einem Krankenhaus, dem der Arzt sagen muß, was er zu tun hat. Am liebsten wäre ich einfach weggegangen. War ich denn nicht in Ilona verliebt? Hatte ich nicht Zsuzsa noch vor einer halben Stunde unattraktiv gefunden? Sie mochte ja meinen Typ kennen – ich kannte ihn nicht; und so beschloß ich, ihr nicht mehr zu widersprechen. Ich nahm den Schnaps, den sie mir anbot, leerte ihn in einem Zug und fing an heftig zu husten.

»Leise!« zischte Zsuzsa und machte das Licht aus. »Ich will nicht, daß die Kinder aufwachen!«

Als ich aufhörte zu husten, legte sie mir den Kopf auf die Schulter. »Ich bin nicht so ungeniert wie du. Ich brauch erst was zu trinken.« Sie fuhr mir mit den Fingerspitzen übers Gesicht, als wolle sie mich mit den Händen sehen. »Es ist ein Glück, daß wir uns heute abend begegnet sind. Gyuri ist schon zwei Wochen fort – ich hab mich so darauf gefreut, daß irgendwas passiert! Aber da war nichts. Und morgen kommt er zurück.«

Sie sagte mir unverblümt (und ihre Zärtlichkeiten machten es nur noch schlimmer), daß sie einfach jemanden fürs Bett haben wollte, bevor ihr Mann nach Hause kam. Vermutlich *wußte* sie, daß mich das nicht stören würde.

Da ich auf nichts reagierte, erschlaffte sie plötzlich.

»Mein Mann sagt, ich bin nicht attraktiv. Findest du, daß er recht hat?«

»Unsinn.« Ich fing an, sie zu küssen und dabei auszuziehen. »Unsinn.«

Sie führte mich in einen kleinen Raum direkt neben der Küche. »Hier steht zwar nur ein Einzelbett, aber es ist am weitesten vom Kinderzimmer weg. Da brauchen wir keine Angst zu haben, daß sie uns hören.«

So schmal war der Durchlaß zwischen der Wand und dem Bett, daß wir dort nur dicht aneinandergedrängt stehen konnten, als wir uns vollends entkleideten. »Seit achtzehn Jahren bin ich jetzt verheiratet«, flüsterte sie, »aber du bist erst mein vierter Liebhaber.«

»Da bist du mir immer noch um einen voraus.« Ich griff nach ihr, um mich in den massigen Körper zu versenken.

»Du brauchst nicht zu lügen, nur um mich zu schonen. Ich weiß, daß du viele Frauen gehabt haben mußt! Aber ich bin nicht eifersüchtig.«

Wir legten uns auf das schmale Bett, und ich kam mit dem Rükken an die eiskalte Wand. Aber als ich mich über sie schob, umhüllte mich ihr weiches, warmes Fleisch wie eine behagliche Decke, und ich fing an, ihre Brüste zu küssen.

»Ich wußte es ja«, rief sie freudig überrascht, »ich *wußte,* daß du ein Knabberer bist!« Dann wollte sie mich plötzlich ohne erkennbaren Grund wegstoßen, anscheinend gereizt.

»Ich glaube nicht, daß ich es dir erlauben sollte. Eigentlich *willst* du mich ja gar nicht.«

»Du weißt doch sonst alles über mich«, fuhr ich sie an, »dann müßtest du auch wissen, was ich empfinde.«
Zsuzsas Stimme schlug sofort wieder um. »Ich würde sagen«, meinte sie und spreizte vertrauensvoll die Schenkel, »du willst, was du bekommen kannst.«

10
VON DER LÄSSIGKEIT

Freiheit ist Einsicht in die Notwendigkeit.
Friedrich Engels

Meine Affäre mit Zsuzsa überdauerte den Winter nicht. Ihr Mann hatte zwar für sie als Frau nicht viel übrig, aber er war eifersüchtig, und wir konnten uns nur selten treffen. Sie hätte zwar am frühen Nachmittag, wenn ihre Kinder aus dem Haus waren und meine Mutter noch arbeitete, zur mir kommen können, aber wir mußten uns in ihrer Wohnung treffen, damit sie ans Telefon gehen konnte, falls ihr Mann anrief. Sie quartierte uns immer im früheren Mägdezimmer neben der Küche ein. Ich war nachträglich froh, daß ich es damals in der Nacht, als wir das erstemal zusammen waren, nicht hatte sehen können. Mit den hohen, in der Enge erdrückenden gekalkten Wänden, dem nackten Holzboden und dem einen kleinen Fenster dicht unter der Decke war diese Zelle eine architektonische Reminiszenz an das Los der Hausangestellten im Vorkriegs-Ungarn. Und auch als Gästezimmer war der Raum nicht einladender geworden. Es gab weder Vorhänge noch Teppiche, und der einzige Schmuck war eine ordinäre Landschaft in Öl, der typische grüne Einheitsbrei, den man früher bei Hausierern an der Haustür kaufen konnte. Der Platz reichte nicht einmal für einen Stuhl: die gesamte Einrichtung bestand aus einer Kommode und dem schmalen Bett. Da sonst niemand in der Wohnung war, wenn wir uns dort trafen, fragte ich mich, warum wir uns in dieser wenig anregenden Umgebung lieben mußten.

»Dir liegt wohl nichts dran, daß deine Gäste lange bleiben«, sagte ich einmal zu Zsusza.

»Hier ist es leichter für mich, hinterher deine Spuren zu beseitigen«, antwortete sie.

Zumindest, dachte ich, hätte sie »unsere Spuren« sagen können.

Eine Zeitlang blieben unsere glückseligen Stunden von all dem unberührt. Zsuzsa mochte wohl Fett am Leib haben, doch dieses Fett stand in Flammen. Ich konnte ihr in ehrlicher Begeisterung versichern, daß sie keinen Grund habe, sich anderen Frauen unterlegen zu fühlen. Aber das war nicht die ganze Wahrheit. Ihr allseits beliebter Ehemann hatte offenbar bei der Zerstörung ihres Selbstbewußtseins ganze Arbeit geleistet, und ein kurzes Rendezvous mit einem Neunzehnjährigen konnte da nicht viel wiedergutmachen. Zsuzsas Reiz und Feuer waren Gaben eines außergewöhnlichen Augenblicks. Unter normalen Umständen sah sie immer blaß und besorgt aus, so als habe sie gerade einen Zug verpaßt. Sie konnte leidenschaftlich genießen, bis sie ihren Orgasmus hinter sich hatte – und war unmittelbar danach wieder die unglückliche alte Jungfer. »Wenn ich mich nicht beeilt hätte, hättest du mich abgehängt«, beschwerte sie sich oft, während sie noch am ganzen Leib bebte. Ob sie nun andere kränken mußte, um sich ihrer selbst sicherer zu fühlen, oder ob sie Angst hatte, mich zu verlieren, jedenfalls entließ sie mich nie ohne eine boshafte Bemerkung. »Daß du aber bei deinen Freunden nicht mit mir prahlst!« oder: »Du siehst so schlampig aus – warum läßt du dir nicht mal die Haare schneiden?« Es fing an mich zu irritieren.

»Ich will mich nicht für das emotionale Gleichgewicht eines Jungen verantwortlich fühlen«, sagte sie mir bei unserem letzten Zusammensein in dieser kahlen Zelle. Sie sah besonders gut aus, nachdem sie gerade ihr dunkelblaues Samtkleid wieder angezogen hatte, das sich schimmernd von ihrer blassen Haut abhob und sie vor dem Hintergrund der weißen Wände zu einer eindrucksvollen Erscheinung machte. »Ich will nicht, daß du allzu abhängig von mir wirst«, fuhr sie fort, und das sagte sie nicht zum erstenmal. »Du solltest dir außer mir noch eine zweite Freundin zulegen.«

»Das hab ich bereits getan«, erklärte ich wahrheitsgemäß und nutzte so die Gelegenheit, ihr die Neuigkeit mitzuteilen.

Ich fand in diesem Winter neue Freunde. Die Studenten der Hochschule für Schauspiel- und Filmkunst absolvierten ihre Kurse in Marxismus-Leninismus bei uns an der Universität von

Budapest, und während der langweiligen Vorlesungen kamen wir miteinander ins Gespräch. Die jungen Schauspieler und Filmemacher fanden uns viel zu ernst und steif, aber sie brachten es uns auf eine nette Art bei und luden uns oft zu ihren Parties ein. Auf diese Weise lernte ich einen ihrer Lehrer kennen, den Kameramann Imre Vadas, einen kräftigen Burschen, der rohes Fleisch aß. Er war als Bauernjunge groß geworden und schien immer noch nach frisch gemähtem Heu zu riechen, aber er sprach ein gepflegtes Französisch und die Sprachen aller Frauen. Imres Wahlspruch war: »Nichts ist leichter, als flott zu leben.« Wir wurden gute Freunde. Wenn er in Stimmung war, erzählte er mir gern von seinen Abenteuern, und eines davon gefiel mir ganz besonders.

Ein paar Monate vorher war er unterwegs gewesen, um für einen Dokumentarfilm eine Dorfhochzeit aufzunehmen. Auf dem Hochzeitstanz sah er ein hübsches Mädchen, das ihn anzog und seine vielsagenden Blick erwiderte. Nach den Dreharbeiten tanzte Imre mit ihr, aber das war auch schon alles, denn am nächsten Morgen mußte er abreisen. Sie war die Lehrerin der einklassigen Dorfschule, und an einen vorschnellen und direkten Antrag war nicht zu denken. Vielleicht würde sie ihm eine Szene machen, und Imre wollte dieses dreckige, gottverlassene, aber gottesfürchtige Dorf möglichst mit heiler Haut verlassen. »Ich wußte nicht weiter!« höre ich ihn heute noch ungläubig sagen. »Aber dann kam mir eine Idee. Die Tische waren nach dem Festessen an die Wände gerückt worden, und auf jedem Tisch stand eine Vase mit einem gewaltigen Strauß Rosen – sie waren als Geschenk für das Brautpaar gedacht. Warum läßt du nicht Blumen sprechen? fragte ich mich. Es war alles andere als originell, aber es *konnte* zum Erfolg führen. Selbst wenn das Mädchen über meinen Antrag empört sein sollte, würde sie von dem riesigen Blumenstrauß abgelenkt werden und nicht allzu laut protestieren. Ich hörte also plötzlich auf zu tanzen – ich wollte sie verwirren – und ging hinüber zu einem der Tische. Riß die Rosen aus der Vase und machte kehrt. Ich hielt sie ihr hin – triefend und voller Dornen, die mich in die Finger stachen – und sagte: ›Ich schenke Ihnen diese wunderschönen Rosen, wenn Sie erlauben, daß ich die Nacht bei Ihnen verbringe.‹«

»Und dann?«

»Sie willigte ein. Mit einem hübschen Erröten, versteht sich. Junge, Junge, diese Rosen haben sich wirklich gelohnt.«

Diese Geschichte beeindruckte mich stark, und ich nahm mir vor, sobald wieder einmal Blumen in meiner Reichweite wären, Imres Beispiel zu folgen. Etwa eine Woche später ging ich spät abends noch ins Café »Tulpe«. Dort sah ich eine in Scheidung lebende, glückliche blonde Frau allein an einem Tisch sitzen; man erzählte sich, sie habe sich erst vor kurzem von ihrem Liebhaber getrennt. Ich hatte Boby, denn das war ihr Spitzname, gelegentlich am Schwimmbecken im Lukácsbad gesehen, dort, wo ich den großen Fehler gemacht hatte, mich in Ilona zu verlieben. Boby war mit ihren vierunddreißig Jahren herrlich anzuschauen, besonders in ihrem blauen Bikini; ihre imposanten Brüste und den elektrisierenden Hintern hätte ich abreißen und mit nach Haus nehmen mögen. Sie hatte immer irgendeinen feschen Mann bei sich, der in ein paar Schritten Abstand hinter ihr herging. Sie bewegte sich schneller als die meisten Menschen. Auf einer Party machte uns irgend jemand miteinander bekannt, und in der Folge bedachte sie mich manchmal mit einer kurzen Frage, wenn wir uns begegneten. Sie war Geigerin im Budapester Sinfonieorchester, in der zweiten Reihe, eine sinnliche, aber selbständig denkende Frau, die mit Männern kurzen Prozeß machte, falls sie sich nicht nach ihren Vorstellungen benahmen. Ein paar Tage vorher hatte sie den Bildhauer, mit dem sie zusammengelebt hatte, hinausgeworfen und war – wenn meine Informationen noch nicht überholt waren – im Augenblick frei. Jedenfalls saß sie allein im Café; auf dem Stuhl neben ihr lag ihr Geigenkasten. Sie war wohl nach dem Abendkonzert hierher gekommen, um eine letzte Tasse Kaffee zu trinken.

Ich begrüßte Boby mit einer ehrerbietigen Verneigung, und sie erlaubte, daß ich mich zu ihr setzte. Sie mochte ja eine flotte Gangart bevorzugen, aber sie war nicht der quirlige Typ – sie

hatte etwas Gewichtiges und Würdevolles, vor allem im Sitzen. Ich wäre freiwillig ins Gefängnis gegangen, um mich von der Sicherheitspolizei auseinandernehmen zu lassen, wenn ich vorher nur einmal mit ihr hätte schlafen können, aber ich war dennoch ganz locker. Nachdem ich fast zwei Jahre lang ohne den geringsten Erfolg um Ilona herumgestrichen war und dann Zsuzsa an einem einzigen Abend verführt hatte, war ich überzeugt, daß mich keine Frau jemals würde haben wollen, es sei denn, sie brauchte gerade einen Mann und wußte, daß sie mich wollte, noch bevor ich den Mund aufmachte. Ich kann mich noch gut erinnern, wie ich still und glücklich über die Tatsache nachdachte, daß ich mir noch wenige Monate vorher das Hirn mit der Frage zermartert hätte, wie ich sie für mich gewinnen könnte. Da ich inzwischen wußte, daß die Frage schon geklärt war, noch bevor sie aufgeworfen wurde, brauchte ich nur noch die Antwort herauszufinden.
Boby hatte ihr schwarzes Konzertkleid an, und ihr rundes blondes Gesicht wirkte müde: die Augen drückten nichts anderes mehr aus als den Wunsch nach Schlaf. Ohne Informationen aus dieser tiefen blauen Quelle und eingedenk der Geschichte, die mir Imre erzählt hatte, schaute ich mich nach Blumen um. Obwohl das Café »Tulpe« hieß, waren in dem abgenutzten alten Lokal nirgendwo Blumen zu sehen. Auf den Tischen war keinerlei Schmuck, auch nicht aus Papier oder Plastik. Ich wußte, daß es an der Ecke einen Blumenladen gab, der noch geöffnet war; aber es wäre mir ganz schön dumm erschienen, aus dem Café zu stürzen, einen Strauß Rosen zu kaufen und dann mit ihnen wiederzukommen und meine Frage zu stellen. Außerdem lag ja der ganze Witz in der Spontaneität. Ich sah, daß Boby die Augenbrauen ein wenig zusammenzog, als ich meine Blicke über die anderen Tische schweifen ließ: ich bin sicher, sie war es nicht gewohnt, daß junge Männer in ihrer Gesellschaft noch für etwas anderes Augen hatten. Ich drehte mich wieder in ihre Richtung und überlegte mir, den Blick auf die kleine rissige Tischplatte zwischen uns gerichtet, was ich ihr anbieten könnte. Ich sah nichts außer unseren immer noch halbvollen Kaffeetassen und einem zerbeulten Aschenbecher

aus Blech mit einer Bierreklame drauf – er war also noch unter dem Kapitalismus hergestellt worden, vor 1945. Ein sieben Jahre alter blecherner Aschenbecher mitsamt einer Kippe, die ein unbekannter Gast hinterlassen hatte. Aber stand die Antwort nicht ohnehin schon fest? Ich nahm den Aschenbecher in die Hand, leerte seinen Inhalt auf den Boden und hielt ihn ihr hin.

»Ich schenke Ihnen diesen schönen antiken Aschenbecher, wenn Sie meine Geliebte werden«, erklärte ich ihr mit einer klaren und festen Stimme.

Wir hatten eben noch darüber gesprochen, warum wir beide der Meinung waren, Kodály sei ein größerer Komponist als Bartók, und sie begriff nicht, was ich sagte. Ich mußte mein Angebot wiederholen.

»Ich schenke Ihnen diesen echt antiken Aschenbecher, wenn Sie meine Geliebte werden.«

Diesmal hatte sie verstanden: »Wie bitte?« fragte sie.

Bis dahin hatte es unser anspruchsloses Geplauder Boby sicherlich erlaubt, weiterhin den Gedanken nachzuhängen, mit denen sie beschäftigt gewesen war, bevor ich an ihren Tisch kam. Sie mochte an die Unordnung in ihrer Wohnung gedacht haben, an die morgige Orchesterprobe oder an die Sachen, die in die Wäscherei mußten. Auch eine schöne und allgemein beliebte Frau von heiterer Gemütsart mußte Probleme haben, die ihr durch den Kopf gingen – nach einer gescheiterten Ehe, nach diesem Trottel von einem Bildhauer, dessen Habseligkeiten sie, wie es hieß, die Treppe hinuntergeworfen hatte, nach einem langen Konzert –, während sie mit ihren vierunddreißig Jahren abends nach elf Uhr allein in einem Café saß. Doch nichts deutete darauf hin, daß Boby abgelenkt war.

»Ich muß schon sagen«, meinte sie mit einem Blick auf den Aschenbecher, den ich ihr hinhielt, »so ein Angebot ist mir noch nie gemacht worden.«

»Dann sollten Sie's ernsthaft erwägen.«

An den benachbarten Tischen saß niemand, und es war, als sei der leere Raum um uns her zum Ödland geworden: ich hatte sie in

eine höchst intime Situation gebracht. Frauen, deren Gefühle tief verschüttet oder erloschen sind, kommen mit so einer Situation leicht zurecht, so oder so. Aber Boby gehörte zu den Frauen, deren Gedanken auch ihre Nerven berühren. Die Dinge gingen ihr »unter die Haut«, und wenn sie sich mit einem plötzlichen Antrag konfrontiert sah, änderte sich zwangsläufig auch ihre emotionale Verfassung. Es ist nicht der Mann, sondern der Gedanke selbst, der solche Frauen ihrer Persönlichkeit beraubt, während sie sich selbst wie auf einem Röntgenbild sehen: eine verstärkte und doch reduzierte Form der Selbstwahrnehmung. Daher ihr Ärger über einen plötzlichen Antrag – sie sind ehrlich »verstimmt«. Es sagt eine ganze Menge über Bobys Charakter, ihre innere Festigkeit und Würde auch unter Druck, daß ich nicht erkennen konnte, was sie empfand, als ich ihr dieses zerbeulte Stück Blech hinhielt. Sie fand mein Angebot mangelhaft.
»Der Aschenbecher gehört dem Café«, sagte sie.
Ich gab mich damit zufrieden, für Klarheit gesorgt zu haben, und stellte das Ding auf den Tisch zurück. Sie griff nach ihrer Kaffeetasse, um auszutrinken, und ich tat es ihr nach – und das leichten Herzens. Ich spielte kurz mit dem Gedanken, ihr leise Komplimente zu machen (sie wären mir leichtgefallen), und ich dachte, sie sei mir so nahe, daß meine Stimme ihre Haut berühren könne. Ich konnte meine Worte um ihren langen Hals wandern lassen und hinein in das blonde Haar, das zu einem losen Knoten zusammengefaßt war; meine Stimme konnte unter den Ohrringen aus schwarzem Stein ihre Ohrläppchen berühren. Ich konnte sie mit Klängen streicheln – vielleicht keine ganz unpassende Idee, weil sie ja eine Geigerin war. Aber warum meine Zeit mit Überflüssigem verschwenden? Ich war bereit, aus dem Lokal zu gehen, froh, ein paar Augenblicke mit einer aufregenden Frau verbracht zu haben, und sie dann zu vergessen. Ich wandte mich sogar von Boby ab, um die noch verbliebenen anderen Gäste zu beobachten, und mein Blick traf auf den eines im Hintergrund stehenden Kellners, eines hageren, kahlköpfigen Mannes, der mich mit einem wissenden Grinsen ansah.

»Was meinen Sie ?« fragte ich Boby.
»In Ordnung«, sagte sie. »Aber Sie müssen diesen Aschenbecher für mich stehlen.«
Die Entschlossenheit in ihrer Stimme hätte mich warnen müssen, daß der bequeme Teil unserer Affäre vorüber war.
So möchte ich einmal sterben, dachte ich oft im Laufe der Nacht, während mir das Herz glücklich im Schädel pochte.
»Bleib noch!« sagte sie nach dem ersten Mal, »ich will ihn spüren, wenn er klein ist.« Aber schon bald bewegte sie wieder den Hintern, während ihr Gesicht mich anstrahlte. »Früher hatte ich Angst vor dem Sex«, vertraute sie mir flüsternd an. Ich glaubte ihr nicht. »Es stimmt aber, ehrlich. Ich war krankhaft schüchtern und ängstlich. Das Leben bestand aus meinem Papa, meiner Mama und meiner Geige.« Dann drehte sie mich mit ihren Armen und Beinen auf die Seite und wich immer weiter zurück, so daß ich einen schnellen Rhythmus finden mußte, um sie nicht zu verlieren. »Nun sollten wir ausruhen«, sagte sie nachher zufrieden, »laß es uns französisch machen.«
Sie setzte sich auf, fuhr mir mit den Zehen die Beine entlang und versuchte mir Erdbeeren in den Mund zu stopfen, als ich kurz nach Sonnenaufgang in einen tiefen Schlaf sank.
Der Wecker klingelte um neun. Boby hatte eine Probe, und ich war für meine Vorlesungen schon zu spät dran. Wir stürmten ohne Frühstück aus ihrer Wohnung. »Laß uns über Mittag schwimmen gehen«, schlug sie vor, als wir die Treppen hinunterrannten. Ich verschlief eine Einführung in Fichtes *Wissenschaftslehre*, kaufte mir ein paar altbackene belegte Brötchen, die ich im Bus hinunterschlang, und traf Boby um halb zwei im Lukácsbad. Sie war vor mir gekommen und stand in ihrem blauen Bikini am Beckenrand; ihre blonden Haare waren heller als die blasse Wintersonne, die glitzernd durch die überfrorene Glaskuppel drang. Fremde starrten sie an, und Bekannte grüßten sie respektvoll. Einen Augenblick überlegte ich, ob ich nur von ihr geträumt hatte, aber meine schmerzenden Muskeln waren glückselige Wirklichkeit.
Sie forderte mich zum Wettschwimmen heraus, einmal durchs

Becken und zurück. Als ich schließlich nach Luft schnappend aus dem Wasser stieg, war sie bereits dabei, sich mit einem Handtuch die Haare zu trocknen. Sie ignorierte die anerkennenden Blicke ihres Publikums und gab mir einen langen Kuß.

»Dir verdanke ich es, daß ich so gut in Form bin«, erklärte sie.

»Wieso denn?«

»Hast du noch nie von der Einsteinschen Gleichung gehört? Lust verwandelt sich in Energie.«

Ich schlug eine kleine Pause vor. Wir legten uns flach auf den Bauch, die Arme unterm Kinn verschränkt, Ellbogen an Ellbogen. Ich weiß nicht, wie ich es bis dahin hatte übersehen können: auf ihrem Unterarm war eine lange Zahl eintätowiert. Offenbar sah sie, daß ich große Augen machte, denn sie antwortete, bevor ich irgendwelche Fragen stellen konnte.

»War dir das nicht klar? Ich bin nun mal keine Intellektuelle, da ist es wohl ziemlich schwierig, mich als Jüdin zu erkennen.«

»Ich kann mir nicht vorstellen, daß du jemals in einem Todeslager gelebt hast.«

»Auschwitz – einhundertundsiebenundzwanzig Tage und vier Stunden.«

Während sie noch redete, sah ich vor meinem inneren Auge das Foto einer Gruppe von Juden, Männer und Frauen mit glattrasierten Köpfen und ohne Kleider, nackte Skelette vor einer Baracke; das Bild hatte mich oft verfolgt und mir das Gefühl gegeben, wenn ich einer von ihnen gewesen wäre und überlebt hätte, hätte ich nicht weiterleben können. Als ich mir vorzustellen versuchte, was sie durchgemacht haben mußte, sie, die jetzt, nur acht Jahre später, neben mir lag und Gesundheit und Energie ausstrahlte – da schämte ich mich dafür, daß ich so müde war.

Nach dem Schwimmen ging Boby nach Hause, um zu üben, und ich ging zurück zur Universität. Sie hatte mir eine Eintrittskarte für das Abendkonzert gegeben, und im Anschluß daran gingen wir zum Abendessen ins Café »Tulpe«. Ich erzählte ihr, wie ich auf die Idee gekommen war, ihr den Aschenbecher anzubieten, und wurde dann später in dieser Nacht, nachdem ich endlich eingeschlafen war, durch einen Rippenstoß aus dem Schlaf gerissen. »Ich glaube, ich möchte diesen Freund von dir, diesen Kameramann, kennenlernen«, beschwerte sie sich laut. »Du mußt mich gelegentlich mit ihm bekannt machen.«

Ich war danach nicht mehr schläfrig, und so saßen wir im Bett und redeten und erzählten uns gegenseitig unsere Lebensgeschichte. Boby war mit sechsundzwanzig Jahren noch Jungfrau und wohnte noch bei ihren Eltern, als im Spätsommer 1944 die SS und die ungarischen Nazis die Macht in dem Provinzstädtchen übernahmen, wo ihr Vater Musiklehrer war und sie im örtlichen Sinfonieorchester die erste Geige spielte. Sie erinnerte sich noch, wie sie mit ihrer Mutter vor einem Plakat stand, auf dem allen Juden befohlen wurde, ins Getto zu ziehen; ihre Mutter, die keine Jüdin war, lachte über den besonderen Hinweis für nichtjüdische Einwohner, die mit Juden verheiratet waren, sie könnten ihre Ehe mit einer einfachen Erklärung im Rathaus auflösen und wären dann berechtigt, in ihrer Wohnung zu bleiben und alle Rechte des Ariers in Anspruch zu nehmen. »Seit siebenundzwanzig Jahren lebe ich jetzt mit deinem Vater zusammen – wie kommen sie bloß auf die Idee, ich könnte ihn auch nur einen Tag im Stich lassen?« Sie zogen ins Getto, waren aber nur einen Abend zusammen. Mitten in der Nacht wurden sie durch Hundegebell und Schreie aufgeweckt: die Männer mußten sofort in die Arbeitslager. Es herrschte eine allgemeine Panik, aber die Wächter versicherten ihnen, in ein paar Tagen würden sie alle wieder zusammensein. Sie umarmten ihren Vater, sahen ihn unter den Bogenlampen in einer Schlange stehen und sahen ihn danach nie wieder. Am nächsten Morgen wurden die Frauen und Kinder in einen Güterwagen gesperrt, der erst ungefähr zwei Wochen später auf dem Nebengleis in Auschwitz wieder geöffnet wurde. Auf der Rampe stand ein elegant aussehender Mann in einem weißen Anzug, der die Neuankömmlinge durch Gesten mit einer Reitpeitsche sortierte. Als er Bobys Mutter mitfühlend fragte, ob sie sich schweren Arbeiten gewachsen fühle, war sie von dieser unerwarteten Teilnahme an ihrem Wohlergehen so angetan (nach zwei Wochen mit den Toten und Sterbenden in einem geschlossenen Güterwagen), daß sie mit einem dankbaren Lächeln antwortete, sie würde leichtere Arbeiten wie Kochen oder Nähen vorziehen. Der feine Herr wies sie der Gruppe älterer Leute, schwangerer Frauen und Kinder zu, die sofort vergast werden sollten. Doch das erfuhr Boby erst später; zu dem Zeitpunkt wußten sie noch nicht, was mit ihnen geschah. Ihre Mutter glaubte offensichtlich, Boby komme gleich mit ihr, denn sie drehte sich nicht nach ihr um. Bobys erste Arbeit in Auschwitz bestand darin, starre Leichen aus den Gaskammern zu zerren und zum Verbrennen aufzuschichten. Als sie diese Erinnerungen schilderte, bekamen wir es beide mit der Angst zu tun und klammerten uns aneinander wie in einem Unwetter.

Ich erzählte ihr von dem Mord an meinem Vater, und wir weinten um ihn und um ihre Eltern. Die Welt war von einer unerträglichen Gemeinheit, aber wir boten einander Schutz und Zuflucht, und am Morgen bat ich sie, mich zu heiraten. Sie schien entzückt, doch sie wies mich ab. »Du hast Glück, daß ich nicht ein paar Jahre jünger bin, sonst würde ich dich beim Wort nehmen. Aber ich bin nicht grundsätzlich dagegen. Wenn wir heute in einem Jahr immer noch zusammen sind, dann können wir ebensogut heiraten.«

Zum Frühstück gab es Kaffee und Äpfel, und mittags trafen wir uns wieder im Lukácsbad. Ich fühlte mich plötzlich ein wenig benommen. »Du siehst blaß aus«, bemerkte sie mit echter Anteilnahme, »das Schwimmen wird dir guttun.«

Am Abend nahm sie mich auf eine Party mit, wo ich kaum jemanden kannte, und sie stellte mich als ihren Freund vor. »Falls du dich wunderst«, fügte sie immer dann hinzu, wenn jemand überrascht schien, »ich bin zwar fünfzehn Jahre älter als András, aber mit seiner Frechheit macht er diesen Unterschied spielend wett.« Tatsächlich fühlte ich mich eher eingeschüchtert. Es war eine Stehparty, und ich hatte Mühe, mich auf den Beinen zu halten. Einer der Gäste war ein prominenter Musikkritiker mit feuchten Augen, einem dichten schwarzen Spitzbart und einer aufgeblähten kleinen Frau. Als er uns entdeckte, reckte er das Kinn vor, lud seine Frau bei mir ab und machte sich in dem Gedränge an Bobys Verfolgung. Ich wollte mich auf die Dame konzentrieren, die er in meiner Obhut gelassen hatte, aber wir behielten beide ihren abscheulichen Mann im Auge, der unentwegt auf meine Geliebte einredete.

»Boby ist eine recht ungewöhnliche Frau, nicht wahr?« bemerkte die Ehefrau und dehnte mit den Worten auch ihren Ballonkörper.

»Ja, das ist sie«, erwiderte ich, zu müde, mich zu verstellen. »Ich bin froh, daß Sie meine Besorgnis teilen.«

Dann hörten wir Bobys Stimme, die den Lärm übertönte. Sie konnte in einem normalen Plauderton reden, der dennoch alle anderen im Raum verstummen ließ.

»Sind Sie Ihrer Frau schon mal untreu gewesen?« fragte sie den zu allem entschlossenen Kritiker.

Als sich die Gäste in ihre Richtung drehten, entstand eine plötzliche, stereophone Stille, deren Ausmaß dadurch verdeutlicht wurde, daß hier und da das Klimpern von Eiswürfeln in Gläsern zu hören war. Der Kritiker griff sich verlegen an den Spitzbart – vielleicht auch, um ihn vor der radioaktiven Strahlung zu schützen, mit der seine Frau ihn anfunkelte.

»Aber nein, natürlich nicht!« Er lachte verzweifelt. »Ich bin ihr noch nie untreu gewesen.«

»Dann stehlen Sie mir nicht die Zeit«, erklärte Boby souverän und ließ ihn stehen.

Als wir die Party verließen, schlug Boby vor, wenn ich müde sei, solle ich doch nach Hause gehen und mich ausschlafen; aber ich wollte nichts davon wissen. Es war Freitag, und im Laufe der Nacht beschloß sie, wir sollten am Wochenende Skilaufen gehen. Ich war nur ein paarmal in meinem Leben Ski gelaufen, mit den amerikanischen Soldaten in Österreich, und hatte weder Kleidung noch Ausrüstung noch Lust, den Samstag an den windigen Abhängen von Buda zu verbringen. Doch Boby hatte eine Skihose und einen Pullover in Reserve, die mir paßten, und sie wußte, daß es Stiefel und Skier an Ort und Stelle zu mieten gab.

Noch vor elf waren wir in den Budaer Bergen und kehrten gegen acht Uhr abends in ihre Wohnung zurück.
Bobys Wohnung war klein, makellos und voll kräftiger Farben. Ein schwarzer Teppichboden lag nicht nur im Schlaf- und Wohnzimmer, sondern auch im Bad, und die Möbel hatten viel leuchtendes Blau und Orange. Nichts schien scharfe Kanten zu haben; es war, als seien die massiven Gegenstände im Begriff, sich in fließende Farben aufzulösen. Zumindest schien es mir so an diesem Abend, erschöpft und überreizt, wie ich war. Boby kochte Eier und machte Toast und Tee, und wir setzten uns zum Essen auf den Teppich vor den falschen Kamin, in dem der Heizkörper für die Zentralheizung stand. Darüber hing an einer silbernen Kette der inzwischen blank polierte und funkelnde Aschenbecher, wie um mich an meinen einst so zwanglosen Umgang mit Frauen zu erinnern.
»Mir ist immer noch kalt«, ließ ich Boby in der feigen Hoffnung wissen, damit sei ich für diese Nacht entschuldigt.
»Das ist ja wunderbar!« rief sie aus, als hätte ich sie eben mit einer aufregenden Nachricht überrascht.
»Ich versteh nicht, was daran so wunderbar sein soll.«
Sie gab die Erklärung erst, als wir im Bett waren. »Du bist eiskalt«, flüsterte sie, »aber ich bin innen warm. Das gibt etwas ganz Besonderes.« Sie hatte recht.
Wir verbrachten den Sonntag im Bett, und ich konnte dösen, während sie ein Bad nahm oder uns etwas zum Essen zusammensuchte. Aber in der Woche darauf hatte ich zum Schlafen keine Gelegenheit mehr, außer in Vorlesungen oder Konzerten. Am zweiten Wochenende ging ich nach Hause, und dann nahm ich mir hin und wieder einen Tag frei, aber ich hatte allmählich das Gefühl, ständig betrunken zu sein. Es war nicht unangenehm. Außerdem war ich stolz darauf, mit Boby mithalten zu können, und fühlte mich für meine Anstrengungen reich belohnt. Wenn sie sich in der Wohnung zu schaffen machte, hatte sie meistens nur ein Höschen an, und ich lag auf dem Bett und sah ihr zu – fasziniert von ihren langen weißen Zehen, diesen zehn lebenden Wurzeln

ihres ganzen Leibes, die in der tiefen Schwärze des Teppichbodens versanken und gleich wieder zum Vorschein kamen. Ich sehe sie heute noch, durch einen Schleier, genau wie damals. Und ich spüre heute noch die Berührung ihrer hellwachen Finger auf meinen Schultern, wenn wir uns unterhielten oder uns liebten.
Wenn mich etwas an Boby ärgerte, dann war es, daß sie offenbar nichts Außergewöhnliches in meiner Fähigkeit sah, jede Nacht mit ihr durchzumachen, am Tage schwimmen zu gehen und lange, flotte Spaziergänge zu machen – und nebenbei die meisten meiner Vorlesungen an der Universität zu besuchen. Ich wünschte mir, sie würde anerkennen, daß nicht viele Männer aushalten würden, was ich nun schon eine ganze Weile mitmachte.
»Was bist du nur für ein Narr«, sagte sie eines Nachmittags zu mir; es war Ende Mai, und wir gingen in der Stunde vor Sonnenuntergang im Park spazieren. »Du bringst dich für mich um, und das ist albern.«
»Unsinn«, beteuerte ich nervös, voll böser Ahnungen. Mir war neuerdings aufgefallen, daß sie in meiner Gesellschaft so rastlos war und daß sie immer mehr Zeit – und eine wahrnehmbare Willensanstrengung – brauchte, um mit mir zum Orgasmus zu kommen.
»Ich mach mir Vorwürfe deinetwegen, András.« Das klang eher gereizt als reuig. »Ich schlafe ja manchmal am Nachmittag – aber was ist mit dir? Die ganze Geschichte wird langsam zuviel für dich, meinst du nicht?«
»Nein, überhaupt nicht«, wehrte ich kläglich ab. »Aber ich bin froh, daß du dir meinetwegen Sorgen machst.«
Es war in der ganzen Zeit unserer Bekanntschaft das einzige Mal, daß sie keine Worte mehr fand. Wir schwiegen eine Zeitlang und setzten unseren Spaziergang unter den Bäumen und durch die kleinen sonnenüberfluteten Lichtungen fort.
»Soll ich es dir denn noch deutlicher sagen?« platzte sie schließlich verzweifelt heraus. »Meinst du nicht, es wird Zeit, daß du's ein wenig lässiger nimmst?«
Ich versuchte gar nicht erst, mit ihr zu rechten. Ich kam nicht

ohne Bitterkeit zu der Überzeugung, daß ich mich am besten immer dann für Boby zerriß, wenn und während sie mich liebte. Ich glaube, sie hatte erwartet, daß ich mich beklagen würde, aber das ging auch nicht. Worüber hätte ich mich denn beklagen sollen, nach diesen schwindelerregenden und traumhaften Monaten?

11
VON DEN REINEN JUNGFRAUEN

O Reinheit, schmerzlich und flehend!
Barry Pain

Das große Thema auf unserem Campus hier in Ann Arbor ist immer noch die Abtreibung. In der Studentenzeitung, die sich – vielleicht ein wenig hochtrabend – *The Michigan Daily* nennt, stehen dazu täglich mehrere Leserbriefe. Die meisten Briefe stammen zwar von der Gruppe, die der Frau das alleinige Entscheidungsrecht zugesteht, aber die andere Seite, die für ein »Recht auf Leben« plädiert, findet immer mehr Anhänger. Da dieses heikle Problem derzeit alle Mädchen beschäftigt, war ich nicht überrascht, einen groß aufgemachten Artikel zu sehen, der die Überschrift trug: JUNGFRÄULICHKEIT: DER NEUE LEBENSSTIL. Eine Gruppe von (männlichen) Medizinstudenten im zweiten Jahr, die sich MEDIZINER FÜR SEXUELLE PROMISKUITÄT (MFSP) nannte, konterte mit einem Brief und der »Kampfansage an das alarmierende Wiederaufleben dieser seltenen Krankheit, der Jungfräulichkeit, die noch bis vor kurzem als ausgemerzt galt«. Da einige Medizinstudenten als Gasthörer in meinen Vorlesungen sitzen, wurde ich bei der nächsten Sitzung des Lehrkörpers beschuldigt, bei diesem geschmacklosen sexistischen Scherz die Hand im Spiel gehabt zu haben; um meinen Namen reinzuwaschen und die Ehre der Philosophischen Fakultät zu retten, schrieb ich daraufhin einen eigenen Leserbrief an *The Michigan Daily.* »Die Arroganz der MFSP und ihres Angebots, junge Frauen von der Jungfräulichkeit zu heilen, hat mich bestürzt. Wenn sie schon auf die Gefühle und moralischen Grundsätze einer jungen Frau – ganz zu schweigen von den berechtigten Sorgen um ihre Zukunft – keine Rücksicht nehmen, sollten sie wenigstens an die fürchterliche Strafe denken, die sie sich auf diese Weise zuziehen werden.« Es gab noch einige andere Kommentare zu dem Thema, aber die große Debatte flaute dann während der Schwulen-und-Lesben-Woche ab.

In meiner Studentenzeit an der Universität von Budapest kannte ich eine junge Schauspielerin namens Mici, rothaarig und mit langen Armen und Beinen. Wir grüßten uns zwar, wenn wir uns sahen, aber erst nach zwei Jahren kamen wir einander näher. Man sagte, sie habe Talent, umd sie war auf eine irgendwie fiebrige Art hübsch – aber zu leicht durchschaubar, um meine Neugier zu wecken. Ich kannte sie nur aus dem Marxismus-Leninismus-Kursen, die wir gemeinsam mit den Studenten der Hochschule für Schauspiel- und Filmkunst besuchten. Doch ich fand, daß ich sie zur Genüge kannte, wenn auch nur vom Sehen und Hören. Sie warf gerne mit obszönen Ausdrücken um sich, sie trug ungewöhnlich kurze Röcke, und jede zweite Woche holte sie ein anderer Mann vom Unterricht ab. In dieser Zeit hatte ich Affären mit einigen Mädchen in meinem Alter, und bei ihnen wurde mir klar, daß auch das intelligenteste und warmherzigste Mädchen mit zwanzig niemals auch nur halb soviel wissen und empfinden kann wie später mit fünfunddreißig. Dennoch hatte ich vor einem jungen Gesicht keine Angst mehr, und wenn ich mich von Mici fernhielt, dann nur, weil ich nichts an ihr fand.

An einem Freitagabend im Oktober änderte ich meine Meinung. Es war ein ganz besonderer Freitag für mich, denn ich konnte ein Mädchen mit nach Hause bringen und über Nacht dabehalten. Meine Mutter war aufs Land gefahren, um ihre Eltern zu besuchen und bei der Weinlese zu helfen, und ich war für zwei Tage allein in der Wohnung. Inzwischen lebte ich mit ihr mehr oder weniger wie ein Bruder mit seiner älteren Schwester zusammen – wie gute, aber selbständige Freunde –, und ich blieb nachts so oft weg, wie ich wollte. Es wäre aber undenkbar gewesen, ein Mädchen auf mein Zimmer zu nehmen, solange meine Mutter zu Hause war. Seit Boby meiner überdrüssig geworden war, hatte ich nicht oft Gelegenheit gehabt, richtig mit einer Frau zu schlafen, und nun war ich angesichts der freien Wohnung sehr darauf erpicht, die Gelegenheit zum gemütlichen Kuscheln zu nutzen. Leider war die Frau, mit der ich zu der Zeit zusammen war, verheiratet, und ich konnte sie nicht gut bitten, Mann und Kinder übers

Wochenende im Stich zu lassen. Ich nahm mir vor, auf dem Ball des Nationaltheaters, mit dem an diesem Abend die erste Premiere der Saison gefeiert wurde, eine Gefährtin zu finden. Für die Budapester Künstlergemeinde war es das wichtigste gesellschaftliche Ereignis des Jahres, und es lockte so viele hübsche Frauen an, wie ich das nirgendwo sonst erlebt habe. Die Studenten der Hochschule für Schauspiel- und Filmkunst waren eingeladen, sich unter die Großen zu mischen, und eine Gruppe meiner Freunde schmuggelte mich mit hinein. Es war ein glanzvoller Ball an historischer Stätte – im *National*theater eines von fremden Truppen besetzten Landes. Was den Italienern unter der österreichischen Besatzung die Mailänder Scala war, war uns unter der österreichischen, der deutschen und nun der russischen Besatzung das Nationaltheater. Die ungarische Politik wurde durch die sowjetischen Panzerdivisionen am Rand der großen Städte bestimmt, aber hier waren wir von Mauern umgeben, die die Triumphe unserer Sprache erlebt hatten, die großen Tage unserer tausendjährigen Geschichte in der Schilderung unserer Dramatiker, die unsterblichen Bekundungen unseres freien Geistes. Sowohl 1848 in der Revolution gegen die Österreicher als auch 1956 in der Revolution gegen die Sowjetunion (ungefähr zwei Jahre nach dem Theaterball, von dem ich rede) war das Nationaltheater einer der Unruheherde: kurzfristig wurden Aufführungen des *Bánk Bán* angesetzt, eines klassischen aufrührerischen Dramas, das von einer mittelalterlichen Erhebung gegen einen fremden Herrscher handelt. Nachdem der Aufstand im Jahr 1956 von den Russen niedergeschlagen und das Kádár-Regime eingesetzt war, wurde das Nationaltheater abgerissen und durch eine U-Bahn-Station ersetzt. Doch das ehrwürdige alte Gebäude, das für einen kolonialen Polizeistaat eine solche Gefahr darstellte, war für uns (und das aus demselben Grund) ein starkes Aphrodisiakum: solange diese Marmorsäulen noch standen, leuchteten sie voller Stolz und Sinnlichkeit – zwei eng verwandten Leidenschaften, die aus denselben Tiefen der Seele stammen.

Das Foyer mit seinen Säulen, Bronzestatuen und kristallenen

Kronleuchtern diente als Ballsaal, mit Platz für das Orchester und die Tanzfläche; die Garderoben waren zu Bars und Imbißstuben geworden, und die verdunkelten Logen boten sich jedem als Boudoir an, der sich aus der Menge zurückziehen wollte. Nicht wenige verbrachten dort die bewegendsten und freudigsten Augenblicke ihres Lebens. Es war alles ganz anders als bei unseren Zusammenkünften an der Universität, und ich wollte unbedingt daran teilhaben, aber ich hatte kein Glück.

Ich war immer noch ohne Partnerin, als Madame Hilda, eine großartige Shakespeare-Darstellerin, sich ihren spektakulären Abgang verschaffte. Dieser lesbische Bühnenstar war eine wahrhaft fürstliche Gestalt, die jedermann zutiefst verachtete und die Frechheit besaß, das auch zu zeigen, ganz gleich, ob ihre Geringschätzung kleinen Mitläufern galt oder Männern, die über Leben und Tod entscheiden konnten. In ihrer Unverfrorenheit war sie so entwaffnend, daß sie sich alles erlauben konnte. Allgemein war bekannt, daß sie einmal Rákosi (den vom Kreml geschickten Diktator, der seine Minister für weit geringere Vergehen ermorden ließ) *und* den sowjetischen Botschafter brüskiert hatte, als sie ihr nach einer Vorstellung in der Garderobe gratulieren wollten. Madame Hilda gab sich auch keine Mühe, ihren stark maskulinen Trieb zu verbergen. Sie machte sich häufiger und hemmungsloser als die meisten Männer an junge Mädchen heran. Gegen zwei Uhr morgens wählte sie schließlich aus den Reihen der Schauspielerinnen zwei willige Verehrerinnen aus und drängte sie zum Ausgang. Unter den strahlenden kristallenen Lüstern schritt Madame Hilda in ihrem dunkelgrünen Satinkleid durchs Foyer und trieb ihre blassen Schützlinge vor sich her. Scheinbar ohne die Seitenblicke der ungarischen Künstlergemeinde zu beachten, konzentrierte sie sich mit Augen und Händen ganz auf die linkisch ausweichenden Hintern ihrer Schutzbefohlenen. Madama Hildas Abgänge waren berühmt dafür, daß sie die auf der Bühne Verbleibenden unsichtbar machten.

Mit ihrem Weggehen veränderte sich die Atmosphäre auf dem Ball: es ging nicht mehr so förmlich zu. Die ersten Pärchen, die sich gefunden hatten und miteinander zufrieden waren, verließen das Theater, gefolgt von Frauen, die keinen Begleiter hatten: die Luft war mittlerweile zu drückend für alle, die allein geblieben waren. Zu den schicklichen Klängen eines Schubert-Walzers entführten die Männer die jungen Frauen auf das Tanzparkett oder in die dunklen Logen. Ihre Gesichter hatten immer noch den versteinerten Ausdruck öffentlicher Idole, aber ihre Augen glühten und glimmten wie Kerzen bei einer Schwarzen Messe. Allein in dieser erregenden Atmosphäre, empfand ich nur Mitleid mit einer anderen einsamen Person – Mitleid und Überraschung, denn bei Mici rechnete man nie damit, daß sie einen Abend lang allein blieb.

In einem weißen Chiffonkleid, das Brust und Rücken fast völlig frei ließ, schlenderte sie mit mürrisch-gelangweilter Miene über die Tanzfläche. Als sie mich entdeckte, streckte sie mit jener übertriebenen Geste, zu der nur Schauspielerinnen fähig sind, die Arme aus. »András!« rief sie, als sei sie ausschließlich zu den Zweck geboren, sich mit Leib und Seele mir und mir allein hinzugeben. Bevor ich auch nur guten Tag sagen konnte, hatte Mici schon die Arme um mich gelegt und angefangen, sich im Rhythmus der Musik zu bewegen. Wir hatten uns gerade zweimal im Kreis gedreht, als sie mir ins Ohr flüsterte: »Du bist großartig . . . Ich hab dich schon immer gemocht, wußtest du das?« Als der Walzer zu Ende war, drängte sie sich an mich. »Kann man mit dir ernsthaft reden?«

»Worüber?«

»Über uns.« Sie wich zurück und setzte eine feierliche Miene auf; sie fand plötzlich, es sei Zeit, daß ich mich erklärte. »Wie kommt's eigentlich, daß du nie versucht hast, mich zu ficken?«

»Ich war der Meinung, daß wir uns dafür nicht gut genug kannten«, sagte ich und wurde rot.

»Das ist eine verdammt miese Ausrede!«

»Gehn wir zu mir«, schlug ich voll aufgeputschter innerer Unruhe vor.

Hatte das Glück mich am Ende einer Nymphomanin in die Hände

gespielt? Kaum daß wir im Taxi waren, fing sie auch schon an mich zu küssen; gleichzeitig nahm sie meine Hand und schob sie unter ihren Rock.

»Ich freue mich so, mit dir allein zu sein!« flüsterte sie ungeduldig. Wir waren aber in einem Taxi. Ich nahm an, Micis leidenschaftliche Hingabe machte sie blind für die verstohlen neugierigen Blicke des Fahrers – als könnte eine solche Leidenschaft einen Umstand übersehen, der ihrer Erfüllung im Wege stand. Ich überlegte mir auch nicht, was es bedeutete, daß sie die übliche Geste umkehrte und nicht nach mir griff, sondern meine Hand zu sich herzog. Meine Erwartungen machten mich viel zu benommen, als daß ich hätte nachdenken können. Meine Hand steckte tief unter ihrem Slip, und wie Kundschafter, die den regulären Truppen vorausgeschickt werden, suchten meine tastenden Finger das feuchte Terrain ab.

Als wir endlich allein im Aufzug waren, erinnerte sich Mici urplötzlich an ihre Mutter und wich einen Schritt zurück. »Es würde meiner Mutter nicht gefallen, wenn sie wüßte, daß ich so spät noch auf bin.« (Es war wohl gegen drei Uhr früh.) »Sie glaubt an die Regel: Früh zu Bett, früh aus den Federn.«

»Wohnst du nicht bei deinen Eltern?«

»Ich hab einen Platz in einem Wohnheim. Typisch Mädchen vom Lande in der großen Stadt. Meinen Eltern paßt das gar nicht. Sie können sich nicht an die Vorstellung gewöhnen, daß ich Schauspielerin werde.«

Als wir aus dem Aufzug traten und den einen Bogen beschreibenden Korridor entlanggingen, wurde Micis Gesicht in der eigenartigen, für Mietshäuser so charakteristischen gelben Beleuchtung wachsbleich. So muß mein Gesicht auch aussehen, dachte ich, es ist zu spät in der Nacht. Ich spürte, wie sich mein Körper mit einem Strom der Identifizierung auflud. Sie redete immer weiter und erzählte von ihren Freundinnen zu Hause. Ich war froh, daß auch sie eine Pause brauchte, um sich nach unseren hitzigen Handgreiflichkeiten im Taxi wieder zu sammeln. Auf ihrem Weg ins Bett eines fremden Klassenkameraden festigte sie ihr inneres

Gleichgewicht mit Erinnerungen an Gefährtinnen ihrer Kindheit, so wie Kunstspringer mit den Zehen einen festen Halt auf dem Brett suchen, ehe sie abspringen.
Als wir eingetreten waren, musterte Mici kurz und sachlich mein Zimmer und ging dann mit einer professionellen Direktheit, die mich an Fräulein Mozart erinnerte, geradewegs auf das Bett zu. Dort setzte sie sich und schüttelte mit einem Achselzucken das spärliche Oberteil ihres Kleides ab. Bevor ich mich zu ihr setzen konnte, war sie auch schon nackt bis zum Nabel. Sie drückte den Rücken durch und präsentierte ihre kleinen Brüste. Während ich sie noch beobachtete und mich abgestoßen und angezogen zugleich fühlte, erklärte sie mit einem seltsamen Lächeln: »Ich möchte, daß du alle Lichter anmachst. Ich will dein Gesicht sehen.«
Ich machte alle Lichter an, setzte mich neben sie und begann mich auszuziehen. Doch Mici zog mich an sich und bohrte mir die nackten Brustwarzen ins Jackett.
»Mir wär's lieber, du würdest mir den Slip ausziehen.«
Ich gehorchte augenblicklich. Dabei schob sich ihr Rock nach oben, und sie machte kurz die schlanken, bleichen Beine breit und schloß sie dann wieder. Sie war aber nicht bereit, sich von ihrem weißen Chiffonkleid zu trennen, das nun als hinderliches Bündel um ihre Hüfte geschlungen war. Ich wollte in sie eindringen, aber das Bündel war im Weg. »Die Party war ganz schön sexy, was?« flüsterte sie, schnappte sich meinen einsatzbereiten Gesellen und bettete ihn an ihren Bauch. Sie befingerte ihn, streichelte ihn, drückte ihn nach unten, um ihn stillzuhalten, und dann schloß sie die Augen und machte sie nicht wieder auf. Was sah sie? Sie sah irgendwas – das verriet mir ihr Lächeln. Brauchte sie vielleicht den zusätzlichen Reiz stimulierender Bilder und hielt die Augen geschlossen, damit sie hinter ihren Augenlidern andere Körper beobachten konnte, während sie meinen spürte? Ein phantasievolles Mädchen soll ja in der Lage sein, sich bei nur einem Partner an einer Massenkopulation zu beteiligen.
Nach einer Stunde wurde ich ungeduldig, und Mici, die den wach-

senden Druck meiner Bewegungen spürte, wälzte sich von mir weg, auf die andere Seite des Bettes, und kreuzte die Beine. Sie wirkte gereizt.
Ich wankte hinüber zu meinem alten aufziehbaren Plattenspieler und fing an zu kurbeln. Nicht die schlechteste Art, fand ich, meine Nerven zu beruhigen. Einem Mädchen, das so rasch zur Sache kam, mußte ich pflichtgemäß die Wahl des richtigen Zeitpunkts überlassen.
»Schau mich an«, hörte ich Mici sagen. »Ich will dein Gesicht sehen.«
Ich schaute zu ihr hinüber und riet ihr, unter die Decke zu kriechen, wenn sie sich nicht erkälten wolle.
»Ich kann nicht.«
»Warum?«
»Ich bin fromm.«
»Was soll das heißen, du bist fromm?«
»Ich bin noch Jungfrau.«
Ich brachte meine durcheinander geratene Kleidung in Ordnung; irgendwie kam ich mir dumm vor.
»Schau mich an, ich will dein Gesicht sehen«, beharrte Mici, und so langsam ahnte ich, warum.
Aber sie nahm jeden Vorwurf vorweg, den ich ihr möglicherweise hätte machen können. »Auch wenn du mich nicht anschaust, merke ich, daß du wütend bist. Aber das beweist nur, daß du mich nicht liebst. Sonst würdest du dich nämlich damit zufriedengeben, einfach herumzuspielen.«
»Herumgespielt haben wir ja jetzt«, sagte ich bitter, mitten im Raum stehend, im Niemandsland. »Wie wär's, wenn wir jetzt etwas anderes spielten? Möchtest du Schallplatten hören? Oder nur dasitzen und reden?«
»Es muß mindestens vier Uhr sein«, schmollte Mici, »zu spät für Konversation.«
»Heißt das, du möchstest nach Hause gehen?«
»Du hast gut reden, du bist ein Junge.« Sie zog das Oberteil ihres Kleides wieder an, ohne den BH, und streifte ihren Rock hinunter.

»Ich könnte meiner Mutter nie wieder in die Augen sehen, wenn ich mich je einmal vergessen sollte. Lach nicht« – als ob ich dazu in der Lage gewesen wäre –, »du kennst meine Mutter nicht. Sie wollte Nonne werden, noch als mein Vater ihr den Hof machte. Doch er hängte ihr ein Kind an, und das war's dann.« Mit einem versöhnlichen Lächeln fügte sie hinzu: »Man könnte sagen, ich war schon eine Heiratsvermittlerin, als ich noch gar nicht geboren war.«

»Das hört sich genau so faul an wie alles, was du bisher gesagt hast.«

»Und wenn du mich schwanger gemacht hättest, was dann? Daran hast du natürlich nicht gedacht!«

»Von mir ist noch keine Frau schwanger geworden«, wehrte ich mich, ganz der Rechtschaffene. »Aber Nonnen reden nicht über Verhütungsmaßnahmen, oder?«

»Ich mag dich ja, aber ich tu's nicht.«

»Hast du nicht beim Tanzen darüber geklagt, daß ich dich nie ›gefickt‹ habe?«

»Daß du's nie *versucht* hast, hab ich beklagt.«

Bei diesen Worten konnte Mici ein triumphierendes Kichern nicht unterdrücken. Ich fühlte mich weit zurückgeworfen und war wieder dort, wo ich acht Jahre vorher angefangen hatte: bei den Teenagern.

»So, Mici, dann ruf ich dir jetzt ein Taxi.«

»Ich will nicht gehen.«

»Mici – entweder du gehst, oder ich hol die Polizei.«

»Und was willst du ihnen erzählen?« Schweigen. »Wenn du auch nur ein bißchen was von Frauen verstehen würdest, dann wüßtest du, daß ich dich liebe.«

»Na schön, dann geh eben *ich*.«

An der Tür holte sie mich ein und lehnte sich traurig und gekränkt gegen mich. Während sie mir die Krawatte aufknüpfte, fragte sie mit rauher Stimme: »Warum ziehst du dich denn nicht aus?«

Überwältigt von der Illusion, daß ich Fortschritte machte, zog ich mich tatsächlich aus. Sie nahm mich bei meinem Gesellen und führte mich zum Bett zurück, und wir begannen wieder mit unserem Geplänkel, diesmal – von dem verrutschenden Bündel um Micis Hüfte abgesehen – beide nackt. Ich weiß nicht mehr genau, was geschah und in welcher Reihenfolge, erinnere mich aber an meine ständig schlimmer werdenden Kopfschmerzen und an einige unserer besonders stürmischen Rangeleien. Mici gelang es immer und immer wieder, mich zu umgarnen, und immer wieder umschlang ich sie, aber dann preßte sie im letzten Moment die Schenkel zusammen, damit ich nicht in sie eindringen konnte. Immer wieder versuchte ich sie rumzukriegen, doch sie kriegte mich immer wieder klein. Zornbebend beschuldigte ich sie, eine Sadistin zu sein, fragte sie, ob sie alle Menschen hasse oder nur Männer, und warum, und ob sie als Kind von ihrem Vater geschlagen worden sei. Einmal schimpfte ich sie eine jungfräuliche Hure, was sie zum Weinen brachte.

»Ich würde dich lieber als jeden anderen ranlassen, aber ich muß mich für meinen späteren Ehemann aufsparen.« Sie wischte sich die Tränen mit dem Büstenhalter ab. »Heirate mich morgen, und du kannst mich gleich danach noch haben. Nicht daß du meinst, ich bin schüchtern oder so. Ich würde es glatt auf dem Standesamt tun. Das ist mein Ernst.«

»Klar, das würde dir bestimmt gefallen. Wir würden alle Lichter anmachen lassen, dann könntest du das Gesicht des Standesbeamten sehen.«

Das brachte Mici zum Lachen. Aber sie konnte nicht zulassen, daß ich ihr zu lange fernblieb: vielleicht wollte sie beweisen, daß sie mich auch noch erregen konnte, nachdem ich sie durchschaut hatte – oder möglicherweise wollte sie das alles einfach auf ihre eigene Art genießen. Wenn ich mich mit dem Rücken zu ihr an den Schreibtisch setzte, kam sie von hinten und fing an mich zu küssen, erst in den Nacken, dann auf die Ohren. Wenn ich dann wieder hinreichend erregt war, ging es zurück ins Bett. Bis zum Augenblick der Wahrheit war sie die Leidenschaft in Person – und danach wieder. Sie war, wie Abraham Cowley sagt, die vollkommene Frau von außen:

In allem Äußern ist die Lieb' zu sehn,
Doch wollt' sie, ach, nimmer nach innen gehn.

Statt dessen bot sie mir die Fellatio an. Inzwischen war ich aber zu skeptisch. »Das ist doch nur wieder einer deiner sadistischen Tricks – du würdest ihn abbeißen.«
»Wenn ich eine Sadistin wäre«, entgegnete sie, »würde ich dann anbieten, dir Erleichterung zu verschaffen?«
»Mir wär's lieber, du würdest mir mal deine Religion erklären. Als Kind wollte ich Priester werden, vielleicht versteh ich das ja.«
»Also was ist, soll ich's für dich machen oder nicht?«
»Nicht im Traum käme ich auf die Idee, dir Unannehmlichkeiten zu bereiten.«
»Ich tu das wirklich gern. Ich hab's schon für viele Jungs getan. Ich hätte es auch für dich als allererstes getan, wenn du nur auf die Idee gekommen wärst, mich zu fragen. Ich habe es mit fünfzehn zum erstenmal getan, für einen Typ, der damit drohte, mich umzubringen, wenn ich mich nicht fügte. Ich mußte etwas tun, um ihn zu beruhigen. Damals hatte ich keine Freude dran, aber inzwischen macht es mir Spaß.«
Danach also, oder später, liebten wir uns auf französisch. Es kam uns beiden, aber mir half es nichts, meine Kopfschmerzen wurden nur noch schlimmer. Mici war rundum zufrieden. Wahrscheinlich war es der Gipfel ihrer keuschen Träume: das Mysterium der unbefleckten Empfängnis.
Morgens, gegen sieben Uhr sagte ich ihr, ich wolle zu Bett gehen und schlafen; sie könne gehen, dableiben oder das Bett mit mir teilen.
»Ich werde im Sessel schlafen«, entschied sie.
Als ich mittags aufwachte, hatte ich die schlimmsten Kopfschmerzen meines Lebens. Ich spürte, wie sich das Gehirn in meinem Schädel bewegte. Aspirin half da nicht mehr, und ich landete schließlich in der Notaufnahme einer Klinik, wo sie mir eine Morphiumspritze gaben. Doch das war erst am späten Abend. Im Augenblick des Aufwachens sah ich wie durch einen Schleier, daß Mici auf meinem Schreibtisch saß und die Beine baumeln ließ.

»Wie fühlst du dich?« fragte sie.
»Mir ist so schlecht, daß ich dich kaum sehen kann.«
»Ich fühl mich auch mies. Du hättest im richtigen Augenblick ein bißchen Gewalt anwenden sollen.« Doch sie war immerhin bereit, einen Teil der Schuld auf sich zu nehmen. »Schon seit ich wach bin, denke ich an all die Männer, die ich mir habe entgehen lassen. Und das alles nur wegen eines blöden künftigen Ehemannes, den ich noch nicht mal kenne.«
»Die Keuschheit ist sich selber Lohn, Mici.«
»Mach dich ja nicht lustig über mich!« klagte sie bitter.
Wie konnte ich? Der Herd meiner Kopfschmerzen war die Entdeckung, daß mein Wille und mein Verstand versagten, sobald ich mich einer nackten Frau gegenübersah.
»Wart nur, bis ich erst mal verheiratet bin. Dann schlaf ich mit jedem Mann, der mich haben will, ganz gleich, ob er bucklig ist oder sonst was.«
Das ist eine wortwörtliche Übersetzung ihrer Aussage. Nicht alles, was sie in dieser Nacht gesagt hat, kann ich exakt wiedergeben, aber diese Erklärung war zu verblüffend, als daß ich sie je wieder hätte vergessen können. Zumal da ich glaube, daß sie ihren Vorsatz später in die Tat umsetzte.
Etwa ein Jahr danach brach sie die Ausbildung an der Hochschule für Schauspiel- und Filmkunst ab. Zur Aufbesserung ihres Stipendiums hatte sie eine Stelle als Sängerin in einem Nachtklub angenommen, und dort lernte sie – ausgerechnet – den Militärattaché einer südeuropäischen NATO-Macht kennen. Ich habe keine Ahnung, was an all den Gerüchten dran war, aber es war eine Tatsache, daß sie als Ehefrau dieses Würdenträgers fast jeden Abend mit verschiedenen kommunistischen und westlichen Diplomaten an den Bars der besseren Hotels anzutreffen war. Ihre Freundschaften wurden sogar zu einem Streitpunkt im Kalten Krieg, denn sie wurde von beiden Seiten verdächtigt, dem Feind Informationen zu liefern. Einer meiner Klassenkameraden, dessen Vater Stellvertreter des Ministers für Auswärtige Angelegenheiten war, erzählte uns, Mici sei bei ihren Tête-à-têtes eine Zeitlang

sowohl vom sowjetischen als auch vom NATO-Geheimdienst beschattet worden. Der Diplomat wurde von seiner Regierung zurückgerufen, und Mici ging mit ihm und kehrte wenige Monate nach ihrer Hochzeit Ungarn den Rücken.
Was mein eigenes Leben nach dieser unvergeßlichen Nacht mit Mici angeht, so habe ich nie wieder versucht, eine Jungfrau zu deflorieren. Und ich habe auch nie erwogen, eine zu heiraten. Was ich auch sonst getan haben mag, unberührten Mädchen bin ich jedenfalls aus dem Weg gegangen. Sie fürchten die Folgen, mir graut vor den Präliminarien.

12
VON DEN MÜTTERN KLEINER KINDER

»Ach was«, sagt Toms Vater, »du bist nun so alt
Und noch so ein Wüstling, du solltest dich schämen.
Du brauchst, mein Sohn, eine Frau, und zwar bald!«
»Gut, Vater, gut: Wessen Frau soll ich nehmen?«

Thomas Moore

Die Ketten der Ehe sind so schwer, daß sie sich
nur zu zweit tragen lassen – und manchmal zu dritt.

Alexandre Dumas

In meiner weiteren Studentenzeit machte ich noch viele enttäuschende Erfahrungen, aber nur wenige mit Frauen. Daß ich so viel Glück hatte, verdanke ich den guten Freundinnen, die ihre ehelichen Freuden und Sorgen mit mir teilten. Unsere Liebe war heiter und wolkenlos, ohne Sticheln, Nörgeln oder Streiten – was wäre schließlich der Sinn einer außerehelichen Affäre, wenn sie sich von der Ehe nicht unterschiede? Dazu kam, daß ich für ihre Liebe nicht den Preis einer sozialen Verantwortung bezahlen mußte, zu einer Zeit, als ich noch studieren, meiner Mutter helfen und all den Beschäftigungen nachgehen mußte, die für einen jungen Mann unerläßlich sind. Meine Freundinnen bewahrten mich vor dem fatalen Fehler einer zu frühen Heirat, auch wenn ich mehreren von ihnen einen Heiratsantrag machte. Sie bewahrten mich auch vor den Exzessen der Leidenschaft; in der Regel sind verheiratete Frauen zu sehr beschäftigt, als daß sie ihre Liebhaber überfordern könnten. Ich konnte ihnen nur eine vorübergehende Ablenkung von ihren häuslichen Sorgen bieten, aber es war Lust ohne Angst vor Vergeltung. Wenn sie mich in die Arme schlossen, gingen sie damit nicht die Verpflichtung ein, meine Socken zu waschen. So verbrachten wir unsere freien Stunden in ehebrecherischem Glück.

Doch am deutlichsten ist mir die jämmerliche Lage einiger dieser Frauen in Erinnerung geblieben, besonders der Frauen mit kleinen Kindern. In der Regel erlebt die Mutter kleiner Kinder die schlimmste Krise ihres Lebens. Sie hat in rascher Folge zwei, drei Schwangerschaften hinter sich gebracht, und in diese Zeit fallen auch die ersten außerehelichen Affären ihres Mannes. Daß seine Gefühle ihr gegenüber abgekühlt sind, verstärkt noch ihre beklemmenden Sorgen, die sich um ihre Figur und ihr Alter drehen, während ihre Traumwelt der ewigen Jugend und ewigen Liebe zusammenbricht. Sie steht vor der unmöglichen Aufgabe, ihren Mann genau zu dem Zeitpunkt zurückzugewinnen, da sie sich mit einer ganzen Reihe neuer Sorgen und Pflichten konfrontiert sieht, die mit ihren Kleinen zu tun haben. Während sie ihnen das Gehen beibringt, versucht sie selbst, auf dem unsicheren Boden neuer Realitäten das Gleichgewicht wiederzufinden. Wird ihr Mann heute nacht wieder nicht nach Hause kommen? Ist sie nicht mehr begehrenswert? Niemand braucht die Rückenstärkung einer neuen Liebesaffäre so sehr wie sie, doch die bittere Ironie ihrer mißlichen Lage will es, daß just in dieser Phase, wo ihr Mann sie ignoriert, mögliche Liebhaber dasselbe tun: Männer sehen in ihr nur die Mutter. Da steht sie nun, hat mehr von einer Frau als je zuvor, und doch soll sie sich um nichts anderes als um Kinder und Haushalt kümmern.

Zugegeben, ein einziges Mal kannte ich eine Mutter, die sich über nichts zu beklagen hatte: sie hatte einen liebenswerten Ehemann, der sie anbetete, fünf gutaussehende und gefällige Söhne, und es machte ihr Freude, sie alle zu besitzen und zu versorgen und ihnen ein blitzsauberes und fröhliches Zuhause zu bieten. Aber sie hatte auch allerlei Liebhaber, und es gab für sie offenbar kein größeres Problem, als daß sie ein unglaubliches Übermaß an Energie besaß. Ich kannte auch Mütter, deren Elend so überwältigend war, daß ihnen das Beruhigungsmittel einer Affäre nichts mehr nutzte. Nusi war so eine Frau – obwohl es nicht ganz fair ist, Nusi irgendeiner Kategorie zuzuordnen.

Zuerst lernte ich ihre Kinder kennen, oder vielmehr, ich fand sie.

Bei einem Spaziergang auf der Margareteninsel (einem freundlichen und beliebten Park in der Donau, zwischen Pest und Buda) sah ich sie ziellos durch die Menschenmenge streifen: einen ernst dreinblickenden Jungen von etwa fünf Jahren, der ein kleineres Mädchen, das weinte, an der Hand hinter sich herzerrte. Ich wollte herausfinden, was los war. Der Junge wollte nicht mit einem Fremden reden, doch das kleine Mädchen erzählte mir schließlich, ihre Mutter sei auf die Toilette gegangen und habe ihnen gesagt, sie sollten draußen warten, und dann sei es ihrem Bruder langweilig geworden, und er habe sie dort weggezerrt. Sie suchten ihre Mutter schon seit über einer Stunde, und bisher waren sie von keinem der Passanten beachtet worden. Da nicht damit zu rechnen war, daß sie ihre Mutter fanden, solange sie umherirrten, beschloß ich, mit ihnen bei einem Erfrischungsstand an der Brücke zu bleiben, wo ihre Mutter vorbeikommen mußte, wenn sie die Insel verließ. Es war ein heißer Abend Mitte Juli, und als ich den Kindern eine eisgekühlte Himbeerlimonade versprach, waren sie bereit mitzukommen. Das kalte Getränk löste dem Jungen die Zunge, und er wollte ein belegtes Brötchen haben.

Sie benahmen sich beide, als hätten sie lange nichts mehr zu essen bekommen. Sie sahen tatsächlich blaß und unterernährt aus, und ihre billige Sommerkleidung, obschon sauber und ordentlich, wies die Spuren vielfacher Flickarbeiten auf. Beide hatten sie jedoch prachtvolle Augen: groß, tief und funkelnd.

»Bist du ein Säufer?« fragte der Junge zwischen zwei Brötchen.

»Nein, das bin ich nicht.«

»Du bist auch nur ein Junge, wie?«

»Na ja, eher ein Erwachsener, glaub ich.«

»Du lügst!« entgegnete er verächtlich. »Erwachsene sind Säufer.«

»Woher weißt du das?«

»Mein Papa ist ein Säufer.«

»Ist deine Mutter auch eine Säuferin?« fragte ich.

»Nein, sie ist nur eine Frau.«

»Aus dem Armenviertel«, bemerkte die freundlich aussehende

weißhaarige Dame im Kiosk, die unser Gespräch mit angehört hatte. »Jetzt sind's ja noch nette Kinder, aber später werden Monster aus ihnen, darauf können Sie warten.«
Als die Kinder so viel gegessen und getrunken hatten, wie sie nur konnten, ging ich mit ihnen ein paar Schritte von dem Erfrischungsstand weg. Das Mädchen, Nusi, klammerte sich an meine Hand, aber ihr Bruder Joska machte sich immer wieder selbständig, und ich mußte ihn mehr als einmal zurückholen.
»Er läuft *immer* weg«, bemerkte seine Schwester. »Es ist bei ihm eine richtige *Manie**.«
»Jetzt rührst du dich nicht mehr vom Fleck«, sagte ich ihm schließlich, »sonst reiß ich dir die Ohren ab.«
Joska zuckte mit den Schultern, resigniert und unbeeindruckt. »Mich schlagen sowieso alle.«
»Wer schlägt dich?«
»Papa und alle.«
»Schlägt dich deine Mutter auch?«
»Nein, sie nicht und Oma nicht – aber das sind nur Frauen.«
Ich empfand allmählich Mitleid mit dem Jungen und seiner Mutter. »Also ich bin ein Mann, und ich schlage dich nicht. Ich hab tatsächlich noch nie jemanden geschlagen. Ich wollte dir nur Angst machen, damit du hierbleibst.«
»Du lügst«, wiederholte er.
»Nein, ich lüge nicht. Ich hab wirklich noch nie jemanden geschlagen.«
»Dann hast du gelogen, als du gesagt hast, du wirst mir die Ohren abreißen.«
»Das stimmt, da hab ich gelogen.«
»Und du hast noch nie einen Menschen geschlagen?«
»Noch nie«, beteuerte ich.
Der Junge dachte eine Weile darüber nach und taxierte mich mit seinen mißtrauischen Augen. »Bist du ein Jude?«

* »Manie« ist im Ungarischen – aus naheliegenden Gründen – ein ganz alltägliches Wort.

»Nein, warum?«
»Papa sagt, Juden sind komisch.«
»Vielleicht weiß er es nicht richtig.«
Joska akzeptierte auch das mit resignierter Miene. »Kann schon sein. Oma sagt, Papa redet nur dummes Zeug.«
Ich erfuhr außerdem, daß ihr Vater Mechaniker war und in einer Fabrik arbeitete, daß sie nicht nur ein Zimmer sondern auch eine Küche hatten und daß Papa die Nacht oft in der Nachbarwohnung verbrachte, wo ein Mädchen wohnte, das sich anmalte – sogar die Haare. Papa sagte, sie sei hübscher als Mutter, die ja, wie mir der Junge wiederholt versicherte, »nur eine Frau« war.
Als Mutter endlich auftauchte, war ich erst mal überrascht. In einem ausgebleichten baumwollenen Trägerkleid, das sie ohne Bluse trug, kam sie auf den Erfrischungsstand zugelaufen, und zuerst hielt ich sie für irgendein durstiges Mädchen. Obwohl ihre Kinder blond waren, war Nusi eine Brünette; ihr dichtes, dunkles Haar, das sie offen trug, reichte bis zu den bloßen Schultern. Ihre Augen waren so groß und schwarz wie die ihrer Kinder und flakkerten ganz kurz, als sie mir dafür dankte, daß ich den Kindern Gesellschaft geleistet hatte. Eine starke Frau, dachte ich, und sexy ist sie auch. Nur ihre Backenknochen ließen erkennen, daß auch sie nicht genug zu essen bekam. Als ihr die Kinder von den Brötchen und der Limonade erzählten, regte sie sich auf.
»Sie hätten ihnen nichts kaufen sollen, auch wenn sie darum gebeten haben«, sagte sie abwehrend. »Sie sollten eigentlich wissen, daß Kinder keine Schulden machen können. Aber ich nehme an, Sie wollen für das alles trotzdem bezahlt werden.«
Die mißtrauische Art lag offenbar in der Familie. Ich verließ mit ihnen die Insel, und während der Junge – an der Hand seiner Schwester zerrend – vor uns herging, sagte ich Nusi, ich fände sie faszinierend. Sie reagierte unerwartet heftig.
»Mein Gott! Sie müssen's verdammt nötig haben, wenn Sie auf ein Wrack wie mich anspringen!«
»Ich hasse Frauen, die ihr eigenes Aussehen heruntermachen. Es ist unehrlich.«

»Jedenfalls ist an mir nichts Faszinierendes«, sagte sie ein wenig ruhiger. Doch schon fuhr sie mich wieder an: »Was ist eigentlich mit Ihnen, sind Sie pervers?«
»Nein, ich mag einfach Frauen mit guten Brüsten.«
»Und darum lungern sie in Parks herum, um Mädchen aufzugabeln, wie?«
»Ich geh nirgendwo hin, um Mädchen aufzugabeln, dazu fehlt mir die Zeit. Aber ich versuche mein Glück immer, wenn ich eine Frau sehe, die ich gern kennenlernen würde.«
Einen Augenblick lang sah sie mich an. Da sich verschiedene Leute zwischen die Kinder und uns schoben, mußten wir schneller gehen, um sie einzuholen. Wir kamen an die Brücke, die nach Pest hinüberführte, und als wir den Fluß überquerten, kehrte sie zum Thema zurück.
»So einer sind Sie also!«
»Ja«, gab ich zu, »so einer bin ich.«
Dann wieder kühl und mißtrauisch: »Womit verdienen Sie Ihr Geld?«
»Ich bin Student, ich lebe von Stipendien.«
»Kein übler Job.« Aber sie traute mir immer noch nicht recht und wollte sich auf keine Verabredung mit mir einlassen. »Warum sollte ich? Sie würden es sich bestimmt anders überlegen und gar nicht kommen.« Sie wollte ihr Gesicht überprüfen und suchte in ihrer Handtasche nach einem Spiegel, doch ohne Erfolg. »Ich mache Ihnen einen Vorschlag«, sagte sie schließlich, »ich laß mich zwar auf keine Verabredung ein, aber Sie können uns nach Hause begleiten. Ich bringe die Kinder zu meiner Mutter, und dann können Sie mich ins Kino einladen oder so.«
Das war mehr, als ich gewollt hatte. »Hätte Ihr Mann denn nichts dagegen?« Bislang hatten wir nicht über ihn geredet. Ich fürchtete, er könnte mich für einen Juden halten und mich verprügeln wollen.
Für Nusi war das kein Grund zur Sorge. »Er wird nicht zu Hause sein.«
»Und was ist mit Ihrer Mutter?«

»Ach, die sagt immer, ich soll ausgehen und mich amüsieren. Aber ich geh nicht gern allein aus, und ich kann Freundinnen nicht ausstehen.«
»Was habt ihr eigentlich alle gegen Frauen? Ihr Sohn sagt immer, Sie sind ›nur eine Frau‹.«
»Das hat er von seinem Vater.«
Während ich neben Nusi herging, fiel mir ihr starker und energischer Kiefer auf. In einer langen Straßenbahnfahrt ging es aus der Stadt heraus und hinein in eine Hölle aus Fabriken, Slums, Smog und dicken Rußschichten. Die Gebäude, die Plakatwände, ja sogar die Fensterscheiben waren schwarz, sie wohnten in einem fünfstöckigen, massigen, gefängnisartigen Bau, und in dem dunklen, baufälligen Treppenhaus kamen wir an mehreren offenen Türen vorbei, die geradewegs in dunkle Küchen führten. Die Tür neben ihrer Wohnung im zweiten Obergeschoß war zu. Ich hoffte, daß dort das angemalte Mädchen wohnte und daß Nusis Mann entweder bei ihr oder außer Hauses war. In der Küche erwartete uns ein Anblick, den ich nie vergessen werde. Es gab dort kein Fenster, und die Wände waren mit offenen Regalen überzogen, in denen Schüsseln, Töpfe, Nahrungsmittel, Kleider und Bettwäsche verstaut waren. Die Regale dienten offenbar als Schränke für all die kleinen Dinge des Haushalts. Neben dem Herd und dem Küchentisch mit fünf Holzstühlen stand ein alter Sessel (das Wohnzimmer) und in einer Ecke ein Bett, wo Nusis Mutter schlief, wie ich später erfuhr. In einer anderen Ecke war eine Wanne gegen die Wand gerückt (das Bad). Die Gemeinschaftstoilette befand sich auf jedem Stock am Ende des Ganges. Als ich mich in den Sessel setzte, konnte ich von dort aus ins Schlafzimmer sehen: zwei Betten und die Ecke eines Kleiderschrankes. Alles war sorgfältig aufgeräumt und so sauber wie nur möglich. Nusis Mann war nicht da.
»Mutter«, stellte mich Nusi steif vor, »dieser Herr hat auf der Insel die Kinder für mich gefunden, da habe ich ihn auf eine Tasse Tee eingeladen.«
Die Großmutter sah genau so aus wie Nusi, nur älter und stärker.

Sie schien verstimmt. »Ich hätte für einen mehr gekocht, wenn ich gewußt hätte, daß Sie kommen.«
»Eigentlich wollte ich Nusi zum Essen ausführen, wenn ich darf.«
»Aber natürlich, wenn sie möchte«, nickte die alte Frau erleichtert.
»Wenn wir zum Essen ausgehen, ziehe ich vielleicht besser eine Bluse an«, sagte Nusi und verschwand im Schlafzimmer. Sie machte die Tür zu und drehte hörbar den Schlüssel um; ich fand, sie übertrieb es mit dem Schamgefühl.
»Wann kommt Papa heim?« fragte die kleine Nusi.
»Keine Sorge, zum Essen wird er da sein.«
Ich versuchte zu sagen, ich wolle ihm nicht seine Frau vorenthalten (es war Samstagabend), und vielleicht sollten wir ein andermal essen gehen, aber die alte Dame unterbrach mich. »Keine Sorge, Joska wird sich über die Extraportion freuen.«
Ich sah den Jungen an, aber er schüttelte den Kopf. »Sie meint Papa.«
Nusi kam wieder und trug nun eine hübsche weiße Bluse unter ihrem blauen Trägerkeid. Wir machten uns sofort auf den Weg. Ich wollte möglichst rasch raus aus dieser Küche, doch später gewöhnte ich mich an sie, und als ich nicht mehr dort hinkam, erfüllte mich die Erinnerung daran sogar mit Nostalgie.
In der Stadt gingen wir in ein ruhiges Restaurant und bestellten Paprikahähnchen und baten um Kerzenlicht. Während wir warteten, meinte Nusi nachdenklich, was für ein Glück ich doch hätte, für das, was ich gerne tat, nämlich studieren, auch noch Geld zu bekommen. Ich fragte sie, was sie tun würde, wenn sie mit dem, was *sie* gerne tat, ihren Lebensunterhalt verdienen könnte.
»Einen Mann, der mich liebt, versorgen und meine Kinder großziehen.« Als die Kerzen kamen und der Ober sie so hinstellte, daß sie für ihr blasses Gesicht und die großen dunklen Augen einen leuchtenden Rahmen abgaben, fügte sie heftig hinzu: »Aber ich hasse Tagträume, sie führen zu nichts.« Als serviert war, widmete sie sich dem Essen und der Aufgabe, mich zu verhören. So mußte ich, während ich mich mit dem glitschigen Hähnchen abmühte,

die Frage beantworten (sie kam immer gleich auf den Kern der Dinge zu sprechen), wie lange ich mit ein und derselben Frau ausgehen würde.

Ich brachte die Antwort nicht heraus, ohne mein Hemd mit Soße zu bekleckern. »Ich bleibe so lange mit einem Mädchen zusammen, wie ich sie und wie sie mich halten kann.«

»Mit anderen Worten, Sie haben eine Frau nach der anderen, stimmt's?«

Ich war für diese Art der Befragung ein dankbares Opfer, und Nusi nahm mich gründlich in die Mangel. Doch sie hatte mich – wie ich später erfuhr – lange vor dieser Unterhaltung akzeptiert. Wenn sie versuchte, aus mir schlau zu werden, war es kein zaghaftes Abwägen des Für und Wider: sie wollte einfach auf alles vorbereitet sein.

»Ich weiß gern vorher, was ich von einem Kerl erwarten kann«, sagte sie.

»Und was, glauben Sie, können Sie von mir erwarten?«

»Ich weiß nicht«, gab sie nachdenklich zu. »Aber was es auch sein mag, viel ist es bestimmt nicht.«

Wenn sie sich so wenig von mir verspricht, dachte ich, kann ich ja ebensogut den Mund halten. Daß ich in düsteres Schweigen verfiel, schien ihr zu gefallen. »Sie sind wohl gekränkt?« fragte sie mit plötzlicher Zuneigung.

»Ja, das bin ich.«

»Das würde ja immerhin beweisen, daß Sie sich ein bißchen für mich interessieren, oder? Bei meinem Mann ist das nämlich nicht so«, sagte sie mit einer Spur von Verbitterung. »Dem kann ich die schlimmsten Beschimpfungen an den Kopf werfen, und er hört noch nicht mal zu.«

Später fragte mich Nusi nach der Universität. »Erzählen Sie mir was Interessantes, zum Beispiel: was studieren Sie?« Sie arbeitete in einem Kaufhaus, wo sie Waren einwickelte, aber wenn wir uns unterhielten, dann war das, als redete ich mit einer Studienkollegin. Sie konnte präzise und schnell denken und ihr brennendes Interesse galt sowohl Fakten als auch Ideen. Schon in kurzer Zeit sah ich uns als Eliza Doolittle und Professor Higgins. Ich sah uns ein paar Jahre später im selben Restaurant speisen: Nusi in einem schicken neuen Kleid, vielleicht als Lehrerin und mit einer hübschen Wohnung, in die wir anschließend gehen konnten. Ihre Begabungen waren bislang wegen ihrer Armut und ihres gleichgültigen Ehemanns sträflich vergeudet worden, aber nun war sie endlich zu ihrem Recht gekommen. Eine Frau, die nicht viel von mir erwartete, aber ich veränderte ihr Leben. In diesem Augenblick nahm ich mir das vor.

Sie zog allerdings einen anderen Schluß aus unserem Gespräch. »Also, ich glaube, ich brauche mir keine Gedanken darüber zu machen, daß Sie jünger sind als ich«, sagte Nusi, als wir vom Tisch aufstanden. »Sie wissen vielleicht nicht so viel über das Leben und die Menschen, aber Sie wissen wenigstens mehr als ich über Dinge, die man aus Büchern erfährt. Das gleicht sich irgendwie aus, würde ich sagen. Ich kann nämlich Männer nicht leiden, die dümmer sind als ich.«

Wir verließen das Restaurant, und da wir sonst nirgends hingehen konnten und da aus dem heißen Tag eine warme Nacht geworden war, beschlossen wir, zur Margareteninsel zurückzugehen. Wir fuhren mit dem Bus bis zur Donau und gingen dann Hand in Hand über die Brücke. Der Fluß roch so frisch wie ein Gebirgsbach. Ein bleicher Mond stand am Himmel, die dunkle Masse der Insel lag verschwommen vor uns wie ein riesiges Bett, und die bauschigen schwarzen Hügel voller Bäume waren die Kissen. Vielleicht hatte Nusi ähnliche Assoziationen, denn sie blieb plötzlich stehen.

»Das eine sag ich Ihnen gleich: Sie erreichen heute abend nichts bei mir. Ich schlaf nie mit einem Kerl, wenn ich ihn nicht wenigstens einen Monat kenne.« Sie wollte umkehren und war erst bereit, weiterzugehen, als ich sie davon überzeugt hatte, daß ich ihre Bedingungen akzeptierte. »Sie brauchen eine Frau wie mich, die Ihnen mal den Kopf zurechtrückt«, sagte sie abschließend.

Die Insel war ruhig und allem Anschein nach menschenleer. Falls noch andere Pärchen unterwegs waren, hatten sie sich zumindest gut versteckt. Nusi wollte nicht nur alles über mich wissen, sie war auch bereit, alles über sich selbst zu erzählen. Sie war bitter und verzweifelt über die Umstände, die sie mir schilderte, aber die Art, wie sie sie schilderte, hatte fast etwas Fröhliches. Daß ihre Ehe schiefgehen würde, zeigte sich schon, als sie schwanger wurde. »Er wußte, daß ich schwanger war, aber er warf mir dauernd vor, ich sei fett. Mit seinen ewigen Sticheleien wegen meiner Figur brachte er mich fast um den Verstand. Es war sein eigenes Kind, und ihm fiel dazu nichts anderes ein, als zu sagen, ich sei ein fettes Weib.« Als dann ihr Sohn geboren war, schien es eine Zeitlang besser zu gehen. József wurde wieder rücksichtsvoller. Er entschloß sich sogar, Überstunden zu machen und bis Mitternacht in der Fabrik zu bleiben, um für seinen Sohn Geld auf die hohe Kante zu schaffen. Nusi war zuversichtlich, bis sie von einer Freundin erfuhr, daß József bei einem Mädchen Überstunden machte und nicht in der Fabrik. Als dann ihre Tochter geboren war, bemühte er sich schon nicht mehr, Ausreden zu erfinden, wenn er wegblieb. »Als er mich nicht mal mehr anzulügen versuchte, wußte ich, daß alles gelaufen war.«

»Warum lassen Sie sich nicht von ihm scheiden?«

»Und wer kommt dann?« fragte sie und musterte mich.

Ich konnte nicht widerstehen, ich mußte sie für ihre praktische Denkart einfach küssen, und sie erwiderte den Kuß mit ihren dikken, weichen Lippen und gab damit ihrer Frage noch mehr Gewicht. Als wir Hand in Hand weitergingen, auf den mondhellen Wegen und durch das kühle tiefe Gras, war es durchaus vorstellbar, daß wir gemeinsam ein neues Leben anfingen.

Ihre Arbeit war schlecht bezahlt, aber József brachte in letzter Zeit am Zahltag sein Geld nach Hause – seit er angefangen hatte, mit dem Flittchen von nebenan zu schlafen. »Sie will nämlich, daß er sein Geld uns bringt – sie will nicht im Flur mit uns streiten, sie hat Angst, daß die Nachbarn reden.« József aß immer noch zu Hause und hatte auch seine Sachen dort. »Manchmal schläft er auch noch mit mir, wenn er so betrunken ist, daß er nicht mehr weiß, was er tut.«

Vom Spaziergang ermüdet setzten wir uns inmitten von Büschen unter eine mächtige Eiche. Nusi lehnte sich an den Baumstamm. Wir küßten uns, und ich schob ihr meine Hand unter das Kleid – nur um sie rasch wieder zurückzuziehen, als ihre Lippen schlaff wurden und mich an das einmonatige Moratorium erinnerten. »Keine Sorge«, sagte Nusi, »ich hab mich vorbereitet, als ich die Bluse anzog.« Sie glitt nach vorn und legte sich auf die Erde. »Ich wollte nur feststellen, ob du genug Interesse an mir hast, daß du einen Monat lang warten würdest.« Als ich in sie eindrang, zog sich ihr Körper zusammen, als würde sie in zwei Teile zerrissen, und sie kostete die Lust bis zur Neige aus. Doch als sie das Laub von ihrem Kleid bürstete, verzog sie das Gesicht und meinte: »Mit siebzehn hab ich mich zur Liebe ins Gebüsch gelegt – jetzt bin ich einunddreißig und muß dazu immer noch ins Gebüsch. Ich mach echte Fortschritte, nicht wahr?«
Sie war ihrem Mann lange treu geblieben und hatte sich erst die letzten zwei, drei Jahre ein paarmal mit Männern eingelassen. »Aber es wurde nie viel daraus. Männer begreifen nicht, daß du, wenn du Kinder hast, nicht jederzeit alles liegen- und stehenlassen kannst, nur weil sie das gerade wollen. Zumindest sagten sie, sie könnten es nicht begreifen – es war eine schöne Ausrede, wenn sie Schluß machen wollten.«
Ich brachte Nusi im Taxi nach Hause, und tags darauf, am Sonntag, trafen wir uns wieder. Sie erzählte mir, sie sei zwei Jahre vor dem Schulabschluß abgegangen, um zu heiraten, und ich überredete sie, sich für das Herbstsemester an einer Abendschule einzuschreiben und den Abschluß nachzuholen. Wir konnten nun mit Büchern und Aufzeichnungen in unsere Wohnung gehen. Wenn meine Mutter fort war, liebten wir uns; wenn meine Mutter zu Hause war, half ich Nusi beim Lernen. Sie veränderte sich ganz erheblich, wurde jünger, voller und hübscher, aber sie blieb so skeptisch wie eh und je. »Du tust das alles nur, damit du dich nicht schuldig fühlen mußt, wenn du mich verläßt.«
Ich traf ihren Mann nur einmal, zur Essenszeit in ihrer Küche, und obwohl er mir als »der Säufer« bekannt war, war er völlig

nüchtern. Ich wurde als Lehrer der Schule vorgestellt. József sah mit einem wissenden Blick erst mich, dann Nusi an, ehe er sich zum Essen an den Tisch setzte. Er war ein gutaussehender, muskulöser Mann von vielleicht fünfunddreißig Jahren, und er wirkte müde.

»Schule! Daß ich nicht lache, Nusi. Das schaffst du nie.«

»Sie ist gescheit«, bemerkte ich.

»Am Arsch vielleicht«, erklärte er mit Entschiedenheit und attakkierte sein Essen.

Ich bemühte mich um einen lässigen Ton. »Vielleicht sind Sie zu blöd, um ihre Intelligenz zu erkennen.«

Sein Kiefer mahlte langsamer, aber er aß weiter. Nusi verzog keine Miene, aber in ihren Augen war ein Lächeln. Die Kinder starrten auf ihre Teller und griffen geschickt nach ihren Gabeln.

»Sind Sie Junggeselle?« fragte József einige Zeit später. Sein Ton verriet mir, daß er sich eine Antwort zurechtgelegt hatte.

»Ja«, antwortete ich vorsichtig.

»Ein bequemes Leben, wie? Mal dieses Hühnchen, mal jene Henne, wie?«

»Manche Leute nennen sie Frauen.« Ich verabscheute ihn dafür, daß er auf Nusi herumhackte und nicht auf mir. Aber er wußte, er hatte uns beide getroffen; sein Kiefer mahlte jetzt wieder schneller.

Mit Mordlust in den Augen wandte sich Nusi an ihn. »Ich glaube nicht, daß dich Herrn Vajdas Privatleben irgend etwas angeht.«

Im Blick seiner Frau lag das ganze Ausmaß seiner Schuld, und er lachte nervös. »Was hab ich schon getan? Man wird sich doch noch in seiner eigenen Wohnung ein bißchen unterhalten dürfen.«

»In *seiner* Wohnung!« kommentierte die alte Dame.

Er wandte sich wieder an mich. »So geht's einem, wenn man verheiratet ist, Kumpel – der ganze Hühnerstall ist gegen einen. Heiraten Sie bloß nie. Was würde ich nicht drum geben, wieder Junggeselle zu sein! Frei wie ein Vogel – es ist das Größte.«

Nusis Mutter konnte sich eine weitere Bemerkung nicht verkneifen. »Wenn du kein Junggeselle bist, wer dann! Jedenfalls

benimmst du dich wie einer. Ich hab noch keinen Knastbruder gesehen, der so frei ist wie du.«
József schüttelte ärgerlich den Kopf. »Das ist nicht dasselbe, Mutter, es ist nicht dasselbe.« Achselzuckend deutete er an, daß das, was ich mir genommen haben mochte, keinerlei Wert für ihn darstellte.
»Ich bin nicht deine Mutter. Und wenn's nach mir ginge, könntest du ebensogut in die Wohnung nebenan ziehen.«
»Wie denn? Soll ich Nusi vielleicht im Stich lassen?« Er redete mit seiner Schwiegermutter, aber er schaute dabei seine Frau an, triefend vor Mitgefühl. »Sie würde mir leidtun – wer würde sich um sie kümmern, wenn ich ginge?«
Darauf sagte niemand mehr ein Wort, und nach dem Essen stand József auf. »Ich komme wieder«, ließ er Nusi mit drohendem Unterton wissen, machte eine kurze Abschiedsgeste in meine Richtung und ging.
»Geht zu seiner Freundin«, murmelte die alte Dame, »und sagt, er ist kein Junggeselle.«
Nusi hielt nicht mehr an sich. »Habt ihr ihn gehört? Er ißt hier, weil ich ihm leid tue! Ich tu ihm leid!« Sie war wütend. Sie schlug mit den Fäusten auf den Tisch, daß die Teller klapperten. »Ich wollte, es gäb einen Gott, der würde ihn dafür bestrafen, wenn nicht noch für ganz andere Dinge!« Sie stieß ihren Stuhl zurück, ging in der Küche auf und ab und drehte sich immer wieder um die eigene Achse, wie eine Lebenslängliche in einer Gefängniszelle. »Er hat mein Leben ruiniert und stellt es so hin, als ob er mir damit einen Gefallen tut!« Sie hob die Arme zum Himmel und wiederholte immer wieder: »Ich wollte, es gäb einen Gott!«
Als ich sie beruhigen wollte, nahm sie mich aufs Korn. »Es ist mir gleich, ob du gehst oder nicht, aber laß dich hier bloß nicht mehr blicken, wenn du mal nicht mehr nett zu mir sein kannst! Das ist das Schlimmste, was du einer Frau antun kannst.« Dann, endlich, fing sie an zu weinen, und ihr Rücken krümmte sich, als sei plötzlich das ganze Gewicht dieser vollgepackten und fensterlosen Küche über sie hereingebrochen. Klein-Nusi, die die Arme der

Großmutter um sich liegen hatte, schaute ängstlich und unschlüssig zu. Schließlich befreite sie sich, ging zu ihrer Mutter hinüber und nahm, da sie nicht höher greifen konnte, ihre Knie in die Arme.

Am nächsten Tag mietete ich ein Hotelzimmer, damit wir wenigstens vierundzwanzig Stunden lang allein sein konnten. Da ich sie begehrte und liebte, fiel es mir leicht, sie aufzuheitern, und wir erlebten viele gute Tage, bevor der Schnee fiel.

Dann begann ich, mich mit der Frau eines Homosexuellen zu treffen.

Sie war die Mutter zweier kleiner Jungen. Ihr Mann rührte sie, nachdem er seine Alibis gezeugt hatte, nie mehr an, aber er untersagte ihr jederlei Affären, denn dadurch hätten ihm andere auf die Spur kommen können. Das Regime war, wie jede Diktatur, in bezug auf die menschliche Natur sehr streng und bestrafte alle Exzesse und Abweichungen, und er wollte seine Stellung, die eine Villa und einen Wagen mit Chauffeur einschloß, nicht aufs Spiel setzen. Um sicherzustellen, daß sie nichts tat, was seine verwundbare Position gefährden konnte, hatte er seine Schwester ins Haus geholt und mit der Aufgabe betraut, ihre Schwägerin nie aus den Augen zu lassen. Als aufmerksamer Vater forderte er seine Söhne jeden Abend auf, ihm zu erzählen, was sie den Tag über gemacht hatten, was Mutter gemacht hatte – und hatten sie vielleicht interessante Menschen kennengelernt? Er war eine imponierende und sehr männlich wirkende Erscheinung; zu offiziellen Empfängen und Parties nahm er immer seine Frau mit und wich nie von ihrer Seite. Er war eifersüchtig auf sie und machte kein Hehl daraus. Wenn ihn jemand den ungarischen Othello nannte, lächelte er bescheiden. »Ich glaube, ich bin ein altmodischer Ehemann«, pflegte er halb entschuldigend zu sagen, »ich bin schrecklich verliebt in meine Frau.«

Mit Nusi traf ich mich nicht mehr so oft, und es kostete mich einige Mühe, erwartungsvoll und interessiert zu erscheinen. Sie warf mir vor, ich sei lustlos und ungeduldig, und wir hatten nun öfter mal Streit. Aber ich konnte Nusi nicht beim Wort nehmen und sie verlassen, wie sie das von mir für den Zeitpunkt verlangt hatte, wo ich nicht mehr nett zu ihr sein könnte. Sie besuchte die Abendschule, machte gute Fortschritte und hatte alle Chancen, in ein paar Jahren eine Stelle als Sekretärin zu bekommen. Das trug, wie sie so scharfsinnig vorausgesagt hatte, zur Linderung meiner Schuldgefühle bei, aber nicht in dem Maße, daß ich mich dazu hätte durchringen können, mit ihr Schluß zu machen. Wenn es je eine Frau gegeben hat, die schon in jungen Jahren Enttäuschungen und Entbehrungen für ein ganzes Menschenleben hinter sich hatte, dann Nusi. Doch aus Schuldgefühl und Dankbarkeit konnte ich keine Erektion zaubern. Es kam mehr als einmal vor, daß ich nach allerlei komplizierten Vereinbarungen mit ihr ins Bett ging und mich letztlich nur entschuldigen konnte.

»Kein Tier ist so niederträchtig wie ein Mann, der seine Frau nicht mehr liebt«, hatte ich einmal im Hinblick auf ihren Mann erklärt, und nun paßte der Satz langsam auf mich. Der willkommene Seitensprung, der aus dem Elend der Ehe herausführt, entwickelte sich diesmal zu einem Verhältnis, das nicht weniger elend war als die Ehe selbst.

Einmal beichtete ich meiner neuen Geliebten, was für ein Problem ich hatte, und jammerte, daß ich nicht wisse, was Nusi härter treffen würde – wenn wir auseinandergingen oder weitermachten. »Mein lieber Junge«, seufzte sie, »das ist kein moralisches Problem – es ist ein Fall von extremer Selbstgefälligkeit.«

Ein paar Tage danach hatte ich mit Nusi einen heftigen Streit. Sie warf mir vor, ich langweilte mich mit ihr, und ich wehrte mich und sagte, ich liebte sie noch ebenso wie am ersten Tag, und unser einziges Problem sei ihr mißtrauisches Wesen. Da sie mir nicht glauben wollte, gab ich schließlich zu, daß sie recht hatte, und schlug vor, daß wir uns trennten.

Nach einigen Augenblicken düsteren Nachdenkens richtete sie sich auf und blickte mit ihren großen Augen durch mich hindurch. »Dann geht es also zu Ende, genauso, wie ich mir das immer gedacht habe. Wenn mich doch nur irgendwann jemand überraschen würde.«

13
VON ANGST UND AUFLEHNUNG

Die Angst vor dem Leben,
die Angst vor mir selbst ...
Kierkegaard

Die Menschen sind nicht nur zusammen,
wenn sie beisammen sind; auch der Entfernte,
der Abgeschiedne lebt uns.
Goethe

Ich müßte sehr viele unerotische Erlebnisse schildern, wenn ich erklären wollte, warum ich Ungarn wieder verließ, diesmal für immer – und zwar kurz, nachdem ich angeboten hatte, für meine Heimat zu sterben. Allem Anschein nach liebte ich sie ähnlich leidenschaftlich, wie ich Frauen liebte – und ähnlich wankelmütig. Da die Liebe den Gefühlen einen Blick auf die Ewigkeit freigibt, kann man gar nicht umhin, halb zu glauben, die wahre Liebe werde ewig dauern. Wenn sie nicht dauerte – und in meinem Fall tat sie's nie –, konnte ich mich eines Gefühls der Schuld nicht erwehren, war ich doch offenbar unfähig, wahre und beständige Gefühle zu empfinden. Heftiger noch als dieses Gefühl der Schmach plagten mich Zweifel, ob ich von einer Geliebten, die von sich aus unserer Affäre ein Ende machte, je wirklich geliebt worden war. In diesem Punkt geht es mir wie den meisten skeptischen Zeitgenossen: da wir uns wegen der Mißachtung absoluter sittlicher Gebote keine Vorwürfe mehr machen, schlagen wir uns mit dem Knüppel der psychologischen Einsicht. Was die Liebe angeht, so verwerfen wir die Unterscheidung zwischen moralisch und unmoralisch und unterscheiden stattdessen zwischen »wahrer« und »oberflächlicher« Liebe. Wir sind zu verständnisvoll, als daß wir unsere Taten verurteilen würden; stattdessen verurteilen wir unsere Motive. Nachdem wir uns von einem Verhaltenskodex befreit haben, unterwerfen wir uns einem Motivationskodex, um zu jenem Scham- und Angstgefühl zu kommen, das unsere Vorfahren auf weniger komplizierten Wegen erlangten. Wir haben ihre in der Religion begründete Sittlichkeit verworfen, weil sie den Menschen gegen seine Instinkte aufhetzte und ihm eine schwere Schuld an Sünden aufbürdete, die tatsächlich die Auswirkungen von Naturgesetzen waren. Doch wir büßen immer noch für die Schöpfung: wir halten uns selbst für Versager, statt unserem Glauben an eine mögliche Vollkommenheit abzuschwören. Wir klammern uns an die Hoffnung einer ewigen Liebe, indem wir bestreiten, daß es eine vorübergehende Liebe überhaupt geben kann. Zu denken: »ich bin oberflächlich«, »sie ist egozentrisch«, »wir verstanden uns nicht«, »es war rein körperlich«, schmerzt weniger, als die schlichte Tatsache zu akzeptieren, daß die Liebe ein vergängliches Gefühl ist, aus Gründen, die mit der Persönlichkeit des einzelnen nichts zu tun haben und sich daher unserem Einfluß entziehen. Aber wer kann sich schon mit rationalen Erklärungen selber beruhigen? Kein Argument kommt gegen die Leere eines toten Gefühls an – die Vorwegnahme der letzten Leere, unserer endgültigen Unbeständigkeit. Sogar dem Leben werden wir untreu.

Das könnte auch der Grund sein, weshalb wir uns mit unserem Denken vorzugsweise auf Dinge stützen, die weniger vergänglich sind als wir selbst. Ich empfand es jedenfalls als eine große Erleichterung, mich mit der Angst auf der abstrakten Ebene zu befassen, und als gewissenhafter Student erwarb ich dabei, unter besonderer Berücksichtigung Kierkegaards, meine akademischen Grade. Zudem dachte ich viel über die elende Lage unserer Nation nach.

Ich kann gar nicht sagen, wie sehr wir die Russen haßten! Meine Studenten mögen es nicht, wenn ich darüber rede; sie glauben, mir gehe es nur um mehr Atomraketen. Das ist zwar falsch, denn ich glaube nicht an Raketen, aber es bleibt eine Tatsache, daß die Russen die großen Imperialisten unserer Zeit und innerhalb ihrer Kolonien die widerwärtigsten Herrscher sind; sie geben sich nicht damit zufrieden, die Einheimischen auszurauben und herumzukommandieren, sie wollen auch noch geliebt werden. Einer ihrer abscheulichen Einfälle war damals der erzwungene Aufmarsch am 7. November, mit der jedes Jahr die glorreiche Geburt der Sowjetunion gefeiert wurde. Es war gewöhnlich ein kalter und windiger Tag, aber mit einem einfachen Trick brachte die Partei jedermann auf die Straße: alle waren angewiesen, von dort, wo sie arbeiteten oder studierten, in Gruppen loszumarschieren, so daß die für die Belegschaft zuständigen Funktionäre diejenigen notieren konnten, die nicht erschienen. Ich erinnere mich an den Aufmarsch von 1952, als das Philosophische Seminar hinter dem Statistischen Büro herzog; dabei konnte ich beobachten, wie sich einer der Angestellten – ein kleiner Mann in mittleren Jahren, mit einem tintenblauen Gesicht – damit abquälte, seine riesige Holztafel in die Höhe zu halten. Ein paarmal wäre er beim Versuch, sich mit dem Kartonbild Rákosis gegen den Wind zu stemmen, beinahe über den langen Stiel gestolpert, und er fiel immer wieder zurück und geriet in unsere Reihen. Plötzlich trat er ohne jede Vorwarnung aus dem Glied und fing an, die Plakattafel gegen einen Laternenpfosten zu schmettern. »Ich hab genug von dieser häßlichen Visage!« rief er. »Glatzkopf! Gangster! Der einzige Tag, an dem ich länger schlafen kann, und da zwingen sie uns raus auf die Straße!« Er ließ die Holztafel mit der plötzlichen Kraft eines Wahnsinnigen gegen den Laternenpfahl krachen, und das Ding ging tatsächlich in die Brüche. »Er ist ein russischer Spitzel, damit ihr's wißt! Er ist ein Mörder!« Aus dem Nichts erschienen augenblicklich zwei Männer in der blauen Uniform der Sicherheitspolizei und packten den Mann links und rechts am Arm. Als sie ihn abführten, wimmerte er mit der Stimme einer alten Frau. »Es war zu schwer Genossen, das war der einzige Grund, glaubt mir doch . . . es war zu schwer.«

Es genügt, ein paar solcher Szenen zu erleben, und man verspürt das wachsende Verlangen, etwas zu tun, damit sich der Wind dreht. Tatsächlich war in den frühen fünfziger Jahren das ganze Land mit einer vorrevolutionären Stimmung aufgeladen, und sowohl die Bevölkerung als auch die Sicherheitspolizei wurden zunehmend unruhiger. Immer mehr Menschen zitierten Petöfis Vers, der am 15. März 1848 die Revolution gegen die Habsburger entfachen half:

Steh auf, Magyar, jetzt gilt es oder nie!

Die Revolution von 1848 wurde von den Österreichern mit Hilfe des kaiserlichen Rußland niedergeschlagen; Petöfi selbst wurde auf einem Schlachtfeld in Transsylvanien (dem östlichen, heute von Rumänien besetzten Teil Ungarns) von Kosaken-Kavalleristen erschlagen. Doch weder die Erinnerung an die Niederlage noch die Kleinheit unseres zerstückelten Landes ließ uns die Vorstellung, an die Sowjetunion gebunden zu sein, erträglicher erscheinen. Schließlich war es auch den Türken nicht gelungen, uns zu bändigen, nicht einmal nach Mohács.

Mohács ist ein Schlüsselwort, das die Ungarn mit unbeugsamem Stolz erfüllt. »Bei Mohács ging mehr verloren«, heißt soviel wie »davon geht die Welt nicht unter« – ein Wort für die Sintflut und das Leben danach, der Name einer uralten Schlacht, die bleibende Narben und bitteren Ruhm hinterlassen hat. Im Jahr 1526 wurde bei dem kleinen Ort dieses Namens, südlich von Budapest an der Donau, die gesamte ungarische Armee aus Reitern und Fußsoldaten von den türkischen Eroberern aufgerieben, und für die nächsten hundertundvierundsiebzig Jahre war Ungarn eine Provinz des Osmanischen Reiches. In dieser Zeit starben Millionen von Menschen, fast die halbe Bevölkerung des Landes: sie verhungerten, gingen an der Pest zugrunde oder wurden auf die Sklavenmärkte Nordafrikas verschleppt. Doch das Osmanische Reich ist verschwunden, und Ungarn gibt es heute noch. Was die Ungarn betrifft, so ist das für sie die wichtigste historische und politische Tatsache, die sie schon als kleine Kinder lernen, lange bevor sie ins Schultalter kommen. Ich selbst erfuhr von der verhängnisvollen Schlacht bei Mohács und dem späteren Niedergang unserer mächtigen Eroberer erstmals von den Franziskanermönchen, die später auf Anweisung der Russen von der Sicherheitspolizei aus ihrem Kloster vertrieben wurden.

Doch das ließ niemanden vergessen, daß Imperien vergänglich sind.
Wie Lajos Kossuth, der Anführer der 1848er Revolution, zu sagen pflegte, haben die Ungarn eine *historische Persönlichkeit* – das heißt, sie denken in historischen Kategorien, in Jahrhunderten und Jahrtausenden, um gegen die tödlichen Mächte des Augenblicks gewappnet zu sein. Nicht nur können sie als Nation auf tausend Jahre einer überlieferten Geschichte zurückblicken, es ist auch in dieser ganzen Zeit immer wieder die gleiche Geschichte gewesen, so daß sich selbst der Dümmste darauf besinnen kann: eine Geschichte des Verlierens und Durchhaltens. Die Geschichte ihrer Niederlagen und ihres Überlebens ist bei ihnen, ähnlich wie bei den Juden, eine Art Religion; ihre Köpfe sind voller Katastrophen, von denen sie sich nicht haben vernichten lassen. *»Wir sind schon bestraft worden für unsere vergangenen und für unsere kommenden Sünden«,* heißt es in der Nationalhymne, und darin drückt sich das trotzige Selbstmitleid aus, das die Ungarn zu einem so rastlosen und rebellischen Volk macht, ganz gleich, wie oft sie geschlagen worden sind. Augenblicke des Triumphes hat es zu wenige gegeben, als daß damit ihr Stolz zu nähren wäre, aber sie sonnen sich in dem Wissen, daß sie schon so vieles überlebt haben: die Invasion der Mongolen (1241), die türkische Besetzung (1526–1700), die österreichische Besetzung (1711–1918) und die deutsche Besetzung (1944–45). Die Bürger großer Staaten glauben gerne, Siege seien für die Ewigkeit; die Ungarn glauben an den Verfall der Macht, an den unweigerlichen Niedergang der Sieger und ans Wiederemporkommen der Besiegten. Das ist auch der Grund, weshalb sich nur wenige von uns vorstellten, die Russen würden für immer bleiben; die Frage war nur, wann sie wieder gehen würden und wie. Kurzum, wir haßten die Russen mit zuviel Zuversicht und zuviel Ungeduld.
Wie in den meisten Ländern ohne freie Presse und ohne irgendein anderes freies Forum für die öffentliche Meinung waren die Universitäten Brutstätten der Auflehnung. Auf unseren Versammlungen machten wir geltend, daß es Ungarn besser ginge, wenn es

frei und unabhängig wäre: wir forderten, daß die willkürlichen Verhaftungen und Hinrichtungen ein Ende haben sollten, daß die Russen für den Weizen und das Uran, die sie aus dem Land schafften, auch bezahlen sollten, daß es auf ungarischem Boden keine fremden Stützpunkte und Truppen mehr geben sollte, daß freie Wahlen stattfinden sollten. Wir wehrten uns gegen das Übergewicht rückgratloser kleiner Geister in allen Machtpositionen, und wir gelobten, die Armut abzuschaffen. Wir hatten das Gefühl, daß die Augen einer hoffenden Welt (wie auch die Augen der Polizei) auf uns ruhten, und wir träumten von der doppelten Ruhmestat, unser Land zu befreien und zum Sturz des russischen Imperiums beizutragen – selbst wenn wir vorher getötet würden.
Es gab auf unseren Versammlungen nicht einen einzigen Studenten, der nicht das Beispiel des Grafen Zrinyi von 1566 im Kopf gehabt hätte. Graf Miklós Zrinyi behauptete sich in seinem kleinen Schloß in Szigetvár jahrelang gegen die Türken, bis schließlich im Jahr 1566 Suleiman der Prächtige persönlich anrückte, um ihn mit einer hunderttausend Mann starken Armee zu überwältigen. Zrinyi und seine Anhänger leisteten dieser gewaltigen Armee wochenlang Widerstand, und als sie die letzten Lebensmittel und alle Munition aufgebraucht hatten, zogen sie ihre Paradeuniformen an, steckten Goldmünzen für die Soldaten ein, die Manns genug sein würden, sie zu töten, und brachen zu einer selbstmörderischen Reiterattacke aus den Ruinen hervor. Sie stießen ziemlich tief ins feindliche Lager vor, ehe sie niedergemacht wurden, und Suleiman der Prächtige, dem der unerwartete Angriff einen Schock versetzte, nachdem er ohnehin schon an Wutanfällen litt, weil er vor diesem »Ameisenhügel« so lange aufgehalten wurde, brach zusammen, während der Tumult um sein Zelt tobte, und erlag einem Schlaganfall. Der folgende Machtkampf unter den türkischen Moguln bescherte den Ungarn eine mehrjährige Atempause. Überdies hatte es Graf Zrinyi nicht nur verstanden, aus der Niederlage einen spektakulären Erfolg zu machen, sondern sein Urenkel schrieb darüber auch ein Heldenepos, so daß der alte Herr seither in der Phantasie von Generationen von Ungarn

seine Reiterattacke führte und seine Landsleute ohne Rücksicht auf die Siegeschancen zum Kampf aufrief, denn er hatte ja bewiesen, daß auch die Wenigen den Vielen tödliche Schläge versetzen konnten.

Und wir hatten alle Hunyadis Mittagsglocken läuten hören. János Hunyadi war ein Condottiere, der es nicht nur zum reichsten Baron Ungarns brachte, sondern auch zum General einer gut bezahlten und gut ausgebildeten Armee, die 1456 bei der südungarischen Hauptstadt Nándorfehérvár (heute Belgrad) die Türken vernichtend schlug und damit Österreich und Italien vor der fast sicheren Eroberung durch die Heere des Islam bewahrte. Zum Gedenken an Hunyadis großen Sieg über die Ungläubigen ordnete Papst Kalixt III. an, jeden Mittag bis zum Jüngsten Tag die Glocken zu läuten – weshalb in katholischen Kirchen heute noch mittags die Glocken läuten. Hunyadis wahrer Sieg hatte natürlich nichts mit den Türken zu tun, sondern es war ein Sieg über die Zeit: indem er die Glocken zum Klingen brachte und uns vor der Verzweiflung bewahrte. Die Diktatur ist eine immerwährende Lektion, die daran erinnert, daß unsere Gefühle, Gedanken und Wünsche belanglos sind, daß man ein Niemand ist und so leben muß, wie es andere für einen beschließen. Die Diktatur einer fremden Macht lehrt uns die Verzweiflung gleich doppelt: der Einzelne ist ebenso unwichtig wie seine Nation. Doch Hunyadis Glocken besagten etwas anderes und bewiesen die unermeßliche Tragweite historischen Handelns: wir mochten gewinnen oder verlieren, es war jedenfalls möglich, Dinge zu tun, die in Hunderten von Jahren unsere Nachkommen vor dem Verzweifeln bewahrten.

Die Vergangenheit hatte mit unserer Revolution so viel zu tun wie die Gegenwart. Sie prägte unsere Träume und unseren Charakter; die Hunyadis waren wie lebendige Verwandte, Menschen, denen nachzueifern war. Der Sohn des Condottiere, Mátyás (1443 bis 1490), wurde ein großer Renaissance-Herrscher, Matthias Corvinus, ein Förderer der Künste und Wissenschaften, Beschützer des Volkes, der erste König, der die Leibeigenen befreite und nicht die kleinen Bauern sondern die Adligen besteuerte, Held wohl-

klingender Gedichte und Volkslieder, der es sich zur Gewohnheit machte, in bäuerlicher Kleidung unter die Menschen zu gehen, so daß die feinen Herrschaften nie sicher sein konnten, ob nicht der arme Mann, den sie gerade mißhandeln wollten, der König selbst war. Mátyás war in der Tat der Meinung, jeder Ungar habe etwas von einem König an sich, und bis heute haben die meisten Ungarn einen fürstlichen Dünkel, auch wenn der sich mit einer ziemlich robusten Vorstellung von königlicher Größe verbindet. Der Mann, den wir am häufigsten auf einem Thron abgebildet sahen, war György Dózsa, der 1514 auf einem weißglühenden Eisenthron mit einer weißglühenden Eisenkrone gekrönt wurde – ein Bauernkönig, der von den siegreichen Adligen bei lebendigem Leib geröstet wurde, weil er sich an die Spitze eines Aufstandes der Kleinbauern gestellt hatte, die ihre von den Hunyadis eingeräumten Rechte verteidigten.
Die ungarische Geschichte war reich an Verbrechen, die durch Habgier und durch die Liebe zum Eigentum ausgelöst worden sind; doch wenn wir um unser Wohlergehen fürchten mußten, hatten wir Helden, die uns Mut machten, nicht nur unser Leben, sondern auch unseren Besitz aufs Spiel zu setzen – allen voran Ferenc Rákoczi, der Erbe eines Grundbesitzes, der etwa ein Fünftel Ungarns ausmachte, und zu seiner Zeit einer der reichsten Aristokraten Europas. Prinz Rákoczi (Sohn des Fürsten von Transsylvanien und einer geborenen Zrinyi, die selbst eine ausgezeichnete Heerführerin war) setzte alles aufs Spiel, um einen Befreiungskrieg gegen Österreich zu führen (1703–11), und am Ende entschied er sich, lieber seinen Grundbesitz aufzugeben und den Rest seines Lebens im Exil zu verbringen, als sich den Habsburgern zu unterwerfen. »Gott kann sich meiner entledigen, wie es ihm gefällt«, sagte Lajos Kossuth 1848 und gab damit Rákoczis Empfindungen wieder, »Gott kann mich leiden lassen, er kann mich Schierling trinken lassen oder mich ins Exil schicken. Aber eines kann nicht einmal Gott: er kann mich nicht zu einem österreichischen Untertanen machen.«
Es war unmöglich, Menschen, deren Gedanken um solche Vor-

fahren kreisten, zu willigen Sklaven zu machen. Und wie wir uns mit den Helden unserer Vergangenheit identifizierten, so identifizierten wir alle unsere Unterdrücker mit den Unterdrückern unserer Vorfahren. Sie waren alle von der gleichen Sorte, Fremde, die uns herumkommandieren wollten. So wurden die Habsburger nicht nur um ihrer selbst willen gehaßt und bekämpft, sondern auch wegen der Tataren und Türken, und die Russen wurden nicht nur um ihrer selbst willen verabscheut, sondern wegen der Tataren, der Türken, der Österreicher und der Deutschen.

Was auf dem Spiel stand, war klar, doch als unsere Demonstrationen im Oktober 1956 in eine Revolution umschlugen, wurde alles wieder verwischt. Ich kämpfte wie die anderen, aber im Sperrfeuer der Panzer und der schweren Artillerie hatte ich viel zu große Angst, um mich als Held zu fühlen. Wenn ich überhaupt etwas empfand, dann den Fluch dessen, der Glück gehabt hat, während die Kameraden auf der Straße liegen, tot, aber immer noch blutend. Ich empfand auch nicht die Genugtuung des Rechtschaffenen: im Kampf gegen die russische Besatzung und eine bösartige und unfähige Diktatur sah ich mich auf verwirrte ukrainische Bauernjungen schießen, die ebenso gute Gründe hatten wie wir, das zu hassen, was wir bekämpften. Ich dachte, ich wüßte noch von 1944 her, was Krieg bedeutet, aber es war ein bitterer Schock, erkennen zu müssen, daß man nicht einmal in einer Revolution den wahren Feind stellen kann. Immerhin hielt ich es bei den Straßenkämpfen drei Wochen lang aus, von Ruine zu Ruine hastend, in Angst und Hunger – immer mehr davon überzeugt, daß wir weder siegen noch überleben konnten. Aber Zrinyi und Dózsa hielten mich auf den Beinen. Es gab Augenblicke, in denen ich eine Art mystischer Verbundenheit mit meinem Heimatland spürte und froh war, daß ich, wenn ich schon nichts anderes tun konnte, wenigstens zu all denen gehören würde, die im Laufe eines ruhmreichen und unglückseligen Jahrtausends für Ungarn gestorben waren. Mit dreiundzwanzig glaubte ich immer noch, es könne für jeden Menschen nur ein einziges wahres Land geben.

Als ich zum zweitenmal über die österreichisch-ungarische

Grenze ging, lernte ich gegen Länder die gleiche Haltung einzunehmen wie gegen Frauen, das heißt, ich wurde Internationalist. Da war ich nun also wieder auf der Flucht, mit nur wenigen anderen diesmal, aber an einem ähnlich kalten Dezembertag und in denselben Bergen. Ich hatte tatsächlich das unheimliche Gefühl, noch einmal eine Episode aus meiner Kindheit zu durchleben. Der Himmel war genauso trüb wie im Winter 44; die unbewegten Bäume standen immer noch so groß da, anmutig und gelassen, als gehörten sie in eine andere Welt; und an den schneebedeckten Felsen brach sich das Rattern der Maschinengewehre, als hätte das Schießen seit damals nie aufgehört. Diesmal brauchten wir uns nicht vor den verirrten Kugeln sich bekämpfender Armeen zu fürchten: die unsichtbare Grenzpatrouille nahm uns direkt ins Visier. Meine Wut übertraf meine Angst, als ich mir klarmachte, daß ich nur so lange ein gehetztes Tier sein würde, wie ich heimischen Boden unter den Füßen hatte. »Das wär's dann also«, murmelte ich vor mich hin. »Leb wohl, Ungarn!« Nicht sicher, ob die Kugeln, wenn ihr Zischen plötzlich abbrach, den Boden oder meinen Körper trafen, versuchte ich, unter dem Schnee durchzukriechen und rannte dann ohne Deckung los – meine leidenschaftlichen Gefühle für Ungarn waren erloschen.

Auf der österreichischen Seite der Grenze fanden wir eine Straße, und ein vorbeikommender Milchlastwagen nahm uns mit und brachte uns ins nächste Dorf. Auf dem Dorfplatz wimmelte es bereits von Flüchtlingen, die wegen der Kälte mit den Füßen stampften und eine Reihe nagelneuer silberner Busse anstarrten. An den Bussen waren gelbe, handgeschriebene Schilder befestigt, die das jeweilige Reiseziel angaben: Schweiz, USA, Belgien, Schweden, England, Australien, Frankreich, Italien, Neuseeland, Brasilien, Spanien, Kanada, Westdeutschland und einfach Wien. In der Polizeiwache auf der anderen Seite des Dorfplatzes verteilten Rote-Kreuz-Helfer heißen Kaffee und belegte Brote als Erste Hilfe, während Schwestern in schwarzen Mänteln und weißen Hauben auf der Suche nach Verwundeten und hilfebedürftigen Kleinkindern durch die Menge huschten. Andere Amtspersonen, die weniger mitfühlend wirkten, trieben die Flüchtlinge an, sich einen Bus auszusuchen und einzusteigen.

Der Anblick dieses schlammigen Dorfplatzes mit seinen Bussen, die von hier aus in alle Welt fuhren, verwirrte uns. Vor noch kaum einer Stunde war bei jedem Schritt auf uns geschossen worden, und nun wurden wir aufgefordert, uns irgendwo auf Erden ein Plätzchen auszusuchen. Was die Sinne wahrnehmen, ergab keinen Sinn, nichts paßte mehr zusammen.

»Die Fahrzeuge reichen nicht aus für all die Menschen hier!« rief eine ältere Dame in einem plötzlichen Anfall von Hysterie. »Sie werden die Busse überladen, und wir stürzen auf den schmalen Gebirgsstraßen alle zu Tode!« Niemand lachte. Das Leben hatte schon so viele Überraschungen gebracht, daß bei keinem ein Gefühl der Zuversicht aufkam.

»Der Bus dort drüben mit dem Brasilien-Schild – wollen die damit über den Ozean fahren?« fragte ich ein Mädchen, das neben mir in der Menge stand und in dessen rundem Gesicht sich Angst spiegelte. Sie lachte nervös und erklärte mir, daß die Busse nur bis zu den verschiedenen Bahnhöfen und Flüchtlingslagern fuhren; dort würden wir auf eine Überprüfung und den Weitertransport warten müssen.

Wo den Rest meines Lebens verbringen? Ein Ehepaar mit einem Säugling, das bereits in den Bus nach Belgien gestiegen war, kam wieder heraus und rannte zu dem Neuseeland-Bus hinüber. Andere gingen die Reihen der Busse auf und ab und lasen eifrig immer wieder die Namen der Länder, unfähig, eine Entscheidung zu treffen. Wo würde ich endlich meinen Doktor machen können? Und in welcher Sprache? Ich konnte einfach nicht glauben, mit ein paar Schritten in diese oder jene Richtung würde ich diese Fragen endgültig geklärt haben. Ich stand zufällig vor dem gelben Schild »Schweden«. Wenn ich diesen Bus bestieg, würde ich in Stockholm Frauen kennenlernen, und wir würden uns verlieben – wenn ich aber zum nächsten Fahrzeug weiterging, würden wir nie voneinander erfahren. Das Mädchen mit dem runden Gesicht hatte sich inzwischen für Brasilien entschieden. Ich begleitete sie zu ihrem Bus, und bevor sie einstieg, hielt ich sie zurück – mehr um meine eigene Hilflosigkeit zu überspielen, als um ihr Mut zu machen – und küßte sie. Sie erwiderte meinen Kuß, und für einen langen Augenblick erinnerten wir uns gegenseitig daran, daß wir immer noch Mann und Frau waren und daß es überall Männer und Frauen geben würde. Erst wollte ich sie nach ihrem Namen fragen, aber dann legte ich nur eine Hand dorthin, wo ihre Brüste den Mantel vorwölbten, und sah zu, wie sie einstieg. Sie fand einen Fensterplatz, und als sie zu mir herablächelte, entblößte sie einen abgebrochenen Schneidezahn. Wäre dieser Zahn nicht gewesen, würde ich diese Erinnerungen vielleicht auf portugiesisch schreiben. Doch in meinen Fingern war immer noch die Wärme der Berührung mit ihrem Mantel, und ich fühlte mich nicht mehr ganz so verloren, als ich zu dem Bus ging, an dem »Italien« stand. Nach Wochen in der Kälte sehnte ich mich nach der Freiheit der Sonne.

Am nächsten Tag war ich in Rom, zusammen mit dreihundert anderen aufgewühlten Ungarn, die ich vorher noch nie gesehen hatte. Bei der Ankunft im neuen Bahnhof sahen wir Leute, die direkt am Bahnsteig an weißgedeckten Tischen saßen und ihren Espresso tranken. Es fuhren nur elektrische Züge, und der helle, blitzsaubere Bahnhof, durch dessen gläserne Mauern das Sonnenlicht hereinströmte, sah aus wie ein Vergnügungspalast. Wir stiegen wieder in Busse und wurden zum Albergo Ballestrazzi gefahren, einem alten und behaglichen Hotel in einer schmalen Seitenstraße unweit der Via Veneto. Wir hatten Mühe, ins Haus zu kommen: der Zugang war von Lastwagen voller Geschenke und von Hunderten von Menschen blockiert, die gekommen waren, um sich die *poveri rifugiati* anzusehen. Als ich mir einen Weg bahnte, drückte mir ein älterer Herr ein Bündel Banknoten in die Hand (achtzigtausend Lire zählte ich später). Zu meinem Erstaunen drückte sein Gesicht Mitleid aus. Warum sollte er mich bemitleiden, fragte ich mich, doch ich fing mich gerade noch und versuchte, nicht über eine Antwort nachzudenken. Ich dankte ihm auf lateinisch und ging ins Hotel. Die Eingangshalle glich einem

Warenhaus – mit den besten Empfehlungen der römischen Ladenbesitzer. Stangenweise teure Anzüge, Kleider und Mäntel, Tische voller Hemden, Blusen und Schuhe – alles, was man sich nur wünschen konnte, wenn man ohne Gepäck in einer fremden Stadt ankam. Doch als ich mich zu meinen Landsleuten gesellte, die über die Waren herfielen, hörte ich eine Frau laut jammern, es seien keine weißen Glacéhandschuhe in ihrer Größe dabei. Ich schnappte mir zuerst einen großen Koffer und suchte mir dann, sorgfältig auf Größe und Stil achtend, sechs weiße Hemden aus, Krawatten, Unterwäsche, Socken, zwei Paar Schuhe, drei Anzüge, sechs schwarze Pullover und einen schicken Mantel. Die Geschenke halfen, die volle Erkenntnis hinauszuzögern, daß wir von allen Menschen und allen Dingen weggelaufen waren, die wir verstanden, die uns am Herzen lagen, die wir haßten oder liebten. Wir hielten uns an unserem neuen Besitz fest, und unsere Gesichter, die noch in der Bahn so demütig und ängstlich ausgesehen hatten, nahmen nun den besorgt selbstgefälligen Ausdruck von Besitzenden an. Als ich mich mit meiner Beute durch die Menge drängte, fiel mir ein magerer, dunkler Hotelpage auf, der mich mit einem verächtlichen, angewiderten Blick musterte. Da war ich nun, ein Ausländer, der sich kostenlos die feinsten Dinge zusammengesucht hatte. Hatte *ihn* schon mal jemand gefragt, was *er* brauchen könnte? Ich fühlte mich schuldig, und zugleich übermannte mich ein wärmendes Gefühl der Befriedigung darüber, daß ich so viel Glück gehabt hatte.

Wir bekamen jeder ein hübsch möbliertes Einzelzimmer, ohne dafür bezahlen zu müssen, wurden mit allen möglichen Geschenken und großen Summen Bargeld überhäuft, und wir hatten nichts anderes zu tun, als uns zu entspannen und alles zu genießen – und auf die nächste drastische Veränderung in unserem Leben zu warten.

Am zweiten Tag wurden die Studenten unter uns gebeten, sich nach dem Mittagessen in der Eingangshalle mit einer Journalistin zu treffen, die eine Artikelreihe über das Universitätsleben in Ungarn schrieb. Die Halle zeigte inzwischen wieder ihr normales

Gesicht, nämlich das Gesicht eines unerklärlich großen Wohnzimmers in einem bescheidenen, gut bürgerlichen Haus: blinde Spiegel in dicken Holzrahmen, ein schäbiger Perserteppich und eine große Zahl alter Lehnsessel mit stark ausgebleichten Polstern. In einem dieser Sessel hatte es sich eine Frau bequem gemacht. Zuerst schien sie unsere kleine Gruppe, die auf sie zuging, nicht zu bemerken, doch fast im letzten Moment stand sie auf, um uns zu begrüßen; sie tat das mit einem energischen Händedruck und wiederholte jedesmal ihren Vornamen.

»Paola.«

Paola war eine ganz untypische Italienerin: eine Schönheit mit unbewegtem Gesicht, groß, blond und, wie wir bald erfahren sollten, ohne Mitgefühl. Da keiner von uns italienisch sprach, fragte sie, ob jemand englisch spreche und für sie dolmetschen könne. Ich bot meine Dienste an, und sie musterte mich mit skeptischen Blicken. »Na schön«, entschied sie, »machen wir uns an die Arbeit.« Zuerst wollte sie wissen, wie weit wir mit unserem Studium waren und was wir während des Aufstands gesehen und getan hatten. Ob wir einen Scherz anzubringen versuchten oder eine tragische Episode aus einer der Straßenschlachten schildern wollten, immer reagierte sie nur mit ihrem Kugelschreiber und zeigte keinerlei Emotion, abgesehen von einer gewissen Sorge um die Leserlichkeit ihrer Notizen.

»Dieses Miststück kann uns nicht ausstehen!« beschwerte sich einer der anderen. »Die kann mich mal mit ihren Fragen, von mir kriegt sie keine Antwort mehr!«

»Was sagt er?« fragte Paola, da ich nicht übersetzte.

»Er macht sich Sorgen, ob wir Ihnen irgend etwas sagen können, was für Ihre Artikel interessant genug ist.«

Paola zog die Augenbrauen hoch, gab aber keinen Kommentar dazu. Schließlich klappte sie ihr Notizbuch zu, kündigte an, sie werde am nächsten Tag wiederkommen, und beschloß das Interview mit einer persönlichen Bemerkung. »Ich glaube, Sie haben alle großes Glück gehabt, dort heil und gesund herauszukommen.«

Später an diesem Nachmittag trat ein, was ich schon seit Tagen erwartet hatte: ich erkrankte schwer an Selbstmitleid. Ich hatte seit meiner Kindheit immer mal wieder mit dieser Krankheit zu kämpfen – ja, ich bin nie ganz davon genesen und habe nur gelernt, damit zu leben. Doch diesmal war der Anfall so schlimm wie noch nie. Ich ging auf mein Zimmer, verschloß die Tür und reagierte nicht einmal auf die Glocke, die zum Essen rief: ich hätte es nicht ertragen, irgendwelche Menschen zu sehen und mit ihnen zu reden. Ich legte mich aufs Bett und weinte über meine Einsamkeit. Aber wozu lügen? Ich weinte nach meiner Mutter. Ich weinte lange, zitterte, fühlte mich aus dem Schoß ihrer schützenden Liebe ausgestoßen. Ich erinnerte mich, wie ich in meinem ersten Schuljahr immer in der großen Angst nach Hause lief, sie könnte nicht da sein. Ich erinnerte mich daran, daß ich mir einmal beim Fußballspielen das Knie aufschlug und daß ich, als sie die Wunde zu verbinden begann, gleich das Gefühl hatte, es sei alles geheilt. Plötzlich war sogar der Geschmack der Pfannkuchen wieder da, die sie mir anschließend machte, um mich aufzuheitern. Nun litt ich, und ich wußte, ich würde nie wieder nach Hause laufen können. Bald fing ich an mich zu hassen. Heute gibt es Augenblicke, in denen ich stolz darauf bin, daß ich fähig war, trotz meiner Angst wochenlang zu kämpfen, doch damals konnte ich immer nur daran denken, daß ich am Ende weggelaufen war. Wie kam ich eigentlich dazu, Paola von Hunyadi und all den anderen erzählen zu wollen? Letzte Woche war ich in Budapest, heute war ich in Rom – wo würde ich morgen sein, und wozu denn überhaupt? Ich hatte mein Land verlassen, die Frauen, die ich liebte, meine Freunde, meine Verwandten, und ich würde sie nie wiedersehen. Ich konnte nicht begreifen, was mich dazu gebracht hatte, so etwas zu tun. Noch während ich dieser versnobten italienischen Journalistin von dem Aufstand berichtete, redete ich mir ein, ich hätte kein Interesse mehr an der ungarischen Unabhängigkeit, Freiheit, Gleichheit und Gerechtigkeit – all den Dingen, deretwegen ich mein Leben unwiderruflich versaut hatte. Selbst beim Übersetzen von Nachrichten über Ungarn wurde ich ärgerlich: ich fand meine Mitflüchtlinge so langweilig und lästig wie die Verwandten einer

früheren Freundin, und ich nahm mir vor, ihnen nach Möglichkeit aus dem Weg zu gehen. Angezogen blieb ich die ganze Nacht auf dem Bett liegen; ich schlief wenig, und wenn ich doch mal einnickte, träumte ich von einem Panzer, der mich überfuhr, hin und her, bis ich plattgewalzt auf der Straße lag.
Als ich am nächsten Morgen aufwachte, hatte ich leichtes Fieber und ein großes, schmerzendes Geschwür in der rechten Achselhöhle. Ich stürzte aus dem Zimmer, um den Hotelarzt aufzusuchen, und seiner Meinung nach war mein Körper lediglich dabei, sich auf ein anderes Klima und eine andere Ernährung umzustellen; wahrscheinlicher war, daß er gegen all die Veränderungen rebellierte, denen er ausgesetzt worden war. Das Fieber und das Geschwür plagten mich über einen Monat lang, während ich mich durch die Museen und Kirchen Roms schleppte, entweder allein oder in Gesellschaft von Italienern, die sich den Flüchtlingen freiwillig als Begleiter und Fremdenführer zur Verfügung gestellt hatten. Sie waren freundlich, aber sie kannten meinen Namen nicht, und wenn sie ihn kannten, konnten sie ihn nicht aussprechen, und ich wußte ohnehin nicht mehr, zu wem dieser Name gehörte. Ich war nur ein *povero ungherese*, einer von vielen. Schon nach ein paar Wochen sprach ich – wenn auch mit Fehlern – fließend italienisch, aber ich konnte die Tatsache nicht übersehen, daß ich mir weniger eine neue Sprache aneignete, als vielmehr meine Muttersprache aufgab. Ich hatte zwar die Fähigkeit, neue Menschen und neue Orte kennenzulernen, aber dieses Talent ließ mich auch bereitwilliger all das aufgeben, was ich schon besaß. Ich hatte sogar viele Interessen aufgegeben: Gedichte schreiben, Klavierspielen. Ich konnte noch nie lange bei einer Sache bleiben. Rom verlockt einen dazu, über die Vergangenheit nachzudenken, und ich fing an, all die Freunde und Geliebten zu zählen, die ich verlassen hatte, und all die anderen, die mich verlassen hatten. Sie waren gekommen und gegangen: mein ganzes Leben war eine Reihe von Einblendungen und Ausblendungen. Es sah in der Tat so aus, als hätte ich nie etwas gewonnen, ohne es dann wieder zu verlieren. Ein besonders schlechtes Gewissen hatte ich wegen Maya, und

was mich am meisten drückte, war nicht so sehr die Tatsache, daß ich mit ihrer Cousine geschlafen hatte, sondern vielmehr, daß ich es ausgerechnet in Mayas Bett getan hatte – dem Bett also, wo sie mich die Liebe gelehrt hatte –, ein Detail, dem ich nie viel Beachtung geschenkt hatte, das mir jetzt aber wie ein Verbrechen vorkam.

Im übrigen kann ich den großen Philosophen nicht zustimmen, die uns mit ihrem Erkenne-dich-selbst zusetzen. In diesen Tagen der bohrenden Selbstanalyse wurde ich tatsächlich nur gemeiner und dümmer – weil ich mich einfach als Versager fühlte. Jeden Abend zog ich mich früh auf mein Zimmer zurück, um mein Geschwür zu pflegen, und wünschte mir nur, man hätte mich an der Grenze erschossen. Und jede Nacht hatte ich Alpträume.

14
VOM GLÜCK MIT EINER FRIGIDEN FRAU

Ich liebe dich so sehr, denn erst bei dir
hab ich gelernt, mich wieder selbst zu lieben.

Attila József

Ich war von mir selbst so angewidert, daß ich mich zu einer Frau hingezogen fühlte, die offensichtlich nicht das geringste für mich übrig hatte. Obwohl Paola eine scheinbar endlose Reihe von Artikeln über ungarische Studenten schrieb, änderte der tägliche Umgang nichts an der persönlichen Gleichgültigkeit, die sie uns gegenüber an den Tag legte. Jeden Nachmittag dolmetschte ich für sie in der dämmrigen Lobby des Albergo Ballestrazzi und versuchte dabei, ihr Alter zu schätzen. Es mußte irgendwo zwischen achtundzwanzig und sechsunddreißig Jahren liegen: an der Stirn und am Hals hatte sie kleine Fältchen, doch ihre blaßblauen Augen leuchteten mit der ruhigen Arglosigkeit (oder Ahnungslosigkeit?) eines jungen Mädchens. Wenn sie in einem enganliegenden, die Figur betonenden Seiden- oder Strickkleid von auffallender Eleganz in der Lobby erschien, sah ihr Körper aus, als sei er von einer langen Reihe feuriger Liebhaber in seine vollendete Form massiert worden. Doch wenn sie dann näherkam, verwandelte sich das warme Leuchten in einen kalten Glanz. Sie hatte ein schmales, abweisendes Gesicht, das blasse Oval einer byzantinischen Madonna, und ich fragte mich oft, ob sie wohl zum Leben erwachen würde, wenn ich sie berührte.

»Wissen Sie«, sagte ich eines Tages zu ihr, »ich habe im Dolmetschen einige Erfahrung. Schon als kleiner Junge habe ich viel gedolmetscht.« Ich hoffte natürlich, sie werde mich fragen, wo und warum. In Situationen, wo ich nicht an mich glaubte und wo es mir darum ging, meine Fühler auszustrecken und etwas anzukurbeln, nutzte ich meine Geschichten aus dem amerikanischen Militärlager ziemlich schamlos aus. Aber Paola zeigte kein Interesse. Ich versuchte auch, sie mit meiner Sprachbegabung zu beeindrucken, indem ich möglichst oft vom Englischen zum Italienischen wechselte, um mit jedem neu gelernten Wort anzugeben. Sie reagierte nicht. Die meisten anderen verließen Paolas Runde, sobald sie konnten, und so war ich oft schon allein mit ihr, bevor sie alles herausgefunden hatte, was sie wissen mußte, um ihren Artikel für den nächsten Tag schreiben zu können. Ich versuchte ihr zu helfen, auch wenn mein Geschwür pochte und mein ganzer Körper vom Fieber geschüttelt wurde, und manchmal spielte ich auf diese Leiden an. Sie nahm solche persönlichen Bemerkungen mit einem Stirnrunzeln auf, als hätte ich sie gebeten, auf der Titelseite ihres Blattes über meinen Gesundheitszustand zu schreiben.

»So leid es mir tut, aber ich werde Sie wohl auch verlassen müssen«, sagte ich eines Tages, als ich es gründlich satt hatte, in schlichtem Englisch zu ihr. »Ich fühle mich so krank, ich glaube, ich muß sterben.«

»So, und das sagen Sie jetzt auf Italienisch«, forderte sie mich auf Italienisch auf. »Seien Sie nicht so faul – üben Sie sich in der Sprache, die Sie am wenigsten beherrschen!«

Zu schwach, um auch nur mit den Zähnen zu knirschen, wiederholte ich in meinem bescheidenen Italienisch, daß ich sterbenskrank sei.

»Ausgezeichnet!« rief Paola und lächelte sogar. »Dann also bis morgen.«

Wütend ging ich spazieren, um mich zu beruhigen. Am Ende der Via Veneto ist eines der Tore zur Villa Borghese, die inmitten eines üppigen, dabei aber wohlgeordneten Parks mit uralten Bäumen und frischen Blumen steht, einer kunstvoll angelegten Naturlandschaft, Wald und Garten zugleich. Es gibt dort einen kleinen See, es gibt gepflegte Wege, die sich an weißen Marmorstatuen vorbeiwinden, und da der Park auf einem der sieben Hügel Roms liegt, bieten sich überall Ausblicke auf Kirchenkuppeln und Palastmauern – man spürt den Atem der Renaissance. Etwas so Prachtvolles und doch Besänftigendes wie den Park der Villa Borghese hatte ich noch nie gesehen, und als ich dort eine Zeitlang umhergegangen war, hatte ich mich genügend entspannt, um zu erkennen, daß die frische Luft meinen Kopf freigemacht und mein Fieber abgekühlt hatte. Und doch hätte ich, wäre Paola nicht so unerhört gleichgültig gegen mein Leiden gewesen, den Nachmittag grübelnd im Hotel verbracht. Tatsächlich wurde dieses Zusammenspiel von Ursache und Wirkung zum durchgehenden Muster unserer Beziehung: Paola machte mich wütend, aber hinterher fühlte ich mich gesünder und munterer.

»Ich bin kein Mensch, der aus sich herausgeht«, bemerkte sie nach unserem letzten Interview in der Hotelhalle, als die anderen uns wieder alleingelassen hatten. »Und ich konzentriere mich immer auf das, was ich gerade mache. Ich habe festgestellt, daß Ihre Freunde mich nicht mögen.«

»Die halten Sie für humorlos, kalt und gefühllos«, ließ ich sie wissen.

»Ganz schön scharfsinnig.« Sie war beeindruckt, als redeten wir über irgend jemanden. »Ich muß sagen, die meisten von euch machten einen guten Eindruck auf mich«, fügte sie im Geiste der Objektivität hinzu. »Ihr regt euch zwar zu sehr über Politik auf, aber ihr seid wenigstens nicht wie die italienischen Männer – ihr denkt nicht immer nur an Sex.«

Ich weiß nicht, wie die anderen Ungarn auf das Kompliment reagiert hätten, aber bei mir hinterließ es einen tiefen Eindruck. Als ich mit neun Jahren wegen eines Blinddarmdurchbruchs im Krankenhaus lag, hörte ich, wie der Arzt meiner Mutter riet, die Vorbereitungen für meine Beerdigung zu treffen – und schon zwei Wochen später war ich wieder auf den Beinen gewesen. Genau so berührte mich nun Paolas Bemerkung. Ich fragte sie, ob sie bereit sei, mir als Gegenleistung für meine Dolmetscherdienste etwas von Rom zu zeigen; sie war einverstanden, und wir verabredeten uns für den folgenden Tag. Sobald sie weg war, ging ich auf mein Zimmer, machte zehn Liegestütze, nahm ein Bad und beschloß, mit dieser Frau zu schlafen, sobald mein Geschwür verschwunden war.

Bei unserer zweiten Verabredung, Mitte Januar, fing ich an, mit Worten zudringlich zu werden. Paola führte mich durch ein kleines Museum, und ich beteuerte immer wieder, sie sei schöner als all die Bilder und Statuen, auf die sie mich aufmerksam machte. In ihrem rotbraunen Kleid, die blonden Haare über dem schmalen, ausdruckslosen Gesicht glatt nach hinten gekämmt, glich sie einer rostbraun und ockergelb emaillierten Mumie einer ägyptischen Königin – welche Epoche sie auch immer heraufbeschwor, es war nie die Gegenwart. Sie ging auf meine Schmeicheleien nicht ein und zog höchstens die Augenbrauen hoch. Hatte sie es sich als Kind angewöhnt, fragte ich mich, Überraschung und Mißbilligung auf diese Weise auszudrücken? Hatte sie vieleicht jahrelang versucht, diese Gewohnheit loszuwerden, und sich schließlich verzweifelt damit abgefunden? Ich stellte mir alles mögliche vor, was sie menschlicher und liebenswerter erscheinen lassen konnte.

Als wir vor dem Museum standen, um uns zu verabschieden, versuchte ich mein Glück.

»Wissen Sie eigentlich, daß mich in Italien noch nie jemand zum Essen nach Hause eingeladen hat?«

»Da ist Ihnen nichts entgangen – die Hotels bieten das beste Essen in Rom.«

»Aber es ist nun mal nicht mit dem zu vergleichen, was jemand bei sich zu Hause kocht.«

»Was ist heute bloß in Sie gefahren? Zum einen bin ich verheiratet. Zum anderen bestimme ich immer noch selber, wen ich zum Essen einlade.«

Das war deutlich. Ich hielt ihr die Hand hin. »Also dann, es war nett, Sie kennenzulernen. Vielleicht sehen wir uns mal wieder, falls ich in Italien bleibe.«

Paola ergriff meine Hand, ließ sie aber nicht mehr los. Manche Frauen sollten nicht grob sein, wenn sie nicht aus Unbehagen über ihre schlechten Manieren am Ende weich werden wollen. »Wenn ich Sie nicht zum Essen einlade, denken Sie wahrscheinlich, es liegt daran, daß Sie ein Flüchtling sind.«

»Keineswegs«, protestierte ich und drückte ihr die langen, glatten Finger. »Ich weiß, es ist nur, weil Sie mich als Person nicht mögen.«
Sie entzog mir ihre Hand und schaute sich um, ob uns von den Passanten jemand beobachtete. »Ich habe nichts Eßbares zu Hause, nur Dosen.«
»Ich esse liebend gerne aus Dosen.«
Diesmal kniff sie die Augen zusammen, aber vielleicht störte sie auch das grelle Sonnenlicht. »Also gut, aber denken Sie immer dran: Sie wollten es so.«
Als wir ihre Wohnung betraten, küßte ich Paola in den Nacken. Ihre Haut war so hell, daß sie in der fensterlosen Nische wie eine Lichtquelle wirkte. Sie blieb einen Augenblick stehen, dann entzog sie mir ihren Körper und den Duft ihres Parfüms und ging weiter, in eine helle, moderne Küche.
»Ich wäre die falsche Frau für Sie«, sagte sie entschieden, »selbst für ein flüchtiges Abenteuer.«
Dennoch kam mehr Vertraulichkeit in unsere Situation. Sie machte eine Dose Ravioli heiß, und wir setzten uns zu einem langweiligen Essen an den Küchentisch, wie ein altes Ehepaar. Und mir fiel ein, daß Paola gesagt hatte, sie sei verheiratet. »Wo ist Ihr Mann?« fragte ich besorgt. Ich hatte ganz vergessen, daß es ihn gab.
»Wir leben schon seit sechs Jahren nicht mehr zusammen«, gab sie zu und bat mit der Andeutung eines Lächelns um Verständnis. »Wir sind legal getrennt – so ist das in Italien, statt Scheidung.«
»Warum haben Sie ihn verlassen?«
»Er hat mich verlassen.«
Die Antwort ermutigte nicht zu weiteren Fragen, und das war auch gut so, denn hätte Paola mir noch mehr erzählt, hätte ich mich wahrscheinlich entnervt in den Albergo Ballestrazzi zurückgezogen. Wir kamen auf die Politik zu sprechen, und sie erklärte mir die Unterschiede der verschiedenen Flügel in der regierenden Christlich-Demokratischen Partei, völlig entspannt, als zweifle sie nicht im geringsten daran, daß ich mich mit einem Essen aus der

Dose zufriedengeben würde. Von meinem verletzten Stolz ebenso angestachelt wie vom Duft ihres Parfüms (irgendwie hatte ich es bei anderen Gelegenheiten gar nicht wahrgenommen, doch nun stach es sogar die Ravioli aus), konnte ich das Ende der Mahlzeit kaum erwarten, und als sie anbot, Kaffee zu kochen, lehnte ich ab, denn das hätte nur eine unerträgliche Zeitverschwendung mit sich gebracht. Ich bat sie, mir die Wohnung zu zeigen, aber ich sah überall nur einen blauen und grünen Hintergrund für ihre Gestalt, bis wir zu einem riesigen runden Bett kamen. Ohne jede Reaktion ließ sich Paola von mir in die Arme nehmen und küssen; aber als ich anfing, ihr Kleid aufzuknöpfen, wollte sie mich mit Ellbogen und Knien wegstoßen. Das enge Kleid vereitelte ihre Bemühungen ebensosehr wie ich, und schließlich schaffte ich es, ihre Brüste bloßzulegen, die sich dehnten und rundeten, als sie freikamen. Kein Wort war gefallen, aber als sich mein Kopf auf ihren weißen Busen senkte, bemerkte sie mit einem Anflug von Bosheit in der Stimme: »Damit du's weißt: ich bin frigide.«

Was sollte ich machen, dicht an sie gedrängt und mit ihren bloßen Brüsten in meinen Händen? »Ich komme gerade aus einer Revolution« erklärte ich mannhaft, aber ohne mein Gesicht zu zeigen, »du kannst mir keine Angst einjagen.«

Da hob Paola meinen Kopf hoch und gab mir einen langen, leidenschaftlichen Kuß. Während wir einander auszogen, kam mir der Verdacht, daß diese rätselhafte Italienerin gelogen hatte, um mich auf die Probe zu stellen. Hatte mir Nusi nicht angedroht, sie werde mindestens einen Monat lang nicht mit mir schlafen – keine Stunde, bevor wir uns das erstemal liebten?

Leider gibt es im Leben nur wenige glückliche Parallelen. Als wir ganz ausgezogen waren, stapelte Paola ihre Sachen säuberlich auf die Kommode und hängte ihr Kleid in den Schrank. Dann ging sie ins Bad, um sich die Zähne zu putzen, ich schaute ihr zu, ungläubig und voller Angst und Verlangen. Nackt war ihr Hintern größer, als er unter dem Kleid gewirkt hatte, aber er bildete zu ihrem langen, schlanken Leib nur einen erregenden, kompakten Schwerpunkt. Als sie sich vom Waschbecken abwandte und ich

zugleich ihre lange blonde Mähne und das kurze blonde Büschel zwischen ihren Beinen sah, bekam ich wieder die schmerzhaften Krämpfe meiner Knabenzeit. Doch sie kam in der prächtigen Fremdheit ihres nackten Körpers so lässig und unbefangen auf mich zu, als wären wir schon zehn Jahre verheiratet. Sie streckte die Zungenspitze heraus – und ging unberührt an mir vorbei, um die Tagesdecke vom Bett zu nehmen und sie, dreimal gefaltet, auf den Stuhl zu legen. Entsetzt beim Gedanken, sie könnte die ganze Nacht so herumtrödeln, griff ich nach ihrem kühlen Hintern und hielt ihn fest.
»Er ist zu dick«, stellte sie sachlich fest.
In meiner Hilflosigkeit drückte ich ihn mit aller Kraft zusammen, und das muß wehgetan haben, denn sie biß mich gleich darauf so heftig in die Zunge, daß Blut floß. Nur die Tatsache, daß ich länger als zwei Monate mit keiner Frau mehr zusammengewesen war, ließ mich die nächste Viertelstunde überstehen. Paola benahm sich wie eine zuvorkommende Gastgeberin und nicht wie eine liebende Frau: sie stemmte sich hoch und kam mir so aufmerksam entgegen, daß ich mich wie ein Gast fühlte, für den so viel getan wird, daß er sich beim besten Willen des Eindrucks nicht erwehren kann, man wolle ihn rasch loswerden. Ich fühlte mich in ihr nicht wohl, und lange Zeit kam es mir nicht. Nachher ließ ich meine Hände über ihren Körper wandern, immer noch nicht ganz überzeugt, daß es das geben konnte: eine so vollendete Form ohne Inhalt.
»Hat es dir gefallen?« fragte sie.
Da alles andere ohne Wirkung geblieben war, versuchte ich, sie mit Worten weich zu machen. »Es war wunderbar.«
»Da bin ich aber froh, froh, froh.«
»Ich liebe dich.«
»Sag so was nicht«, protestierte Paola, gar nicht mehr froh. Sie zog die Decke bis unters Kinn, um mich von ihrem Körper fernzuhalten. »Ich habe sonst das Gefühl, ich müßte dasselbe sagen. Und ich kann nicht sagen, ich liebe dich. Es würde nicht stimmen.«
»Dann laß uns lügen!«

»Vielleicht kannst du lügen, ich kann es nicht.«
Während ich darüber nachdachte, wie ich höflich den Rückzug antreten konnte, griff ich ihr zwischen die Beine und fing an, fast mechanisch dort zu spielen – nur um zu entdecken, daß ihr das besser gefiel als das, was vorausgegangen war.
»Ist das nicht schön, auch ohne daß wir uns etwas vormachen?« fragte sie voller Behagen.
Gehörte sie zu den Frauen, die nur auf Umwegen ans Ziel kommen? Nie mit Halbheiten zufrieden, zog ich ihr voller Hoffnung die Decke weg und drehte mich so, daß ich ihrem Geheimnis auf den Grund gehen konnte. Doch sie schob meinen Kopf weg und gab mir einen heftigen Stoß vor die Brust, der mich fast vom Bett warf.
»Laß das. Was du da tust, ist unanständig.«
»Was soll das heißen, unanständig, Hast du's noch nie französisch gemacht?« Ich fragte sie das nicht aus persönlichem Interesse, sondern aus bloßer Neugier, während ich mich auf dem grauen Teppich nach meinen Kleidern umsah. Es wurde dunkel.
»Ich bin nicht pervers – ich mag es normal.«
»Und was ist normal?«
»Ich meine, wenn du über mir bist.«
Ich stand auf und zog mich an. »Dein Problem ist nicht, daß du frigide bist; du bist einfach gehemmt und phantasielos.«
»Warum ziehst du dich an?« fragte sie einigermaßen überrascht.
»Ich glaube, es wird Zeit für mich – es ist schon spät.«
Paola schwieg eine Weile und platzte dann unverhofft heraus: »Ihr Männer seid nichts als eitle Affen. Ihr mögt keine Frauen, ihr mögt nicht mal euren eigenen Orgasmus. Das einzige, was ihr wirklich wollt, ist, eine Frau so weit zu bringen, daß sie abgeht wie eine Rakete. Nur ihr Männer konntet die Atombombe erfinden.«
»Vielleicht würdest du auch mal so abgehen, wenn du's nur versuchen würdest.«
»Ach du lieber Gott, ich bin sechsunddreißig, Andrea! Ich hab's lange genug versucht.«

Ich machte Licht, um meine Schuhe zu finden. »Was hast du versucht? Einen Mann über dir zu haben?«
»Hab ich dir von meinem Mann erzählt?« fragte sie, ohne auf meinen Sarkasmus einzugehen, und stützte sich auf den Ellbogen. »Er ist Anwalt – er hat sich auf der Liste der Monarchisten zweimal um einen Parlamentssitz beworben und fiel natürlich durch. Schuld daran war nach seiner Meinung, daß ich frigide war. Ich soll sein Selbstbewußtsein zerstört haben. Er las eine Menge über Psychoanalyse und kam zu dem Schluß, ich müsse eine Masochistin sein, darum machte er es sich zur Gewohnheit, mich jedesmal mit einem nassen Handtuch zu schlagen, bevor wir uns liebten. Mir wurde das so zuwider, daß ich ihm schließlich vorschlug, wir sollten vielleicht mal probieren, ob ich nicht vielmehr Sadistin sei.«
»Was hat er gesagt?«
»Er wollte es tatsächlich versuchen. Eines Abends schlug ich ihn dann, er bestand darauf, aber das machte mir auch keinen Spaß, im Gegenteil, ich fand es abscheulich. Danach sagte ich, keine Experimente mehr.«
Ich setzte mich auf die Bettkante und schnürte meine Schuhe. »Und von deinen Liebhabern war keiner besser?«
»Ach, es ist immer nur Freundschaft. Ein Redakteur von der Zeitung, der kommt manchmal rauf. Aber er will nicht lange herummachen wie du. Er ist einundfünfzig.« Die Vorstellung, einem älteren Herrn ins Gehege zu kommen, paßte mir gar nicht, und das sah man mir wohl an. »Woran denkst du?« fragte sie und strich mir zärtlich über die Hand. Eine Frau voller Widersprüche.
»Ich habe mir gerade überlegt, was wohl geschehen wird, wenn die italienische Regierung keine Lust mehr hat, uns das Hotel zu bezahlen«, log ich. Aber als ich es ausgesprochen hatte, machte ich mir tatsächlich wieder Sorgen um meine Zukunft. »Das schlimmste ist, daß ich keinerlei Anhaltspunkte habe. Vom Roten Kreuz habe ich zwar eine Liste italienischer Universitäten bekommen, und ich habe auch etliche Bewerbungen losgeschickt – aber selbst wenn sie meine Zeugnisse hier anerkennen, werden sie

mich mit meinem Italienisch wahrscheinlich nicht unterrichten lassen. Und ich will Professor werden, ich habe zu lange darauf hingearbeitet, als daß ich es jetzt aufgeben könnte.« Ich sah mich schon als Kellner in einem billigen Café kleine Trinkgelder annehmen.

»Ach was, du wirst bestimmt was finden. Und bis dahin bist du in Rom und wohnst in einem Hotel, das dich zehntausend Lire am Tag kosten würde, wenn du selber bezahlen müßtest. Nimm's doch einfach locker, wie's kommt, und genieße dein Leben. Mir ist aufgefallen, daß du furchtbar angespannt bist.«

Was denn sonst, in ihrer Gesellschaft? »Du hast leicht reden«, beklagte ich mich bitter. »Du hast eine feste Stelle, du bist in deinem eigenen Land, du brauchst dir keine Gedanken darüber zu machen, was morgen sein wird.«

Paola stand auf und zog sich an. »Niemand weiß, was morgen sein wird. Du gefällst dir in deinem Selbstmitleid.« Nun, da wir über ein Problem sprachen, das sie mit der reinen Vernunft bewältigen konnte, gewann sie ihre Selbstsicherheit wieder. Und sie war, ebenso wie ich, gewiß erleichtert darüber, daß wir beide wieder angezogen waren: der Art unserer Beziehung war das in jedem Fall besser angemessen. »Viele Leute«, fügte sie forsch hinzu, »würden einen Mord begehen, um deine Probleme zu bekommen.«

»Ich sollte erst gar nicht mir dir reden, du erinnerst mich nur daran, daß ich auf dieser Welt vollkommen allein bin.«

»Wer ist das nicht?«

Aus irgendeinem Grund – vielleicht weil sie wieder ins Bad ging und sich mit langsamen, verträumten Bewegungen die Haare kämmte, als hätten wir wunderbare Stunden zusammen verbracht – wollte ich sie unbedingt davon überzeugen, daß ich allen Grund hatte, mich elend zu fühlen. Durch meine Flucht aus Ungarn war meine ganze Vergangenheit unerheblich geworden, verstand sie das denn nicht? Was immer ich in meinem bisherigen Leben getan hatte, es bedeutete nichts mehr. Ich erzählte ihr von dem russischen Panzer, der mich jede Nacht niederwalzte.

»Weil du dauernd darüber grübelst, was du durchgemacht hast.

Du verbringst doch deine ganze Zeit damit, dich selbst zu bedauern.«
»In deiner Gegenwart würde ich mich das nie trauen.«
»Du studierst doch Philosophie – dann müßtest du eigentlich wissen, daß das Leben meistens chaotisch, sinnlos und beschwerlich ist.«
»Aber genau deshalb fühl ich mich ja so elend«, wehrte ich mich.
»Bist du denn mit dreiundzwanzig nicht zu alt, um dich von solchen Selbstverständlichkeiten aus der Fassung bringen zu lassen?«
Ich wollte beweisen, daß ich von der Absurdität des Daseins mehr verstand als sie, und wir kamen auf Camus und Sartre zu sprechen. Während wir stritten, wanderte ich von Zimmer zu Zimmer, um dieser bösartigen Frau nicht zu nahe zu sein. Wann würde ich wohl eine solche Wohnung haben, fragte ich mich. Es waren wirklich außergewöhnliche Räume. Da war nichts von der knausrigen Raumausnutzung der meisten modernen Wohnungen zu spüren, obwohl das Haus erst wenige Jahre alt war. Die Decken waren hoch, die Räume riesig und von einem überaus reizvollen Zuschnitt. Das Schlafzimmer war rund und hatte eine große, halbkreisförmige Fensternische, in der ein halbmondförmiger Schreibtisch stand, mit einer tragbaren Olivetti darauf. Das einzige Möbelstück war das gewaltige runde Bett, über das Paola bereits wieder die goldfarbene gesteppte Tagesdecke gebreitet hatte. Das anschließende Badezimmer mit seinem grauen Marmor und den vergoldeten Armaturen hatte die Größe einer kleinen öffentlichen Badeanstalt. Der Grundriß des blauen und grünen Wohnzimmers glich einem großen S, und diese geschwungene Linie schuf die Illusion einer Bewegung, trotz der großen und schweren Sessel und Sofas, die nach Maß gefertigt waren, so daß sie sich in die Krümmungen der Wand fügten.
»Es überrascht mich nicht«, sagte ich zu Paola, »daß du die Absurdität des Daseins mit so viel Gleichmut akzeptieren kannst.«
»Ich mußte hier schon zweimal ausziehen, weil ich mir die Miete nicht mehr leisten konnte. Ich hab keinen Wagen.«

»Zahlt dir dein Mann keinen Unterhalt?«
»Na ja, er müßte schon, von Gesetzes wegen, und er kann es sich gewiß leisten, aber ich kann ja nicht gut vor Gericht gehen und die Unterstützung einklagen, nachdem ich ihm das Leben so schwer gemacht habe.«
Ich sah keine Veranlassung, ihr zu widersprechen. Es war Zeit, ihr Lebewohl zu sagen, aber bevor ich das Thema anschneiden konnte, hakte sie sich mit einer selbstsicheren Geste bei mir unter. »Laß uns spazierengehen, Andrea.«
Glaubte sie, ich würde mich auch künftig mit ihr treffen? Als wir im Aufzug waren, zog sie meinen Kopf zu sich heran und flüsterte: »Weißt du, ich genieße es so auf meine Art. Bei dir fühle ich mich wie eine richtige Frau.« Und das war das beste Argument, mit dem mich Paola zu einer stoischen Lebensauffassung bekehren konnte: anstatt mich selbst zu bedauern, bedauerte ich mehr und mehr sie.
Aber zu unserer nächsten Verabredung erschien ich vor allem wegen des Briefes, den mir der Monsignore von der Universität Padua geschickt hatte. Er teilte mir mit, daß italienische Universitäten im allgemeinen mehr Kurse in christlicher Philosophie verlangten, als ich anscheinend nachweisen könne; daß sie im Augenblick nicht über die finanziellen Mittel verfügten, mir ein Stipendium für die Zeit zu gewähren, die ich brauchen würde, um mein Italienisch zu vervollkommnen und meine Dissertation abzuschließen; und daß es vielleicht besser wäre, ich würde mich an die amerikanischen Stiftungen wenden. Der Monsignore gab mir ferner den Rat, es mit meinen Deutsch- und Englischkenntnissen doch an Universitäten in Westdeutschland und den englischsprachigen Ländern zu versuchen. Es sah nicht danach aus, als habe Italien irgendeine Verwendung für Signor Andrea Vajda mit seinen an der Universität Budapest abgelegten *Cum-laude*-Examina.
Als ich den Brief immer wieder las, hatte ich plötzlich das Verlangen, mir von Paola sagen zu lassen, ich hätte keinen Grund zur Klage, und in Sizilien seien Menschen am Verhungern. Außerdem

beschäftigte mich die Tatsache, daß es in den sechsunddreißig Jahren ihres Lebens noch keinem Mann gelungen war, zu ihr durchzudringen. War ich vielleicht derjenige, der das alles ändern konnte? Zu Hause in Budapest wären mir solche Ambitionen gar nicht erst in den Sinn gekommen. Als ich von meiner hoffnungslosen Liebe zu Ilona genesen war, hatte ich auch begriffen, daß es in dieser Welt wichtigere Hindernisse zu überwinden galt als eine schwierige Frau. Ich hatte angefangen, mein Studium ernst zu nehmen, und meinen Stolz darein gesetzt, ein guter Professor und, nach Möglichkeit, der Autor einiger lesenswerter philosophischer Aufsätze zu werden; und mein männliches Verlangen nach Aufregung, Konflikt und Gefahr befriedigte die Sicherheitspolizei. Von Frauen wollte ich, so sehr ich sie liebte, nichts anderes als aufrichtige Zuneigung, und mit der Zeit mied ich alle, deren Verhalten Komplikationen befürchten ließ. In Rom jedoch, wo für meine Mahlzeiten, meine Unterkunft und meine Langeweile gesorgt war und wo mir nur das ungewisse und ziellose Leben eines noch nicht abgefertigten Flüchtlings offenstand, bot mir Paola das Glück einer ständigen Herausforderung.

Wir verbrachten nun die meisten Abende miteinander – und manchmal auch die Nacht, in Paolas Wohnung. Mit ihr zusammenzusein, war wie das Leben auf einem Hochplateau. Die Luft war klar, aber dünner, man mußte seine Reaktionen verlangsamen, behutsam atmen, gelassen und vorsichtig sein und jede Aufregung vermeiden. Aus naheliegenden Gründen spielte die Konversation in unserem Verhältnis eine sehr wichtige Rolle.

Als ich es im Bett einmal auf eine Art versuchen wollte, die ihr seltsam vorkam, sprang Paola aus dem Bett und kam mit einem Stapel Bücher von und über Sartre wieder. »Ich habe nachgedacht«, sagte sie. »Es ist bestimmt deprimierend für dich, daß du hier nichts zu tun hast. Ich finde, es gibt keinen Grund, weiter mit deiner Dissertation zu warten, nur weil du noch nicht weißt, bei wem du sie einreichen wirst. Und ich kann dir helfen, an die Journale und Abhandlungen heranzukommen, die du brauchst.« Es war unmöglich zu übersehen, daß Paola mir die Bücher gebracht hatte, um einem Konflikt im Bett aus dem Weg zu gehen, aber das machte ihren Vorschlag nicht weniger reizvoll. Wir verbrachten den Rest des Abends über den Büchern, und am nächsten Tag fing ich an, mir Notizen zu *Sartres Theorie der Selbsttäuschung, angewandt auf seine eigene Philosophie* zu machen, zu der Arbeit also, für die mir die Universität von Toronto drei Jahre später den Doktorgrad verlieh. Sie wurde in der zweiten Nummer der Zeitschrift *The Canadian Philosophical Review* (Jahrgang I, Nummer 2, SS. 72–158) veröffentlicht und brachte mir die – wie auch immer geartete – Stellung, die ich heute in meinem Beruf einnehme. Jedenfalls wurde ich dank Paolas besonderer Art, unser persönlichstes Problem zu umgehen, mit einer Sache beschäftigt, die mir Spaß machte und die ich für nützlich hielt – was sehr viel zur Beruhigung meiner Nerven beitrug. Die nächtlichen Alpträume hörten auf, und ich fand langsam wieder ein Interesse an der Welt.

Doch der Reiz des Neuen, den mein seelisches Wohlbefinden hatte, war bald verflogen. Da ich nun nicht mehr nach Sex oder menschlicher Gesellschaft lechzte, vermißte ich zunehmend, was Paola mir nicht geben konnte, und ich verlor allmählich die Hoffnung, sie jemals ändern zu können. Anfangs ließen wir in ihrem Schlafzimmer immer die Lichter brennen, aber nach und nach gewöhnten wir uns an, alle Lichtschalter auszuknipsen, bevor wir einander berührten. Ihr lautes Stöhnen und Seufzen brachte mich ganz besonders in Rage. Da sie mich immer mehr mochte, wollte sie zeigen, daß sie das Zusammensein mit mir auf ihre Weise genoß, doch mit diesem Täuschungsmanöver erinnerte sie mich nur ständig daran, daß es ihr nichts bedeutete und daß sie sich die Mühe machte, mir etwas vorzuspielen. Es war mir bitter bewußt, daß ich im Bett ein Schmarotzer war, ein Sex-Schnorrer. Und das alles führte dazu, daß mich nichts anderes mehr interessierte als ihre widerspenstige Vagina, dieser nach Kiefern duftende Urquell unserer Mißlichkeiten. Oft versuchte ich, sie dort zu küssen, aber sie stieß mich jedesmal weg. Wenn ich auf sie einredete, überkam sie das große Elend.

»Ich war glücklich, solange ich unberührt war«, klagte sie einmal verbittert. »Ich war ein gutaussehendes, intelligentes Mädchen, und das genügte. Doch jetzt ist es immer wieder die gleiche Geschichte. Sieht sexy aus, die Frau, so recht was zum Vernaschen. Und wenn ihr dann die dauernde Belästigung so auf die Nerven geht, daß sie schließlich nachgibt: was für eine Enttäuschung! Ich wollte, ich wäre häßlich, dann würden mich alle in Ruhe lassen, und ich bräuchte mir keine Klagen anzuhören.«

»Wer beklagt sich denn? Red keinen Unsinn!«

»Du wolltest ein Essen aus der Dose, oder hast du das vergessen?«

Wir liebten uns danach auf normale Art und taten gleichzeitig so, als mache es uns Spaß. Vom Schweiß der Zerknirschung wurde unser Bett immer feuchter, und wir konnten nichts dagegen tun. Zuerst dachte ich, meine Versuche, ihr Lust zu bereiten, seien ihr willkommen, aber sie deutete sie als Eingeständnis meiner Verstimmung darüber, daß sie sich nicht selbst befriedigen konnte. Natürlich versuchte ich sie zu überzeugen, daß Sex mehr als nur Vergnügen – viel mehr, weiß Gott! – und daß es oberflächlich und idiotisch war, aus dem Orgasmus einen Fetisch zu machen. Sie stimmte mir zu. Doch was von der Gesellschaft als erstrebenswert gebilligt wird, wird auch zu einem moralischen Imperativ (ob es nun um das Seelenheil oder das leibliche Wohl geht), und wir können dann nicht ohne schlechtes Gewissen darauf verzichten. Paola konnte gar nicht anders, als sich ihrer Frigidität wegen schuldig zu fühlen, so wenig wie sie sich im Mittelalter in einer außerehelichen Beziehung hätte tugendhaft vorkommen können. Tatsächlich wünschte ich uns manchmal ins zwölfte Jahrhundert zurück, wo ihre Kälte der Stolz ihrer Tugendhaftigkeit gewesen wäre und wo sie sich nur wegen der Fleischeslust sündig gefühlt hätte, wohingegen sie nun dazu verdammt war, sich wegen ihrer quälenden Gehemmtheit schuldig zu fühlen. Und ich konnte nicht umhin, ihre Schuld zu teilen. Wäre sie jünger gewesen und noch nicht davon überzeugt, daß an ihrem Unglück nicht etwa ihr Liebhaber schuld war, hätten wir uns am Ende vielleicht gegenseitig erwürgt (selbst unter frigiden Frauen sind die älteren vorzuziehen), aber obwohl wir beide wußten, daß ich nicht der Urheber war, trug ich dennoch zu ihren Qualen bei. Und meine Versuche, sie zu lindern, machten alles nur noch schlimmer. Hätte ich andererseits die verzweifelte Erregung und Enttäuschung ihres Körpers ignoriert, hätte ich damit selbst die Bande einer elementaren Sympathie zwischen uns verleugnet. Wir verirrten uns in einer Wüste der Unmöglichkeiten.

Paola sagte, ich gäbe ihr dadurch, daß ich sie begehrte und so gern mit ihr zusammen sei, das Gefühl, eine richtige Frau zu sein, und bisweilen war sie die glückselige Mutter meines Vergnügens. Doch als Geliebte konnte sie ihre schwelenden Erwartungen, die nie zum lodernden Feuer wurden, nur in einem Zustand wachsamer Verzweiflung ertragen. Wenn alle sexuellen Probleme auf Hemmungen zurückzuführen wären, gäbe es nicht viele, doch ich hielt es anfangs für selbstverständlich, daß sich Paola aus reinem Schamgefühl weigerte, Liebesspiele mitzumachen, die ihr nicht vertraut waren. Ihr heftiger Widerstand hatte jedoch nichts mit Schüchternheit zu tun, sondern mit Angst. Angst stand im Blau ihrer Augen und hing über ihrem langen weißen Leib – die Angst vor falschen Hoffnungen und schlimmeren Niederlagen.

Ein zärtlicher Blick genügte, und schon war Paola auf der Hut. Sie hatte einen Horror davor, sich hinreißen zu lassen oder auch nur zu vergessen, daß ihr das gar nicht passieren konnte. An einem milden Abend Ende März saßen wir in einem Straßencafé und betrachteten die vorbeiströmende Menge in ihrer prächtigen Vielfalt, und da Paola entspannt und fröhlich schien, begann ich ihr Augen zu machen, als wäre sie eine fremde Frau mit der ich anbändeln wollte. Sie zog die Brauen hoch und wandte sich ab.

»Dein Problem ist, daß du dich selber zu sehr liebst.«

»Wie willst du denn andere lieben, wenn du nicht mal dich selber liebst?«

»Warum sollte ich mich lieben?« fragte sie mit ihrer beiläufigen und deprimierenden Objektivität. »Warum sollten wir andere lieben?«

Daß sie körperlich unbefriedigt blieb, hätten wir vielleicht ertragen können, aber die metaphysischen Folgen rissen eine Kluft zwischen uns auf. Sie machten es schwierig – ja, lange Zeit unmöglich –, meine optimistische Einschätzung auf die Probe zu stellen und zu beweisen, daß es eine einfache Möglichkeit gab, uns von den Nachwirkungen zu befreien, die das nasse Handtuch ihres Mannes hinterlassen hatte.

An einem Samstagvormittag weckte mich die Hitze. Durch die gekrümmten Fensterscheiben und die hauchdünnen weißen Gardinen schien mir die Sonne in die Augen, und wir hatten bestimmt schon dreißig Grad im Zimmer. Im Laufe der Nacht hatten wir Bettdecke und Leintuch abgeworfen, und Paola lag, lautlos atmend, mit angezogenen Beinen auf dem Rücken. Nie erscheinen wir so sehr unserem Körper ausgeliefert, so sehr in der Gewalt unserer bewußtlosen Zellen, wie wenn wir schlafen. Mit klopfendem Herzen faßte ich den Entschluß, diesmal alles zu riskieren. Langsam drückte ich ihr die Beine auseinander – wie ein Dieb, der Äste zur Seite biegt, um sich in einen Garten zu stehlen. Hinter dem Büschel aus blondem Gras sah ich die dunkelrote Knospe, deren zwei lange Blütenblätter leicht geöffnet waren, als spürten auch sie die Hitze. Sie waren ganz besonders hübsch, und meine alte Begehrlichkeit erwachte. Bald schmeckte ich die Willkommenströpfchen, obwohl Paolas Körper unbewegt blieb. Inzwischen mußte sie wach sein, aber sie stellte sich schlafend; sie blieb in jenem traumhaften Zustand, in dem wir uns allen Verpflichtungen dadurch zu entziehen suchen, daß wir von vornherein jede Verantwortung für Sieg oder Niederlage ablehnen. Zehn Minuten oder eine halbe Stunde später (die Zeit hatte sich im Kieferndut verflüchtigt) fing Paolas Bauch an, sich zusammenzuziehen und wieder zu dehnen, bis sie schließlich zitternd jenes Elixier verströmte, ohne das Liebende selbst in einer flüchtigen Affäre nicht auskommen. Als der Becher überlief, zog sie mich an den Armen nach oben, und endlich konnte ich reinen Gewissens in sie eindringen.

»Jetzt kommst du dir wohl gut vor«, waren ihre ersten Worte, als sie ihre kritischen blauen Augen wieder in der Gewalt hatte.

Wir hatten einen gemeinsamen Freund: einen ungarisch-italienischen Maler, Signor Bihari, einen großen, auffallend gut gekleideten Sechziger. Er trug immer einen eleganten, von ihm selbst entworfenen Krawattenschal und pflegte jedermann zu versichern, sein größter Ehrgeiz im Leben sei es, so jung zu bleiben wie Picasso. Er hatte seine Laufbahn als Reporter in Budapest angefangen, aber 1924 hatte ihn seine Zeitung für zwei Wochen nach Paris geschickt und seither war er nicht mehr in Ungarn gewesen. Er hatte eine Französin zur Frau, die er immer in den Albergo Balestrazzi mitschleppte, damit sie wenigstens ungarische Gespräche hören und feststellen konnte, wie die Muttersprache ihres Mannes klang. Dort stand sie dann verwirrt neben ihm, während er sich mit den Flüchtlingen unterhielt. Signor Bihari kannte nicht nur Paola, sondern auch den Redakteur, der so freundlich zu ihr gewesen war, und auf diesem Wege erfuhr ich, daß Paola mit dem Mann Schluß gemacht und ihm gesagt hatte, sie habe sich in einen jungen ungarischen Flüchtling verliebt.
Ich fragte Paola, ob sie das so gesagt habe, neugierig, ob sie ein so warmherziges Geständnis aufrechterhalten würde.
»Das glaubst du ja wohl nicht im Ernst«, sagte Paola. »Ich wollte den Mann im guten loswerden, und das schaffst du nicht, wenn du die Wahrheit sagst.«
»Und was ist die Wahrheit?«
Wir waren in der Küche, wo sie uns etwas zu essen kochte; sie trug nur einen Büstenhalter und einen leichten Rock, denn es war schon Sommer. Ich saß, von köstlichen Düften umgeben, am Küchentisch und beobachtete ihre Bewegungen, und der Appetit, der sich in mir regte, galt nicht nur dem Essen.
»Also gut«, sagte sie, und ihre Aufmerksamkeit galt weiterhin den dampfenden Töpfen und Pfannen, »die Wahrheit ist, daß ich in zehn Jahren oder so mit der Arbeit aufhören und mich nach Ravenna in unser altes Haus zurückziehen werde. Meine Eltern werden dann wahrscheinlich tot sein, und ich werde dort mit einer alten Magd zusammenleben. Unsere Nasen werden vermutlich mit jedem Winter spitzer werden.«

»Vielleicht unterrichte ich dann in Ravenna.«
»Es gibt so viele Philosophieprofessoren in Italien, daß du die Adria mit ihnen füllen kannst. Du wirst früher oder später in ein anderes Land auswandern. Und das ist wohl auch besser so, denn mir bleibt dadurch die unangenehme Erfahrung erspart, eines Tages noch mitansehen zu müssen, wie du dich mit mir langweilst.«
Ihre Voraussage, daß ich mich eines Tages mit ihr langweilen würde, schien höchst unwahrscheinlich. Wir hatten nun ein so entspanntes Verhätlnis, wie ich es mit kaum einer Frau je erlebt hatte, ich mußte immer wieder an die schlechten Erfahrungen mit all den anderen denken; ich erinnerte mich an die beklemmenden Augenblicke, in denen ich in Gedanken historische Daten aufsagte, während wir uns liebten, nur um mich mit Rücksicht auf die Geliebte in meiner Lust zu bremsen. Bei Paola hatte ich keine Veranlassung, meine Reaktion zu zügeln. Sie nahm mich immer erst in sich auf, wenn sie schon bebte und überströmte – was sie von Mal zu Mal irgendwie noch begehrenswerter machte, anstatt umgekehrt. Doch darin, daß ich Italien verlassen mußte, hatte sie recht. Ich fand nirgends eine Stelle, und der Albergo Ballestrazzi sollte nach dem fünfzehnten August wieder mit zahlenden Gästen belegt werden. Nun hatte aber Signor Bihari im kanadischen Konsulat einen Freund, der seinerseits wieder Freunde an der Universität von Toronto hatte, und so nutzte ich die Gelegenheit, nach Kanada auszuwandern.
Am 16. August begleitete mich Paola zum Flughafen. Wir saßen auf den hinteren Sitzen eines schaukelnden uralten Taxis, und da ich düster und stumm vor mich hinsah, zog sie mich an den Haaren.
»Es macht dir nichts aus, mich zu verlassen«, sagte sie vorwurfsvoll, »du hast nur Angst davor, nach Kanada zu gehen.«
»Es ist beides«, gab ich zu und fing an zu weinen – was meiner unsentimentalen Geliebten die Trennung bestimmt leichter machte.
Als wir uns am Flugsteig verabschiedet hatten, wandte sich Paola

zum Gehen, doch dann kam sie zurück und umarmte mich noch einmal.

»Keine Sorge, Andrea«, sagte sie und wiederholte mit einem ernsten Lächeln unseren privaten Scherz, »alle Wege führen nach Rom.«

15
VON DEN GEALTERTEN TEENAGERN

Sex auf dem Mond.
Norman Mailer

Wir haben in der modernen Welt eine neue Einsamkeit: die Einsamkeit des Tempos. Es ist so leicht, in ein Flugzeug zu steigen und irgendwo hinzufliegen, wo man keinen Menschen kennt. Ich habe keine Verwandten in Ann Arbor: Ich weiß nur von Verwandten in London, Frankfurt, Mailand, Paris, Lyon und Sydney. Die Schwester meines Vaters, Tante Alice, inzwischen eine alte Dame, baut in der Nähe von Freiburg Erdbeeren an. Eine Nichte von mir, die nach Barcelona ging und dort einen spanischen Ingenieur heiratete, ist mit ihrem Mann nach Caracas emigriert. Eine amerikanische Cousine, mit einem schwarzen Vater, ist – oder war, als ich das letzte Mal von ihr hörte – Museumsdirektorin in Cleveland. Ich habe einen Onkel, der in Kap Kennedy im Raumfahrtzentrum gearbeitet und sich dann in New York zur Ruhe gesetzt hat, wo er an der Upper West Side lebt. Ich selber bin von Rom nach Toronto gekommen – für immer, wie ich damals dachte –, und jetzt bin ich hier in Michigan. Der typische Kleinstadt-Amerikaner, der sich oft nach dem Großstadtleben Torontos sehnt.
Ich erinnere mich noch, wie mir die Ohren dröhnten, als ich auf dem Beton eines neuen Kontinents vom Flugzeug wegging, mit einem Gefühl, als wäre mir das Blut eingetrocknet. Ein fetter Beamter in Uniform gab mir eine blaue Karte mit meinem Namen und der Bestätigung meiner neuen Existenz: *Immigrant*. Er gab mir auch eine Fünfdollarnote, als »Begrüßungsgeld«, wie er mir erklärte, und ließ mich eine Quittung unterschreiben. Dann gab er mir mit einer Handbewegung zu verstehen, ich könne gehen, wohin ich wolle. Am liebsten wäre ich geradewegs nach Europa zurückgegangen, aber da ich nur die Quittung für mein einfaches

Ticket und, das Begrüßungsgeld mitgerechnet, keine hundert Dollar in der Tasche hatte, schleppte ich meine drei Koffer aus dem schmutzigen, heruntergekommenen Flughafengebäude. Nach einem flüchtigen Blick auf die unermeßliche, leere, fremdartige Landschaft versuchte ich, aus meinem eigenen riesigen Schatten, den die Sonne vor mir auf die Erde warf, Kraft zu schöpfen. In ein paar Kilometern Entfernung hing eine gewaltige feindselige Wolke aus braunem Smog in der Luft und signalisierte die Nähe der Stadt, in der ich nun leben sollte.
Mein Taxifahrer war ein massiger Mann mit breitem, plattem Gesicht und glanzlosen Augen, der nicht gerade zum Plaudern ermutigte. Aber da ich sonst niemanden kannte, erzählte ich ihm, daß ich gerade in Kanada angekommen war und ein billiges Zimmer im Universitätsviertel suchte. Glücklicherweise war er Österreicher, und als er hörte, daß ich aus Ungarn kam und Salzburg gut kannte, wurde er freundlich und versprach mir zu helfen. Mit einem Blick in den Rückspiegel bemerkte er, daß ich dem Alter nach sein Sohn hätte sein können. Er wies mich darauf hin, daß es in Toronto keine Kaffeehäuser gebe und daß ich möglichst schnell eine Freundin finden solle, da Prostituierte teuer seien. Als wir auf dem Queen Elizabeth Way stadteinwärts fuhren, erst zwischen hohen Pappeln und dichtbewachsenen Böschungen und dann am Ufer des Ontariosees, kam mir die Landschaft ganz angenehm vor, so ähnlich wie die Gegend um den Plattensee. Aber der Österreicher beteuerte, daß das Land hier mit ganz anderen Charakteren bevölkert sei als meine Heimat.
»Die Eingeborenen sind Menschen wie andere auch, aber das lassen sie sich nur anmerken, wenn sie betrunken sind. Und dann kippen sie im Taxi um und rutschen vom Sitz, oder sie kommen auf die schlaue Idee, einen auszurauben. Manchmal wünsche ich mir, ich wäre Kutscher in Wien, zur Zeit des alten Franz Joseph.« Es folgte eine kurze Pause zu Ehren des verflossenen Österreichisch-Ungarischen Reiches, an das wir uns beide unmöglich erinnern konnten. »Kanadier lieben zuallererst das Geld, und dagegen ist nichts zu sagen«, fuhr er fort, »doch dann kommt der

Schnaps, dann Fernsehen, Eishockey, dann das Essen. Sex steht weit unten auf der Liste. Wo sich unsereiner ein Mädchen schnappen würde, schnappt sich der Kanadier das nächste Glas. Hier wimmelt es von fetten Männern und unglücklichen Frauen.« Er sei aber selber ein Schwergewicht, bemerkte ich. »Na ja«, räumte er vielsagend ein, »wenn Sie erst so viele Jahre hier verbracht haben wie ich, werden Sie auch anders aussehen.«

Wir parkten in der Huron Street, einem schmalen, von Bäumen gesäumten Sträßchen mit heruntergekommenen, mit Türmchen versehenen, dunkelroten Backsteinhäusern im viktorianischen Stil, die in Pensionen umgewandelt worden waren; wir gingen von Tür zu Tür und erkundigten uns nach den Mieten. Der Österreicher legte sich mit einem halben Dutzend Wirtinnen wegen ihrer unverschämten Preise an, ehe er mir bei einer Mansarde zuriet. Sie hatte eine niedrige, schräge Decke, eine lebhaft gemusterte Tapete und einen Linoleumboden, aber mir lag sehr daran, mich irgendwo einzurichten, und sei es nur vorübergehend. Wir gingen zum Wagen zurück, um mein Gepäck zu holen, und ich bedankte mich bei ihm für seine unerklärliche Freundlichkeit. »Morgen würde ich mich nicht mit Ihnen abgeben«, sagte er und unterstrich seine Worte mit erhobenen Händen, »aber ich kann doch einen Mann nicht stehenlassen, der den ersten Tag in Kanada ist. Ich bin auch allein hier angekommen – 51, mitten im Winter! Den ersten Tag vergißt man nie, glauben Sie mir. Da ist's am schlimmsten.« Er nahm den Fahrpreis, wollte aber von einem Trinkgeld nichts wissen, und wir verabschiedeten uns mit einem herzlichen Handedruck.

Drei Jahre später sah ich ihn wieder: er hatte das Taxifahren aufgegeben und in der Yonge Street das Wiener Strudelhaus aufgemacht. Offenbar ging das Geschäft gut, denn als ich ihn das letztemal sah, erzählte er mir, er sei gerade von einem Urlaub in Japan zurückgekommen. Dieses Wiedersehen mit dem erfolgreichen kleinen Geschäftsmann und Weltreisenden, der immer noch Übergewicht hatte und den sein neuer Wohlstand verdroß, machte ihn in meinen Augen zu einem fast mystischen Wegweiser in diesen Kontinent der Einwanderer.

Die Dinge, vor denen er mich warnte, die Dinge, die ich heute so wenig mag wie am Tag meiner Ankunft – Trinkgelage, Eishockey, Fernsehen –, spielen in den Vereinigten Staaten eine ebenso wichtige Rolle wie in Kanada, aber das gilt auch für die Bereitschaft, einem Fremden eine Chance zu geben. Dank Signor Biharis Freund im Konsulat in Rom lernte ich eine Reihe von maßgeblichen Universitätsleuten kennen, die sich darauf zu freuen schienen, mir helfen zu können. Sie besorgten mir für das erste Jahr eine Stelle an einer Knabenschule und verhalfen mir dann zu einem Lehrauftrag an der Universität von Toronto. Nach fünf Jahren wechselte ich dann an die Universität von Michigan in Ann Arbor, wo ich bis heute geblieben bin – auch wenn ich mit dem Gedanken spiele, mich um einen Posten an der Columbia-Universität zu bewerben. Ich habe den Verdacht, daß es für manche Menschen – wenn sie erst die Schauplätze ihrer Kindheit verlassen haben – unmöglich ist, für immer an einem Ort zu bleiben; oder es könnte sein, daß ich mich auf diesem Kontinent, auch wenn ich noch so lange bleibe, nie ganz zu Hause fühlen werde und deshalb immer wieder den Wunsch verspüre, weiterzuziehen.

Wie sehr wünschte ich, ich lebte in einer Stadt, wo die Straßen und Plätze nach großen Männern benannt sind und nicht nach Bauunternehmern, Bürgermeistern oder Bäumen! Warum können wir nicht Städte bauen, die an jeder Ecke einem Genie huldigen? Wie sollen Kinder zu zivilisierten Bürgern heranwachsen, wenn sie einander nie über die Cervantes-Straße, den Dante-Platz oder die Dürer-Allee gejagt haben? Wie sollen die Menschen nach etwas anderem als Geld streben, wenn nichts in ihrer Umgebung sie an die Unsterblichen erinnert, deren Werke in keiner Inflation ihren Wert verlieren? Ich schrieb Leserbriefe an Zeitungen im ganzen Land und schlug unter anderem vor, M-Straßen nach Molière, Mozart oder Mark Twain umzubenennen. Das alles gehört zwar nicht in den Rahmen dieser Memoiren, aber die Tatsache, daß ich mich nach all den Jahren immer noch nicht an die Neue Welt gewöhnt habe, läßt doch darauf schließen, daß ich

damals bei meiner Ankunft aus Rom ein außerordentlich verwirrter junger Mann gewesen sein muß.
Zuweilen, besonders während meiner ersten zwei Jahre in Toronto, schien es so, als sei ich nur über den Atlantik gekommen, um meinen bis dahin so hochgehaltenen Glauben an ältere Frauen zu verlieren. Und auf die Gefahr hin, meine eigenen Argumente zu schwächen, muß ich zugeben, daß bei manchen Frauen die Jahre ihre Spuren nur im Gesicht hinterlassen, nicht aber im Gehirn oder im Charakter. Ja, es sieht ganz so aus, als würden dumme Mädchen mit den Jahren noch alberner. Sie werden von Eitelkeit und Habsucht verzehrt – möglicherweise der Grund, weshalb sie mich in meiner Studentenzeit verschonten, als ich jung und arm war. Bei den wenigen Gelegenheiten damals in Budapest, bei denen ich ihre Aufmerksamkeit auf mich lenkte, erkannte ich sie rechtzeitig und konnte ihnen entkommen. Aber das Wissen, daß ich mich von Frauen, die für den Genossen Stalin oder für Zigeunermusik schwärmten, fernhalten sollte, schützte mich nur unzureichend vor ähnlich verbogenen Charakteren in Nordamerika. Es dauerte seine Zeit, bis ich begriffen hatte, daß es besser war, Frauen zu meiden, die bei der Erwähnung einer Weltfirma respektvoll errötend den Blick senken, Werbeliedchen für Waschmittel trällern, mit offenen Augen küssen und sich etwas darauf einbilden, praktisch veranlagt zu sein. Solche Frauen sind oft gefährlich und immer eine Qual, und ich ärgere mich heute noch über mein Pech, einer von ihnen gleich an meinem zweiten Tag in der Neuen Welt begegnet zu sein, zu einer Zeit, als schon die harmloseste Kleinigkeit ausreichte, um mich in der fremden neuen Umgebung zu deprimieren.
Sie begegnete mir, durchaus angemessen, inmitten von Filmzeitschriften, Fernsehillustrierten, Milchshakes, Zahnpasta aller Sorten, Arzneien, Kameras, Scheren, Papiertaschentüchern und allerlei Sonderangeboten in einem Drugstore an der Bloor Street. Der Laden, zu dem auch eine Imbißtheke gehörte, lag nur wenige Häuser von meiner Pension entfernt, und ich war zu einem frühen Abendessen hingegangen, weil ich mich nicht weiter als unbe-

dingt erforderlich in die Stadt vorwagen wollte. Nach dem Essen trank ich noch ein Glas Milch, und dabei merkte ich, daß sie mich anlächelte. Ich habe wohl noch nie ein Lächeln oder einen freundlichen Blick so nötig gehabt wie in diesem Augenblick. Völlig allein wie auf einem fremden Planeten, ohne eine Menschenseele, mit der ich auch nur ein bißchen hätte plaudern können, voll panischer Angst bei der Vorstellung, allein in meine schäbige Dachkammer zurückkehren zu müssen, wurde ich plötzlich auf die Erde zurückgeholt, zurück in den Sonnenschein. Die Frau war etwa fünfunddreißig, hatte kurze, lockige kastanienbraune Haare, einen schweren Mund und eine rundliche, aber recht gute Figur, und sie lächelte, sah mir in die Augen und machte kein Hehl daraus, daß ich ihr gefiel. Ich hatte nicht mehr das Gefühl, daß mich von meiner Heimat Tausende von Meilen trennten.

Als ich aufstand, um zu zahlen, ging sie hinaus, schlenderte vor der Tür auf und ab und beobachtete mich durch die Glasscheibe. Ich hoffte, sie wäre eine einsame geschiedene Frau, die sich ebensosehr nach Liebe sehnte wie ich, und ich sah uns schon aneinandergekuschelt die Nacht zusammen verbringen. Als ich aus dem Laden trat, war sie nur ein paar Schritte vor mir. »Verzeihen Sie, daß ich Sie anspreche, ohne Ihnen vorgestellt worden zu sein«, sagte ich und schloß zu ihr auf, »aber ich würde Sie gern kennenlernen.«

»Verschwinden Sie!« herrschte sie mich mit vor Entrüstung bebender Stimme an und ging schneller.

Ich hielt Schritt mit ihr, mehr von der Einsamkeit als vom Verlangen getrieben. »Ich heiße András«, sagte ich. »Und Sie?«

»Lassen Sie mich in Ruhe, oder ich rufe die Polizei!«

Eine alte Frau, die vorbeikam, hörte sie und musterte mich mit einem gehässigen Blick. Ich blieb einen Moment stehen, doch dann dachte ich daran, wie sie mir im Drugstore zugelächelt hatte, und lief hinter ihr her, nur um mir eine neue Drohung anzuhören.

»Wenn Sie mich weiter belästigen, schreie ich um Hilfe. Was sind Sie eigentlich für einer, ein Frauenschänder?«

Ich gab es auf und sah ihr noch eine Weile nach. Sie drehte sich zweimal um, um zu sehen, ob ich ihr folgte, und beim zweitenmal lachte sie.

Ich war wütend, nicht so sehr, weil sie mich zum Narren gehalten hatte, sondern weil sie keinen vorstellbaren Grund dazu hatte, es sei denn reine, unpersönliche Bosheit. Gewiß, ich hatte junge Mädchen gekannt, die an solchen sadistischen Spielchen ihre Freude hatten, aber eine Frau, die mindestens fünfunddreißig war und sich wie ein frustrierter Teenager benahm, war eine neue Erfahrung für mich. Bei Dingen, die einen bösen Anfang nehmen, bin ich abergläubisch, und so erfüllte mich dieser Vorfall mit schlimmen Ahnungen in bezug auf die erotischen Sitten kanadischer Frauen.

Tatsächlich benahmen sich einige von denen, die ich ins Bett locken konnte, noch absonderlicher. Da war zum Beispiel eine zweiunddreißigjährige Bibliothekarin, die keine halbe Stunde, nachdem wir uns auf einer Party kennengelernt hatten, die Beine für mich breit machte und mir binnen einer Stunde mit einem Heiratsantrag kam. Dann hielt sie mir einen Vortrag über meine neuen Verpflichtungen als ihr künftiger Mann. Es sei meine Pflicht, ihr ein sorgenfreies Dasein zu bieten, solange ich lebte und darüber hinaus – mit anderen Worten, ich müsse eine Lebensversicherung abschließen. Nach nicht einmal zwei Stunden – so rasch kann kein Handelsvertreter einen betrügerischen Vertrag aufsetzen – war diese seltsame Kreatur bereit, mich zu heiraten und unter die Erde zu bringen. Sie kam sich dabei sehr praktisch vor und ließ mich erst in Ruhe, als ich ihr erklärte, ich gehöre einem Stamm an, der dem toten Mann die lebendige Witwe mit ins Grab legen würde.

Damals grübelte ich ziemlich viel über die nüchterne Beziehung zwischen den Geschlechtern, die Distanz, die in den meisten Fällen sogar zwischen Ehepartnern zu existieren schien. Es war bezeichnend, dachte ich, daß es in den meisten Badezimmern keine Bidets gab. Niemand vermißte sie. »Wenn wir uns hier kennengelernt hätten«, schrieb ich an Paola, »hättest du dich nie von mir herumkriegen lassen.«

Ich verbrachte viel Zeit mit dem Schreiben von Briefen, größtenteils an meine Mutter und an Paola, und ihre Antworten waren mir die liebsten Besucher.
Meine unerfreulichen, wenn auch glücklicherweise kurzen Affären in Toronto waren bloße Vorgeplänkel zu meiner Begegnung mit Ann, einer erbarmungslos irrationalen Frau, die auf mein Leben großen Einfluß ausübte – eine Episode, die zu beweisen scheint, daß Leiden der beste Lehrmeister ist. Wir hatten zwei mißratene Affären, mit Jahren dazwischen, die ihre Persönlichkeit stark veränderten, ohne jedoch an ihrer Begabung für das Widersinnige etwas zu ändern. Ich sah sie zum erstenmal auf der Konferenz am Couchichingsee, die ich in diesem Sommer besuchte, um einige meiner künftigen Kollegen an der Universität besser kennenzulernen.
Der Couchiching ist einer der in die Tausende gehenden Seen, die die nicht industrialisierten Regionen im nördlichen Ontario immer noch wild und schön erscheinen lassen, trotz der alljährlichen motorisierten Invasion aus den Städten. Auf einer großen Fläche direkt am Ufer, umgeben von dichten Wäldern, befindet sich ein Ferienlager des Christlichen Vereins Junger Männer, das jeden Sommer einer zehntägigen Konferenz zu den großen Themen des Landes und der Welt überlassen wird. Von den Küsten des Atlantik und des Pazifik strömen drei- bis vierhundert Kanadier nach Couchiching: Professoren, Zeitungsleute, Lehrer an höheren Schulen, Fernsehkommentatoren, Bibliothekare, kommunalpolitisch interessierte Hausfrauen, sogar ein paar untypische Politiker – kurz, alle möglichen Menschen, die sich *engagieren* und die den größten Teil ihres Lebens in irgendwelchen Gebäuden verbringen. Solche Sommerkonferenzen zwischen Wald und Wasser und unter freiem Himmel sind bei nordamerikanischen Intellektuellen sehr beliebt, und das zurecht, denn über das Gleichgewicht des Schreckens, die Automatisierung und die Bevölkerungsexplosion diskutiert es sich in kurzen Hosen und an der frischen Luft viel ergiebiger als im beengenden Anzug und in stickigen Hörsälen. Außerdem muß man nicht bei jedem Vortrag und jeder Diskus-

sion dabeisein. Man kann zwischendurch im See schwimmen, sich am Landesteg in die Sonne legen oder einfach barfuß durch das herrlich stachelige Gras gehen. Menschen, die elf Monate im Jahr ehrbar und vernünftig sein müssen, können hier auf den Boden spucken, laut hinausbrüllen und auf das Echo warten, sich in aller Öffentlichkeit am Bauch kratzen – während sich Verheirateten die zusätzliche Möglichkeit bietet, die muffige Luft des ehelichen Schlafzimmers aus den Lungen zu befördern. Wer nichts Besseres zu tun hat, begibt sich natürlich in den Konferenzsaal, aber nach meiner persönlichen Berechnung (die nicht genau stimmen muß) wird während der Diskussion eines einzigen Aspektes einer Weltkrise ein halbes dutzendmal die Ehe gebrochen.

Es wäre allerdings eine Täuschung, wollte man für Kanadas Intellektuellengemeinde eine außergewöhnliche Vitalität und Kultiviertheit geltend machen. Ich war zusammen mit fünf anderen Junggesellen untergebracht, und es gab mehrere Abende, an denen alle fünf in der Hütte blieben und tranken. Es waren alles Akademiker, darunter zwei Professoren, doch während es im Wald und am Seeufer von umherstreifenden Mädchen und einsamen Ehefrauen wimmelte, blieben diese angeblich intelligenten, aufgeweckten, gesunden jungen Männer freiwillig auf ihren Betten sitzen, hielten sich an der Flasche fest und tauschten geistlose schmutzige Witze aus, als wären sie in die Hütte eingesperrt. Obwohl ich mich an die Warnung des freundlichen Taxifahrers erinnerte, der mir ja gesagt hatte, daß die kanadischen Männer die Flasche allen anderen Vergnügungen vorzögen, war für mich der Anblick dieser jungen Männer, die trinkend solche prächtigen Gelegenheiten verstreichen ließen, vollkommen unfaßlich. Wenn ich sie verließ, um mein Glück in der Nacht zu versuchen, lachten sie über mich und nannten mich mit gutmütiger Verachtung den »verrückten Abstinenzler«.

An der Konferenz nahm auch Guy MacDonald teil, ein Journalist, der für eine große Tageszeitung über die Diskussionen berichten wollte, obwohl er normalerweise die nicht namentlich gezeichneten Leitartikel verfaßte. Er war klein und mager, hatte

O-Beine, schütteres Haar und einen Sonnenbrand auf der großen Nase und trug eine altmodische Nickelbrille, die seinem unansehnlichen Äußeren so etwas wie eine würdevolle Einheitlichkeit verlieh. Dabei hatte er eine hübsche Frau, eine jener blühenden englischen Schönheiten, deren Haare und Teint die Farbtöne einer Blondine mit denen eines Rotschopfs verbinden – allenthalben sanfte Farben und Konturen, zum Bersten voll von Spannungen. Sie hatten ihre beiden Töchter mitgebracht, die unglücklicherweise die Statur ihres Vaters geerbt hatten. Das ältere Mädchen erzählte mir, sie sei neuneinhalb, also mußten die MacDonalds mindestens zehn Jahre verheiratet sein, doch Guy MacDonald war immer noch darauf bedacht, seiner Frau zu gefallen, und brachte das Gespräch auf sie, wenn sie anwesend war. Sie horchte dann mit einer Miene zu, die auszudrücken schien: *Ich habe mehr drauf als mein Mann.* Als wir einmal morgens am Bootssteg saßen, den Rücken der Sonne zugekehrt und die Füße im Wasser, erzählte er mir, er sei in Ottawa geboren worden, während Ann aus Victoria in Britisch Kolumbien stamme. Die Tatsache, daß sie sich trotz der riesigen Entfernung, die sie bei ihrer Geburt trennte, kennengelernt und geheiratet hatten, fand er ungewöhnlich und wunderbar.
»Sie müssen nämlich wissen«, sagte er und drehte sich ein wenig, um seiner Frau das Knie zu tätscheln, wobei er mit einer langen, langsamen Geste den Arm ausstreckte, als greife er über die Tausende von Meilen hinweg, über all die Wälder, die Prärien, die Seen, die Berge, »Ann kommt von der Westküste – sie ist in Victoria aufgewachsen.« Ann reagierte auf seine Bemerkung und seine Berührung mit einem gequälten Seufzer – nicht plump und auffällig, aber wahrnehmbar.
»Ich weiß, es ist unfair, aber ich kann Guy nicht verzeihen, daß die Mädchen in ihrem Aussehen ihm nachschlagen«, sagte sie einmal zu mir, als ich sie allein am Bootssteg traf, wo sie auf ihre im Wasser planschenden Mädchen aufpaßte.
Eines Abends hatte ich zu später Stunde eine Verabredung mit einem Mädchen, und als ich mich durch das verdunkelte Lager

tastete, kam ich an der Hütte der MacDonalds vorbei. Ann saß auf der Türschwelle und rief wie ein Wachposten: »Halt, wer da?«
»Hallo! Ich bin's, Andrew Vajda.«
»Wo wollen Sie denn noch hin?«
Im Dunkeln gegen die Stille anzubrüllen, behagt mir gar nicht, und so ging ich zu ihr hin. »Ich treffe mich mit jemandem.«
»Wie schön für Sie«, sagte sie gereizt. »Ich treffe mich mit niemandem. Die Mädchen schlafen, und Guy spielt irgendwo Bridge. Ich hab nichts zu tun, sitze nur rum und zähle die Sterne.«
»Hier brauchen Sie sich wegen der Kinder keine Sorgen zu machen – gehen Sie ihm doch nach.«
»Warum sollte ich? Ich bin froh, wenn ich zur Abwechslung mal allein bin.« Ihre Stimme klang feindselig, als wolle sie auch mich loswerden. Doch mit einem drängenden Tremolo, das ihre Verfügbarkeit einzugestehen schien, fügte sie gleich hinzu: »Setzen Sie sich doch zu mir, wir könnten uns den Himmel zusammen ansehen.« Ich hatte nie zuvor eine Frau gekannt, deren Stimmungen so abrupt wechselten: sie redete oft in ein und demselben Satz mit einem drastisch veränderten Tonfall. Sogar im belanglosesten Gespräch am Bootssteg flatterte Anns Stimme wie eine Fahne in widrigen Winden, als tobte in ihrer Seele ein Unwetter.
Kaum hatte sie mich dazu gereizt, an ihrer Seite Platz zu nehmen, als sie mich tugendstreng gleich wieder abschreckte: *»Ich lasse Männer nie über meine Türschwelle«*, sagte sie mit Nachdruck, »kommen Sie also ja nicht auf dumme Gedanken.«
»Ich würde Ihnen ja gerne Gesellschaft leisten, aber ich komme zu spät zu meiner Verabredung.«
»Ja wenn das so ist . . . Helfen Sie mir aber hoch, ja? Mir sind vom langen Sitzen die Beine eingeschlafen.«
Ich half ihr hoch, und sie zog mich zu sich heran und legte meine Hände fest auf ihre Hinterbacken. Ich spürte, wie sie sich unter dem dünnen Sommerrock bewegten, und ich konnte nicht widerstehen, obwohl ich wußte, daß ein nettes, gescheites Mädchen auf mich wartete, mit dem der Abend weit angenehmer werden

würde als mit dieser sprunghaften Hausfrau. Wie unter einem Zwang unterwarf ich mich der unmittelbaren Sinnesempfindung. Sobald der elektrische Kontakt von Haut zu Haut hergestellt war (in der Dunkelheit, erfüllt vom schwachen, aber unwiderstehlichen Geruch des Sees), begehrte ich Ann, wie wenn ich noch nie im Leben eine Frau angerührt hätte. Ich zog sie von der Hütte weg und suchte nach einem weichen grasbewachsenen Plätzchen hinter irgendeinem Gebüsch; zuerst kicherte sie vergnügt hinter mir, doch dann blieb sie stehen und zog in die Gegenrichtung.

»Warte, Andy«, sagte sie unglücklich.

»Warum denn, ist irgendwas?«

»Ich weiß nicht ... Es ist ja nur, weil ich meinen Mann liebe, irgendwie.«

»Gott bewahre mich davor, eine gute Ehe zu ruinieren!« sagte ich und ließ rasch ihre Hand los. Seit meiner denkwürdigen Nacht mit der überhitzten Jungfrau Mici, bin ich immun gegen Frauen, die zugleich wollen und nicht wollen.

»Nicht daß ich sonderlich in ihn verliebt wäre«, sagte sie noch unglücklicher, »aber weißt du, ich bin ihm noch nie untreu gewesen.«

»Dann solltest du nicht heute damit anfangen.«

»Wie redest du denn, das geht doch nicht«, protestierte sie, ehrlich entrüstet. »Ich denke, du willst mich verführen.«

»Da muß dich jemand falsch informiert haben, Ann. Wenn ich dich erst überzeugen muß, dann lohnt es sich für mich nicht, glaub mir.«

»Und ich dachte, ihr Europäer wärt Helden im Krieg der Geschlechter!«

»Ich bin Pazifist.«

So zerredeten wir die Gefühle, die wir anfangs vielleicht noch gehabt hatten, und sie war erst bereit, sich ins Gras zu legen, als wir uns schon langweilten und eigentlich nichts mehr voneinander wissen wollten. Es war eine lange Plackerei für ein kurzes Vergnügen. Ich war gerade erst in sie eingedrungen, als wir in der Ferne Guy MacDonalds Stimme hörten.

»Ann – Ann? Bist du hier irgendwo? Ann?«
Ich versuchte weiterzumachen, überzeugt, daß er uns nicht finden konnte, aber Ann stieß mich mit der Kraft einer Tigerin weg. Sie stand auf und bürstete Rock und Bluse ab, und als sie mich fragend anblickte, zupfte ich ihr ein paar Blätter aus den Haaren. Betont lässig schlug sie die Richtung zum Weg ein und rief mit ruhiger Stimme: »Ich komme. Ich hab nur einen kleinen Spaziergang gemacht.«
Ich wartete, bis sie in ihrer Hütte verschwunden waren, und rannte dann los; ich hoffte nur, das Mädchen, mit dem ich verabredet war, werde noch auf mich warten, aber die Hoffnung trog.
Am nächsten Morgen ging ich in den Konferenzsaal und bekam zwei deprimierende Vorträge über eine Zukunft zu hören, in der Menschen für ihren Lebensunterhalt nicht mehr arbeiten müßten und sich ausschließlich ihren Freizeitbeschäftigungen widmen könnten. Als ich nach dem Mittagessen in unser Junggesellenquartier zurückkam, empfingen mich die anderen mit anzüglich grinsenden Gesichtern. Mrs. MacDonald hatte nach mir gesucht.
»Jetzt wissen wir, wo Sie Ihre Abende verbringen!« sagte der große, feminin wirkende Politologe. »Sie ist sehr hübsch.« Nach einer dramatischen Pause fügte er hinzu: »Die war richtig scharf darauf, Sie zu finden. Ich wette eine Flasche Scotch, sie hat beschlossen, ihren Mann zu verlassen und sich mit Ihnen zusammenzutun.«
Sie lachten immer noch über ihre eigenen Witze, als Ann – offenkundig nicht zum erstenmal – an unserer Hütte vorbeiging und zu der offenen Tür herüberblickte. Ich stürzte hinaus, um sie wegzubringen. Ich war mir sicher gewesen, daß wir beide unseren unerfreulichen Paarungsversuch rasch vergessen würden, und konnte mir nicht vorstellen, was sie von mir wollte. Sie hatte ein unförmiges Sackkleid an, das von ihrer Figur nichts ahnen ließ, und sie wirkte grimmig, fast besessen. Ihr lag also höchstwahrscheinlich nichts daran, daß wir die unterbrochene Romanze fortsetzten.
»Ich muß mit dir reden«, verkündete sie. »Ich muß mit jemandem reden. Ich fühle mich so schuldig.«

»Nicht doch!« protestierte ich schwach. »Weshalb denn, um alles in der Welt?« Wir gingen zwischen den Hütten hindurch, bemüht, nicht allzusehr aufzufallen.
»Ich überlege, ob ich es Guy nicht sagen soll. Vielleicht hätte er dann eine Wut auf mich, aber ich wäre wenigstens meine Gewissensbisse los. Ich kann Schuldgefühle nicht ertragen.«
»Bist du fromm?«
»Nein, natürlich nicht. Ich bin zwar anglikanisch erzogen worden, aber da bin ich rausgewachsen.«
»Was ist dann dein Problem? Im Grunde liegt dir doch nichts an Guy.«
»Ich finde einfach, es war nicht richtig«, sagte sie störrisch.
»Ich versteh schon. Du glaubst zwar nicht mehr an die Sünde, aber es stört dich trotzdem, aus reiner Gewohnheit.« Ich versuchte, mit einer gewissen Schnodderigkeit zu verhindern, daß sie von der Erhabenheit ihrer tragischen Stimmung übermannt würde. Es gelang mir nicht. Ann wiederholte immer wieder, daß sie sich schuldig fühle.
»Hör auf, eigentlich war ja gar nichts zwischen uns! Wir hatten noch nicht richtig angefangen, als dein Mann rief.«
Anns Miene hellte sich sofort auf. »Das stimmt!« rief sie. »Wir sind gar nicht zu dem Punkt gekommen, wo es *ernst* geworden wäre.« Ihre Augen leuchteten vor Unschuld; sie war jetzt nicht hübsch, sie war schön. Offenbar hatte sie nicht mehr das Bedürfnis zu büßen, sondern wollte das Ganze herunterspielen – sie suchte gewissermaßen nach einem Hintertürchen. »Man könnte sagen, wir haben eigentlich nur geknutscht. Ziemlich stark geknutscht«, ergänzte sie und lächelte einem ältlichen Archivar zu, der gerade vorbeikam.
Ich hätte erleichtert sein müssen, daß sie meine unaufrichtige Notlüge akzeptierte, aber ich war gekränkt. Es war das erstemal, daß eine Frau, die mit mir zusammengewesen war, nachher glaubte, es sei nichts gewesen – und auch noch erkennen ließ, daß sie froh darüber war!
»Dann geh ich jetzt mal baden«, sagte sie fröhlich und lief auch schon weg. »Bis dann.«

Und damit war es noch nicht vorbei. Mrs. MacDonald fing an, mich auf Parties zu verfolgen, erst im Lager und später in Toronto. Immer wenn sich das Gespräch um die Affären der Frauen drehte, die nicht anwesend waren, verkündete sie laut und selbstgerecht: »Ich habe noch nie mit einem anderen als mit meinem Mann geschlafen.« Dann drehte sie sich nach mir um und sah mich herausfordernd an, als wolle sie sagen: wag es, mir zu widersprechen! Das trieb sie so lange, bis schließlich alle überzeugt waren, daß wir ein Verhältnis miteinander hatten, und selbst von ihrem Mann erntete ich mißtrauische Blicke.

Um meinen Seelenfrieden wiederzugewinnen (und der echten Gefahr einer unangenehmen Szene mit Guy MacDonald zu begegnen), ging ich nirgends mehr hin, wo ich damit rechnen mußte, Ann zu begegnen, aber nun begann ich von ihr zu träumen. Einmal saß ich in einem Flugzeug, und plötzlich sprang Ann von ihrem Sitz auf und brüllte so laut, daß ihre Stimme das Dröhnen der Triebwerke zum Schweigen brachte: »Ich hab noch nie mit einem anderen als mit meinem Mann geschlafen. Jedenfalls nicht *richtig*.« Dann standen alle Passagiere auf und drohten mir mit geballten Fäusten. In einer anderen Nacht kam sie, als ich gerade eine Vorlesung hielt, in dem rosafarbenen Bikini, den sie in Couchiching getragen hatte, in den Hörsaal und rief meinen Studenten zu: »Sie sollen alle wissen, daß ich mit Professor Vajda nie richtig geschlafen habe!« Schweißnaß vor Verlegenheit wachte ich auf.

16
VON DER ÜBERSÄTTIGUNG

> Das Vergnügen beraubt den Menschen
> seiner Fähigkeiten in gleichem Maße
> wie der Schmerz.
>
> *Platon*

Nachdem ich sieben Jahre lang Vorlesungen gehalten habe, bin ich wohl für die Einbildung anfällig geworden, ich hätte etwas zu sagen: ich wüßte keine andere Erklärung dafür, daß ich glaubte, ich könnte die Jüngeren erbauen, wenn ich in diesen Erinnerungen schwelgte. Dennoch bin ich froh, sie aufgeschrieben zu haben. Sie mögen dem Leser wenig bieten, doch für den Autor hat sich die Mühe gelohnt: es fällt mir immer schwerer, mich selber ernst zu nehmen.

Aus meiner heutigen Sicht habe ich immer dann, wenn ich glaubte, etwas über die Menschen oder das Leben im allgemeinen zu lernen, meiner unveränderlichen Unwissenheit lediglich eine neue Form gegeben – mitfühlende Philosophen sehen darin das Wesen des Wissens. Bleiben wir aber bei meiner Suche nach dem Glück in der Liebe: abgesehen von der Zeit, als ich der Willkür von Teenagern ausgeliefert war, ist es mir bei den Frauen nie so elend ergangen wie in den Jahren, als ich über alles Bescheid wußte und über die Voraussetzungen für ein sorgenfreies Junggesellenleben verfügte. Als ich vom Couchichingsee nach Toronto zurückkam, bezog ich eine moderne Wohnung und richtete sie mir ein: mit einem riesigen Bett, mit Büchern, Reproduktionen, einer Hi-Fi-Anlage von Telefunken, Schallplatten und einem der wenigen Bidets in Nordamerika. Später kaufte ich mir sogar einen Sportwagen. Ich besaß zwar nicht viel Geld, aber mit meiner Stellung an der Universität war ich kreditwürdig. Händler in Nordamerika schätzen das Kreditrisiko bei korrupten Politikern, Beamten und Universitätsprofessoren als besonders gering ein,

weil sie ihre Stellungen praktisch auf Lebenszeit bekommen. Ich sah durchschnittlich gut aus und war im richtigen Alter: Frauen haben eine Vorliebe für Männer Ende Zwanzig, besonders für solche, die ein französisches Badezimmer haben und an Frauen in jeder Hinsicht Gefallen finden. Ich hatte inzwischen auch ein recht gutes Auge für Frauen, die für mich nicht in Frage kamen, und unangenehme Überraschungen, wie ich sie eben geschildert habe, blieben selten. Nun hatte ich bei Frauen Pech, die nicht nur liebenswert waren, sondern mich auch liebten.
Mein Problem war, daß es zu viele davon gab. Ich verliebte mich in sie wegen eines gewissen Glanzes in den Augen, beim Anblick eines üppigen, wohlgeformten (oder eines kleinen und spitzen) Busens, beim Klang einer rauhen Stimme oder aus weniger offenkundigen Gründen, die ich in der Eile nicht analysieren konnte. Mit meiner Wohnung und meiner unregelmäßigen Arbeitszeit konnte ich mir endlich meine Jugendträume erfüllen und mehrere Liebesaffären zugleich haben.
Die Zeit war günstig – nicht nur für mich, sondern auch für meine Geliebten. Das Klima hatte sich gewandelt, man genoß das Leben in vollen Zügen. Als ich damals in Toronto ankam, konnte ich am Samstagabend durch die großen Straßen der Stadt gehen, ohne einer Menschenseele zu begegnen, von ein paar Betrunkenen abgesehen. Wie die von häßlichen Kästen gebildeten geraden Reihen, die für Straßen angesehen wurden, und die zahllosen Reklametafeln und Neonlichter deutlich bezeugten, waren die Menschen an kaum etwas anderem interessiert als am Kauf und Verkauf lebensnotwendiger Güter. Sie verbrachten ihre Freizeit vor dem Fernseher in ihrem unterirdischen Hobbyraum, saßen im Garten hinterm Haus um den Holzkohlengrill oder fuhren im neuen Auto spazieren. Sie hatten anscheinend Angst davor, sich von den Dingen, die sie gerade erst gekauft hatten, und von dem Ehepartner, der bei der Wahl des Hauses, der Möbel, des Wagens geholfen hatte, zu weit zu entfernen. Es war eine puritanische Welt, aber zum Glück kam ich damit nur flüchtig in Berührung. Die Leute gewöhnten sich an ihren Lebensstandard, und plötzlich

erwachte ihr Interesse am Leben. Phantasievolle neue Häuser schossen aus dem Boden, ganze Straßenzüge wurden renoviert, alte Häuser verwandelten sich in exotische Boutiquen, Kunstgalerien, Buchläden und Straßencafés, und an warmen Abenden gingen so viele Leute bummeln, daß ich von einer Querstraße bis zur nächsten manchmal eine Viertelstunde unterwegs war. Die Scheidungsrate schnellte ebenso in die Höhe wie die Zahl der Reitklubs, der von Frauen gebildeten Komitees zur Förderung der Kunst, der literarischen Gesprächskreise und all der anderen Organisationen, die einer Ehefrau ein Alibi liefern konnten, wenn ihr nach einem Liebhaber zumute war. Dieses Phänomen wurde als die nordamerikanische sexuelle Revolution bekannt, und ich war fest entschlossen, sie nach Kräften auszunutzen.

Die Folge war, daß ich mir wie ein Autofahrer vorkam, der zu schnell durch eine schöne Landschaft rast: ich gewann zwar einen Eindruck von all den aufregenden Hügeln und Tälern, Konturen und Farben, aber es ging zu schnell, als daß ich genau hätte hinsehen können. Ich bedauerte oft, daß ich nicht in der Lage war, meine Geliebten besser kennenzulernen – obwohl ich mir alle Mühe geben mußte, zu verhindern, daß sie mich allzu genau kennenlernten. Frauen haben die Angewohnheit, in der Wohnung ihres Freundes ein Nachthemd, ein Kosmetiktäschchen, ein paar Nylons liegenzulassen; zielstrebige schottisch-kanadische Mädchen ließen sogar ihr Diaphragma bei mir liegen. Die Habseligkeiten der einen vor den Augen der anderen zu verbergen, war schwierig und nervenaufreibend – und hinzukamen noch die Probleme mit den verabredeten Zeiten, den Verwechslungen und dem ständigen Lügen. Ich wurde auch nicht immer damit fertig: es gab die unvermeidlichen Pannen und Szenen. Einmal wurde ich ertappt, weil ich nicht zufriedenstellend erklären konnte, weshalb ich ein Diaphragma in einer alten Schuhschachtel unter einem Stapel Wäsche aufbewahrte. Ich hatte zwar daran gedacht, das Ding zu verstecken, dann jedoch vergessen, es vor dem nächsten Besuch seiner Besitzerin wieder in den Badezimmerschrank zu legen. Ich wurde nervös und lustlos, war physisch und psychisch kaputt, außerstande, mich zu amüsieren, geschweige denn, glücklich zu sein. Aber ich konnte es nicht lassen. Wer hatte schließlich schon das Glück, mit fast allen Frauen, die er haben wollte, ins Bett gehen zu können? Ich beneidete mich auch noch, als ich tief im Dreck steckte. Immer mehr fühlte ich mich zu Frauen hingezogen, denen vom Leben übel mitgespielt wurde.

So kam ich auch wieder mit Ann MacDonald zusammen. Etwa ein Jahr nach unserer letzten Begegnung sah ich sie eines Nachmittags ein paar Tische von mir entfernt in einem neu eröffneten ungarischen Kaffeehaus sitzen. Lächelnd winkten wir uns zu, und als sie ging, blieb sie neben mir stehen.

»Hallo.«

»Hallo.«

Wir wußten beide nicht, was sagen. Ich bat sie, noch einen Espresso mit mir zu trinken, wenn sie es nicht eilig habe.

»Sehr gerne«, sagte sie mit angestrengter Stimme, »Zeit hab ich neuerdings mehr als genug.« Es war Ende November, und sie trug ein schwarzes Samtkleid, das ihre Rundungen und ihren strahlenden rosigen Teint perfekt zur Geltung brachte. »Ich mag dieses ungarische Lokal«, bemerkte sie, während sie Platz nahm, »es ist einfach schön, daß es im spießigen alten Toronto so etwas gibt.« Eine Zeitlang redeten wir über Veränderungen, die europäische Einwanderer in die Stadt brachten, und ich buchte natürlich alles voll auf mein Konto.

»Ich finde es schade«, sagte sie schließlich, »daß wir in Couchiching so wenig Zeit hatten, uns kennenzulernen.«

»Ich dachte, schon das bißchen Zeit, das wir hatten, sei dir zuviel gewesen.«

»Ich weiß, du hast mein Benehmen bestimmt idiotisch gefunden. Wie sich herausgestellt hat, ist es Guy völlig gleichgültig, was ich treibe.«

»Warum? Was ist passiert?«

»Ach, das ist eine lange Geschichte. Jetzt behauptet er, bei mir fühle er sich alt und unattraktiv. Also verführt er seine Sekretärinnen. Es würde mir ja nicht viel ausmachen, aber er besteht darauf, mir alle Einzelheiten zu erzählen. Ich habe das Gefühl, er erwartet, daß ich ihm applaudiere.«

Das kommt davon, daß du immer versucht hast, gescheiter auszusehen, dachte ich. »Das heißt doch wohl, daß deine Meinung für ihn immer noch das Wichtigste ist. Das bedeutet, er liebt dich immer noch.«

»Das bezweifle ich. Aber über meine Ehe mache ich mir eigentlich keine Gedanken mehr. Ich habe mich entschlossen, das Leben zu genießen.«

Sie warf mir verheißungsvolle Blicke zu, aber ich hatte eine Verabredung, und diesmal würde ich nicht zu spät kommen. Wir unterhielten uns noch eine Weile über das Wetter und über Toronto, und gingen im guten auseinander. Alte Feinde, neue Freunde.

In den folgenden Monaten hörte ich viele Geschichten über Ann MacDonalds Liebesaffären. Manchmal, wenn wir uns zufällig trafen, erzählte sie mir selbst davon. Eine neue sinnliche Ausgeglichenheit war an ihr zu erkennen; sie hatte die melancholische Selbstsicherheit einer Frau, die sich um mehrere Liebhaber zu kümmern hat. Da wir schon Vertraulichkeiten austauschten, erzählte ich ihr, daß ich das Problem hatte, zu viele Frauen zu begehren.

»Ich weiß, wie das ist«, seufzte sie. »Mir geht es selber so.«

»Du bist die Frau, die ich wirklich brauche. Du verstehst mich – bei dir müßte ich mich nicht verstellen.«

»Es wäre schön«, räumte sie wehmütig ein, während sie mir die Hand drückte. »Aber laß uns praktisch denken, Andy – wir würden füreinander alles noch schlimmer machen.«

In ihrer Ablehnung lag so viel liebevolles Bedauern, daß ich erst später begriff, daß sie mich zurückgewiesen hatte. Aus der mißvergnügten Hausfrau war eine Dame von Welt geworden, und ich konnte mir nicht helfen: ich war beeindruckt. Ich dachte immer öfter an sie, wünschte mir, sie würde anrufen, und machte mir eifersüchtig Gedanken über die Männer in ihren Geschichten. Redete sie mit mir aus den gleichen Gründen, die ihren Mann dazu bewegten, ihr von seinen Heldentaten zu erzählen? Wollte

sie mich ärgern, oder brauchte sie einfach jemanden, der zuhörte? Nach und nach kam ich – nicht ohne böse Ahnungen – zu der Überzeugung, daß ich in sie verliebt war.
Danach versuchte ich Ann MacDonald bei jeder Gelegenheit zu verführen, aber es gelang mir erst im Winter 1962. Auf einer Party stellte ich sie, als ihr Mann gerade in einem anderen Raum beschäftigt war und keiner ihrer Liebhaber in der Nähe zu sein schien. Sie trug ein tief ausgeschnittenes Abendkleid, und ich drängte sie buchstäblich in die Ecke und lehnte mich so dicht an sie, daß ich die Wärme ihrer Brüste durch meine Smokingjacke spüren konnte.
»Ich bin am schlechtesten bei dir weggekommen«, protestierte ich. »Jeder kennt dich als eine kluge und schöne Frau, doch ich muß mich mit den Erinnerungen an die dumme Gans vom Couchichingsee zufriedengeben. Es ist nicht fair. Wir müssen da einiges richtigstellen. Außerdem bin ich, glaube ich, in dich verliebt.«
Das Funkeln in Anns Augen hatte mehr von einem Blitzstrahl als von jenem Schimmer, der mir so vertraut war, doch ihre Stimme klang mütterlich sanft. »Was für ein dickköpfiger Junge du bist!«
»Es macht mir nichts aus, ein Junge zu sein. Ja, je älter ich werde, desto weniger macht es mir aus, ein Junge zu sein. Ich möchte meinen Kopf an deine Brüste betten.«
»Du bist ein liebes, liebes Baby.«
Das gefiel mir gar nicht, Baby war zu jung. Ich ließ sie ziehen.
Nach Mitternacht, als sich die Gäste nicht mehr die Mühe machten, sich zu ihren heimlichen, aber innigen Umarmungen in dunkle Ecken zu verdrücken, und als wir alle wie berauscht waren, weil wir zuviel von zu wenig gehabt hatten, machte ich mich wieder auf die Suche nach Ann. Ich entdeckte, daß sie unserem großen und lüsternen Gastgeber in die Hände gefallen war, und wartete standhaft, bis unsere eifersüchtige Gastgeberin erschien.
Als Ann mich nun bemerkte, war sie froh. »Ich weiß nicht, wo Guy ist«, sagte sie mit gerötetem Gesicht. »Wenn du nichts Besseres vorhast, kannst du mich nach Hause fahren.«

Bis wir auf der Straße waren, hatte sie einem kurzen Besuch in meiner Wohnung zugestimmt. Ihr Duft erfüllte meinen kleinen Wagen, und während wir schweigend dahinfuhren, streichelte sie mir sanft den Nacken. Gelöst und in Hochstimmung träumte ich von unserer glücklichen Zukunft. Die ewige Hetze würde für uns beide ein Ende haben, ich würde Anns Sklave sein und jede Sekunde, die sie Mann und Kindern fern sein konnte, mit ihr verbringen.

Anns Gedanken gingen wohl in eine andere Richtung, denn sie nahm plötzlich die Hand von meinem Nacken. »Hör mal«, sagte sie besorgt, vielleicht weil ihr in diesem Moment ein unangenehmes Erlebnis wieder einfiel, »ich weiß zu wenig von dir, wir haben ja nie richtig miteinander geschlafen. Ich hoffe, du gehörst nicht zu den Männern, bei denen es schnell gehen muß, rein und raus, und das war's dann.« Allein die Vorstellung machte sie aggressiv. »Offen gesagt, ich hab im Moment genügend Liebhaber und brauche diese kleinen Geplänkel nicht, auch nicht zur Erinnerung an alte Zeiten. Wenn du irgendwas willst, mußt du mir Leistung versprechen.«

Ich möchte wissen, wie andere Unfälle passieren. Ich raste bei Rot über eine Kreuzung, fuhr auf den Gehweg und brachte den Wagen knapp vor einem Laternenpfahl zum Stehen. »Eins sag ich dir«, fuhr sie mich an, »wenn du mich in einen Unfall verwickelst und meine Töchter erfahren etwas über uns, bring ich dich um. Kannst du denn nicht Auto fahren?«

Es war etwa ein Uhr nachts, und die Straße führte durch eine ruhige Wohngegend. Niemand hatte uns gesehen. Ich stieß vorsichtig zurück, vom Gehweg herunter, und überlegte einen Moment lang, ob ich nicht wenden und sie zu der Party zurückbringen sollte. Aber die Vorstellung, mit derselben Frau zweimal etwas angefangen und nicht zu Ende gebracht zu haben, war unerträglich. »Keine Sorge«, schäumte ich, »das gibt eine Nacht, die du nie vergessen wirst.«

Kein weiteres Wort fiel, bis wir in meiner Wohnung waren. »Tut mir leid«, sagte Ann schmollend, als ich ihr aus dem Mantel half,

»ich wollte dich nicht ärgern. Es ist nur, weil eine Frau immer so im Nachteil ist. Sie weiß nie, worauf sie sich einläßt.«
»Um die Wahrheit zu sagen, ich hatte vor, dich so weit zu bringen, daß du dich in mich verliebst«, sagte ich mürrisch.
»Dazu ist es ja noch nicht zu spät.« Sie drängte sich an mich und führte meine Hände zu ihrem Hintern, wie schon einmal. »Und wir brauchen uns nicht irgendwo im Wald ins kratzige Gras zu legen«, erinnerte sie mich und ließ langsam ihre Hüften kreisen, um meinen Händen etwas Gutes zu tun. Ich versuchte, sie auszuziehen, aber sie wollte dabei keine Hilfe. Wenn Ann Leistung verlangte, stellte sie an sich selber die gleichen Ansprüche, und so bot sie mir einen Striptease und warf mit dem verführerischen Reiz der Vorfreude nacheinander ihre Kleider weg.
Doch als ich mich im Bett über sie schieben wollte, hielt sie mich zurück. »Ich mag's nicht von oben«, sagte sie mit kaum verhülltem Ärger. »Mach's bitte von der Seite.«
Augenblicklich war meine Lust verflogen. Um Zeit zu gewinnen, fing ich an sie zu streicheln.
Nach mehreren verzweifelten Versuchen gestand Ann unsere Niederlage ein. »Laß gut sein, bei mir ist der Schwung auch weg, du brauchst dir also keine Gedanken zu machen. Sieht so aus, als hätten wir einfach nicht viel Glück miteinander.«
Sie sprang aus dem Bett, suchte ihre Sachen zusammen und ließ ihren Ärger über den BH aus, der verschwunden war. Ich entdeckte ihn schließlich unterm Bett und kroch hinunter, um ihn hervorzuholen.
»Besten Dank«, sagte Ann, »du bist wunderbar!«
Sie zog sich mit ihren Kleidern und ihrer Handtasche ins Bad zurück. Ich hatte eigentlich nicht vor, ihr nachzugehen, aber zwanzig Minuten später ging ich dann doch hinein, um zu sehen, ob alles in Ordnung war. Voll angezogen stand sie da, elegant und gelassen, und bürstete sich die Augenwimpern. Als sie meine schuldbewußte Miene im Spiegel sah, lächelte sie mir mit liebevoller Gleichgültigkeit zu. Dann musterte sie sich mit einem letzten, nachdenklichen Blick.

»Was soll's«, schloß sie, »ein Orgasmus mehr oder weniger spielt letztlich keine Rolle, oder?«
Die Wahrheit und Demütigung dieses Augenblicks markierte, glaube ich, das verspätete Ende meiner Jugend. Ich wollte in ein neues Land gehen. An irgendeinen friedlichen, entlegenen Ort. Als ich ein paar Tage später von einer freien Stelle am Philosophischen Seminar der Universität von Michigan erfuhr, bewarb ich mich. Ann Arbor stellte sich dann als nicht so ruhig heraus, wie ich es mir vorgestellt hatte, und ich war auch noch nicht ganz bereit, zu rasten und alt zu werden. Aber die Abenteuer eines nicht mehr ganz jungen Mannes – das ist eine andere Geschichte.

Verlagsgemeinschaft Ernst Klett Verlag –
J.-G. Cotta'sche Buchhandlung
Titel des Originals: »In Praise of Older Women«,
erstmals erschienen in Toronto, 1965
Der Text der früheren Ausgaben wurde vom Autor
für die vorliegende deutsche Fassung revidiert

Printed in Germany 1988
Gesetzt aus der 10/12 Punkt Times
bei Fotosatz Hans Janß, Pfungstadt
Den Druck und die buchbinderische Verarbeitung
übernahm May + Co, Darmstadt
ISBN 3-608-95416-3

CIP-Titelaufnahme der Deutschen Bibliothek

Vizinczey, Stephen:
Lob der erfahrenen Frauen : Erinnerungen e. Liebhabers;
Roman / Stephen Vizinczey. Dt. von Hans Hermann. –
Stuttgart : Klett-Cotta, 1988
Einheitssacht.: In praise of older women ⟨dt.⟩
ISBN 3-608-95416-3
Vw: Vajda, Andás [Wirkl. Name] → Vizinczey, Stephen